中国特种兵之特别有种

纷舞妖姬／著

中国友谊出版公司

图书在版编目（CIP）数据

中国特种兵之特别有种. 3 / 纷舞妖姬著. —北京：中国友谊出版公司，2017.10

ISBN 978-7-5057-4172-0

Ⅰ. ①中… Ⅱ. ①纷… Ⅲ. ①长篇小说–中国–当代 Ⅳ. ①I247.5

中国版本图书馆CIP数据核字（2017）第225086号

书名 中国特种兵之特别有种. 3

作者 纷舞妖姬

出版 中国友谊出版公司

发行 中国友谊出版公司

经销 新华书店

印刷 北京嘉业印刷厂

规格 635×965毫米 16开

17印张 229千字

版次 2018年4月第1版

印次 2018年4月第1次印刷

书号 ISBN 978-7-5057-4172-0

定价 42.00元

地址 北京市朝阳区西坝河南里17号楼

邮编 100028

电话 （010）64668676

目录
CONTENTS

第四卷 秦皇（下） ☆ 001-072

第五卷 兄弟（上） ☆ 073-264

第三十四章 – **小伎俩**

几名被孙宁分配追杀任务的军官聚到了一起，在他们当中，杨自在连长的军龄最长，自然而然成了临时作战会议的负责人。

“下了几天的雨，地面泥泞，燕破岳和萧云杰连最基本的侦察与反侦察训练都没有，他们再小心，也绝不可能把一路上留下的痕迹全部消除。”

杨自在信手掂起几枚小石子，在地上摆出了一幅最简陋的作战沙盘，摆放在最前面的那颗黑色小石子，自然就是燕破岳一行三人；杨自在又将一枚白色小石子放到了黑色石子后面。“我的连队，擅长快速奔袭，由我们死死咬在燕破岳他们身后，逼得他们疲于奔命，根本没有机会躲藏隐蔽，只能一直暴露在战场上。这样，燕破岳就算是心开九窍，也没有办法再施展他的小伎俩。”

杨自在又掂起一枚白色小石子，放到了侧边：“老张，你和你的部队擅长渗透潜伏，预估敌人行军路线，提前布置打伏击是你的拿手好戏，我会追得燕破岳他们慌不择路，在大山里绕起圈子，而你就可以带领部队，在更接近圆心的位置缓慢移动，选择你认为最适合的位置、最适合的时间，给他们来上一记铁锁横江！”

张然点头：“好！”

“孤狼身为一个女兵，却能进入‘始皇’特战小队，据说甚至还得到他们队长郭嵩然的另眼相看，宣称她有资格在现代狙击手排名榜上获得一席之地，这样的人，绝不可小觑。”

杨自在将几枚小石子放到了沙盘上，他望着于海：“将狙击班化整为零，以三人为一组，分成五个小组，你挑选出体力最优的狙击小组，让他们和我同步行动，形成掎角之势，其余四支狙击小组，划分狙击区域进行定点狙击，以狙杀红军狙击手为首要目标！”

于海用力一点头：“是！”

“用两支特战小队外加一个狙击班，去对付两名菜鸟和一个女兵，如果不能在今天夜里解决目标，就是我们的失败。”杨自在沉声道，“时间紧迫，大家立刻行动！”

眼看着几名军官就要散开，站在一边的林钢蛋急了：“那我呢？”

杨自在回眼一扫：“你作为预备队，临时驻扎在军营随机应变，一旦战场情况有变，你可根据战况，自行决定出战时机！”

布置完不是任务的任务，杨自在伸手在林钢蛋的肩膀上用力拍了一下，丢下欲言又止的林钢蛋，带领一个在连特种兵中挑选出来的最精锐小队，追出了军营大门。

和杨自在他们一起离开军营的，还有三名狙击手组成的狙击小组。这支三人编制的狙击小组，游离于杨自在他们右翼大约三百米的距离，和杨自在他们以平行线般的姿态齐头并进。这样一旦杨自在带领的特战小队遭到孤狼狙击，他们这些游离于队伍之外的狙击手，就能在最短时间内，找到孤狼的潜伏位置，并将孤狼击毙。

而如果孤狼反过来狙击他们这支狙击小组，在孤狼开枪击毙其中一名狙击手后，另外两名狙击手可以立刻隐蔽，他们二对一，依然保持人数优势并与孤狼形成对峙局面；在大约三百米外的杨自在，一旦听到枪声，就会以最快的速度赶赴支援。和两名狙击手对峙的孤狼，如果无法顺利撤出战场，她就必死无疑。

就是因为形成了这种掎角之势，又占据绝对人数优势，根本不怕和敌方以子换子，杨自在带领的部队，才敢追在燕破岳一行人留下的脚印后面，全无顾忌地高速行军。

追在燕破岳他们的脚印后面，这一追就是一两个小时，燕破岳和萧云杰大概也知道，就凭他们野路子出身的那点水平，遇到货真价实的从侦察部队进入夜鹰突击队的特种兵，根本不够看的，所以他们并没有掩饰自己留下的痕迹，就那么一路直线逃窜。

甚至不需要放缓速度仔细分辨，就可以看到这两个混账小子一路上留下的各种清晰印记，面对此情此景，不要说是杨自在，就连他带的那些特种兵都在暗中摇头。这种粗枝大叶、一路破绽不断、只能用抱头鼠窜来形容的逃跑，也能叫特种作战?

那两个小子手里不是拿着87式自动榴弹发射器吗，难道就是觉得这种武器看起来拉风，拿着的样子比较牛逼？！

冲在队伍最前方的斥候兵，突然做出一个停止前进的手势。

在被黑暗笼罩，细雨飘个不停，看上去越发显得阴暗难测的群山当中，远方隐隐传来的那一点灯光，显得分外醒目。

杨自在略一思索，就找到了这点灯光的来源，那是距离夜鹰突击队大本营有二十八千米距离的综合训练基地，据说再过半年，这个基地就会开放，夜鹰突击队士兵会在这里接受包括迫击炮、自行火炮、火箭炮甚至是坦克等重型武器训练，他们不但要学会使用这些重型武器，还要学会在各种地形中面对敌军重型武器攻击如何最大化生存下来。

几串脚印不断向前延伸，看样子燕破岳他们慌不择路之下，竟然逃向了综合训练基地。

狙击手占据有利地形，火力支援小组架起了班用轻机枪和火箭筒，两名擅长渗透侦察的斥候，悄无声息地摸到灯光亮起的房间，并通过潜望设备窥探房间里面的情形时，他们看到综合训练基地的两个老兵，还有许阳，都被人用绳索绑到一起，就连他们的嘴里都塞了一块毛巾，让他们无法动弹，也发不出半点声音。

斥候还发现三串脚印，继续向综合训练基地内部延伸，显然燕破岳他们闯入综合训练基地，试图用训练基地中复杂多变的特殊地形来牵制杨自在他们的追击，可是在进入综合训练基地时，被这里负责看守的老兵制止，他们就索性来了个一不做二不休，把看守者全部绑了后，继续狼狈逃窜。

燕破岳这个混账小子，一向行事不择手段，就连自家班长身上都能放遥控炸弹，他与其说是一名特种兵，倒不如说是像一个为达目的而无所不用其极的恐怖分子。杨自在在换位思考：如果他是燕破岳，以燕破岳那恐怖分子式的手段，会干些什么？

燕破岳可能会在几个人质的身体下面放置地雷，甚至可能在房间里塞满了炸药，只要他们一推门，炸药就会被不知道躲在哪里的燕破岳引爆；不理会这间很可能埋藏致命危险的房间，继续追击才是最正确的选择，但是……杨自在不能这么做！

燕破岳那个浑小子，摆明了是光脚的不怕穿鞋的，可是杨自在是一名连长，他手下有一百多号兵，他必须考虑，如果他今天就这么带队离开了，任由里面的人被绑了一整夜，又让对方知道他见死不救，半年后综合训练基地开张，这里的人会不会在训练时，想方设法地给杨自在带领的连队拖后腿、穿小鞋、使绊子。

现官不如现管，阎王好见小鬼难缠，这两句话可是有着无比深刻的含义。

足足用了十分钟排查周围环境，在确定了燕破岳并没有在房间周围布置诡雷后，随着杨自在一声令下，三人一组的尖兵突进房间，将两名老兵和许阳成功解救出来。

许阳嘴里的毛巾一被摘掉，就跳起来破口大骂："燕破岳，你这头白眼儿狼，这两个月你天天跑到这里，吃我们的、喝我们的，没有报答也就算了，你倒好，直接来了出翻脸不认人，拿把破枪就敢把我们给绑了，你以为我不知道这是演习，你们枪里没有子弹还是咋着了？！"

老杨凑过来，亮出手腕上绳子勒出来的印痕："你们看看，这下手有多狠，要是你们不进来，我们这么绑上一晚上，谁受得了啊？！前两天我们还请燕破岳吃了红烧野兔肉，他转手就来了这么一出，换谁也憋屈，让老许骂两句，出了胸中那口闷气就好了。"

看着老杨手臂上那已经勒成青紫色的伤痕，再看看一脸气急败坏正在破口大骂的许阳，冲进房间的几个特种兵脸上都露出了愤怒的神色，像燕破岳这种端起碗来吃肉、放下筷子骂娘的行径，已经触及了军营中绝不能触及的逆鳞！

远方突然传来了自动榴弹发射器的轰响，几发榴弹落到了距离房间不足五十米的位置，躲在暗处的燕破岳和萧云杰开火了，在特战小队这边，反击的枪声随之响成一片。一直没有踏进房间，始终处于最高战备状态的杨自在，脸上露出一丝冷然，沉声道："跳梁小丑！"

燕破岳是很喜欢钻空子，也很擅长利用环境来制造形势，但是面对绝对力量的辗压，他这种行为除了让人更加讨厌、更加不得人心之外，真的什么用也没有。

枪声持续了几分钟后停止了，杨自在带领的部队也随之和其他人失去了联系，足足过了一个多小时，张然才带着第二支特战小组追在脚印后面，走进了综合训练基地。

张然看到，包括杨自在连长在内的十五名特种兵，还有孙宁派过来负责记录战场情况的作战参谋老辛都坐在地上，一个个脸色铁青，在房檐下面，还坐着三名抱着狙击步枪的狙击手。

当张然借着房间里透出来的灯光，看清楚杨自在带领的所有人，包括那三名狙击手，身上都挂着“阵亡”的标牌时，再看看地面上撒着的子弹壳，张然彻底愣住了。

别说燕破岳和萧云杰只是两个新兵蛋子，就算是“始皇”特战小队全员无损地在这里伏击杨自在带领的部队，想让杨自在和三名狙击手全军覆没，无一活口，甚至来不及通过无线电将他们遇到的情况报告给后援部队，这也绝不是一件容易的事情。

“怎么回事，究竟发生了什么？”

张然问出这个百思不得其解的问题，就看到杨自在脸色变得更加铁青，许阳在一边却是讪讪而笑：“这还真不能怪杨连长，俗话说得好，明枪易躲暗箭难防，在和敌人交战时，又被‘自己人’从背后捅了刀子，换谁也受不了啊。”

杨自在依然闭口不言，只是他的胸膛快速起伏，显然是更加郁闷难解气上心头。在杨自在身边，一名班长终于忍不住开口了：“谁和你是自己人？你这个始皇特战小队的副队长，在我们背后捅刀子，少在这里事后当好人了！”

许阳笑了，他的笑容怎么看怎么欠扁：“你们是蓝军，我虽然一直待在综合训练基地，但怎么说也挂着红军副队长的名头，你们看到我被绑在那里，不立刻提高警惕也就算了，还帮我松绑，燕破岳只是躲在几百米外，向你们打了两颗榴弹，你们就把后背亮给了我，让我成功抢到武器……燕破岳告诉我这个计划时，我还觉得根本不可能成功，可是真没想到，你们就像提前看了剧本似的，一步一步完全按照燕破岳的指导演完了全程，你们也太配合了吧？”

张然在这个时候，终于听明白了一切。难怪燕破岳那个专门钻规则空子的bug大师，会大半夜跑上近三十千米，带着身后的追兵进入了综合训练基地，敢情是他算准了这边还有一条红军的落网之鱼，用他们“始皇”特战小队副队长为陷阱，给他们唱了一堂背后抽刀满江红的大戏！

看着脸色铁青的杨自在连长，张然真想走过去告诉杨自在一声，不要生气了，燕破岳那个熊孩子，能卑鄙无耻到这种地步，当真是谁遇到谁倒霉，至少张然要承认，换他站在杨自在的位置，同样是必死无疑。

许阳虽然是“始皇”特战小队的副队长，但是这几个月来，他一直待在综合训练基地，所谓的副队长，纯粹是占着茅坑不拉屎。长期在编制之外，几乎所有人都没有把他算入演习成员当中，但是从身份上讲，许阳依然是一位实打实的“红军”成员。

燕破岳就是钻了所有人这个心理误区，把杨自在带进了综合训练基地，最终让他们“红军”副队长在背后痛下黑手，一个人就端掉了十五人编制的特种作战小队；许阳在击毙整支特战小队后，按照燕破岳的请求，右手高举机关枪，一脸嘚瑟狂妄至极地仰天长笑，然后倒竖左手大拇指，当众宣布自己明明拥有却被人人忽略的红军副队长身份。

终于弄明白发生了什么的蓝军狙击手，立刻开枪将许阳击毙。在他们成功击毙红军重要军官的同时，也将自己的位置暴露出来，被孤狼死死咬住不敢稍有轻举妄动，最终被燕破岳和萧云杰在狙击射程之外，用榴弹炮生生轰死。

就连许阳都得承认，燕破岳这个熊孩子，真是把他这颗棋盘外的棋子，剩余价值压榨到了极限。

作战参谋老辛叹了一口气，他站起来拍了拍杨自在的肩膀："别气了，我们参加的演习，哪次不是由演习指挥中心事先制订好演习规划？谁攻谁守，谁胜谁负，都像剧本一样写得清清楚楚，所有人都得按部就班，扮演好自己的角色。别看我们实力占绝对优势，但我们被习惯束缚住了手脚，还在有板有眼地按剧本演戏，燕破岳却是从一开始就在随心所欲地瞎折腾，折腾来折腾去，折腾得多了，就折腾出花样儿来了。"

"老辛，咱们哥儿两个，也认识好几年了，你以为我真的是在生气吗？"

杨自在终于开口了："我是一直在想，如果在真正的战场上，遇到燕破岳这样的对手，我能不能赢。"

老辛低声问道："结果呢？"

"现在的燕破岳缺点太过明显，还不是我的对手；他在夜鹰突击队再待上两年，不，也许只需要一年，就可能和我旗鼓相当；如果让他在夜鹰突击队待上三年以上，将所有缺点弥补……"

说到这里，杨自在脸上露出一丝苦涩："我会带着自己的部下，有多远躲多远！"

老辛瞪大了眼睛，他认识的杨自在，是一个遇强则强、从不轻言失败的男人，他还是第一次听到杨自在未战先怯的言语。

"他现在的行为，看起来是利用演习规则漏洞耍出来的小伎俩。"

杨自在凝望着老辛，沉声道："可是，你想想看，当他有一天真的走上战场，见了血，尤其是见了身边战友的血，他为了让敌人流出更多的血，开始无所不用其极时，现在这些小伎俩，会变什么？！"

听着杨自在阴沉的声音，也许是天空中的雨水浸透了衣衫，让身体失去太多热量的缘故，老辛突然狠狠打了一个寒战。他有一个预感，能在抱头鼠窜时，给身后追兵布下这样陷阱的燕破岳，一旦摆脱追杀缓过气来，他能钻的空子、能折腾出来的小伎俩，还没有结束。

第三十五章 - **攻势如潮**

凌晨五点半，整个夜鹰突击队依然是一片狼藉，在草丛中随意一踢，就能踢出几个子弹壳。除了指挥室和信息自动化中心这两个拥有三防能力的战略性部门用柴油发电机恢复电力，整个军营都陷入一片黑暗当中。

炊事班的人早早就起床了，由于没有电力，水泵无法工作，炊事员只能用水桶和绳子，将井里的水一桶桶打上来，将三轮车里的塑料水缸灌满，再骑着吱呀作响的三轮车回到厨房。没有电，鼓风机不能用，再用大灶去做饭，火力就明显不足，炊事班长索性将演习时才会使用的强火汽油灶拿了出来，在打气加压后点燃汽油灶，蓝色的火苗呼呼地从灶头猛蹿出来，把盛满井水的大锅架上去，再倒上一碗小米盖上锅盖，大约半个小时后，锅里的水被煮沸了，空气中随之弥漫起稀饭的清香和汽油不完全燃烧特有的气味。

饭香飘出伙房，引得一群趴在电线杆上正在紧急抢修电路并忙了一晚上的工兵连里早就饿得前心贴后背的小伙子们连连抽动鼻子。但是当工兵勉强收回注意力，打开变电箱时，看着里面因为石墨丝导致短路，就连电路板都烧掉的惨样，这名趴在电线杆上的工兵，不由得皱起了眉头。烧成了这个样子，变电箱只剩下一个铁壳儿，也只有重新购置更换了。

看样子，一周之内，甚至更长时间，军营都无法恢复电力供应。

工兵在电线杆上突然看到，有三四十号人走进了军营。这批人全副武装，就算距离再远，看不清他们是谁，可是一看就知道，他们全是夜鹰突击队的精英，这样一批特种兵，谁也没有开口说话，就那么沉默不语地走着，显得压抑而沉默。他们就这样走进了军营，从工兵身下的过道上经过，一直走进了在柴油发电机支撑下还有灯光闪烁的指挥部。

在这些人从自己脚下经过时，工兵看清楚了为首几个军官的脸，他们就是被孙宁当场点将，出营追杀燕破岳他们的杨自在和张然连长。

“看他们这样子，不会是非但没有消灭燕破岳，反而在燕破岳手中吃了大亏吧？”

这个念头刚刚从工兵心底涌起，他就用力摇摇头，将这个荒唐的想法抛在脑后。两个连长亲自带队追杀，还有那么多狙击手压阵，燕破岳他们三个人，就算是有三头六臂，也只能抱头鼠窜，哪可能回头和三十多名特种兵组成的追杀队伍正面死磕？！

“你小子像根棍子似的戳在上面喝西北风呢？”在电线杆下面，工兵连的一个班长开口喊话了，“能不能修好？”

“不行，彻底报废了！”

“那就下来吧，早饭时间就要到了。”班长仰着脖子喊着，“先填饱了肚子再继续干活。”

“来喽！”

工兵手脚麻利地从电线杆上爬下来，对着班长露出一个灿烂的笑脸：“我还真是饿坏了，我今天早晨，至少能吃三个，不，至少能吃五个馒头！”

杨自在和张然两位连长这个时候已经走进了指挥室，并把他们的现状向孙宁做了汇报。

站在军营大门前，利用演习时间差，向军营里发射榴弹，成功将武装直升机全部炸掉，更一转手就将警卫排逼到必须拼死一战的程度，最终设置陷阱将他们全部消灭；给“始皇”特战小队包括四名班长在内的人身上安装遥控炸弹，再趁乱潜进军营引爆炸弹，将蓝军临时最高指挥官余耀臣炸死，再成功跑路；然后又一路直线逃窜，躲进了三十千米外的综合训练中心，利用许阳是“始皇”特战小队副队长的身份，将杨自在一行人一举全歼……

听到这样的战果，指挥室里一片哗然。

“燕破岳除了要奸弄滑、钻演习的空子之外，还会些什么？”

“对啊，像他这样的人，去当一个奸商发财就行了，干吗要进入夜鹰突击队成为一名特种兵，这是不是太屈才了？”

“像他这样的人，就是聪明有余，可惜有的都是小聪明，迟早会吃大亏的。”

指挥室里，作战参谋们的小声交谈声响起。听着他们对燕破岳的评价，许阳一脸无所谓，杨自在和老辛，脸上却浮现出怪异到极点的表情，似乎想要对这些作战参谋说什么，却碍于自己已经是“死尸”，一旦开口就有违演习规则，所以只能选择了沉默。

用眼角的余光扫到一幕，孙宁的目光猛地微微一凝。

他们明明比燕破岳强大得多，只是因为中了燕破岳偷奸耍滑式的诡计才吃了大亏，按道理来说，他们真的应该对燕破岳最不以为意，纵然是因为个人修养足够，不会出言讽刺，也绝对不应该流露出现在这种表情。

这只能说明一件事情，燕破岳一定有什么后手，让杨自在和老辛这样眼高于顶的特种作战专家和作战参谋都要为之震撼，甚至隐隐把他当作一个可以和自己相匹敌的强劲对手，否则以杨自在的骄傲，怎么可能会变成这个样子？！

开口询问显然并不合适，甚至会被评委会扣分，孙宁在心中迅速重新浏览燕破岳和萧云杰的资料，试图从中寻找出自己遗漏疏忽的东西。

燕破岳，出生于二十世纪七十年代一个军人家庭，父亲是一个战功卓著的侦察营营长，在退出一线作战部队后，成为监管武器生产的军代表。受到这样的家庭影响，他从小接受武术训练，精通国术、忍术还有魔术，至于什么会跳霹雳舞，能吟得一手烂诗，能写一手破字，没钱花了还能拿个水桶敲非洲鼓混几个卖艺的子儿，这些和特种兵作战实在搭不上关系，似乎可以暂时不管。

国术，可以强身健体，而且有一些不会广为流传的致命“撒手锏”，因此国术才会自称为“只杀人不表演”；忍术，在孙宁看来，其实就是古代特种兵的训练方法，忍者使用的武士刀、飞镖、炸弹，换成现代特种兵装备，就是多功能格斗军刀、自动步枪、手榴弹，而且忍者也同样精通野外生存和渗透侦察，更精通一些暗杀伎俩，从这个领域来说，燕破岳是一个不会用枪的特种兵，也并不为过；至于魔术，让燕破岳拥有了一双巧手，更懂得如何利用种种方法，去转移观众注意力，欺骗观众的双眼，让他们陷入自己精心布置的迷局中。

在孙宁看来，燕破岳会的国术与忍术，并没什么了不起的，以这样的力量和杨自在连长这样的特战队高手对决，无异于自寻死路，但是教燕破岳魔术的那个师父，却让燕破岳学会了装神弄鬼，懂得从人类本性弱点和思维盲区入手，弄出一个个骗局迷局，这才是燕破岳能够在特种兵战场上频频滑耍偷奸成功的坚实基础。

理由很简单，魔术当然都是假的，可是魔术师愣是能让电视机前几百万几千万观众都看不出破绽，他们可以说就是最大的造假大师，最会忽悠人的大忽悠。而师出名门，接受过最系统魔术学习的燕破岳，毫无疑问就是一个披着特种兵外衣，会打架，打急了眼还会甩飞镖丢烟幕弹，经过赵志刚几个月训练，更会拿着自动榴弹发射器四处招摇的超级大骗子！

最可怕的是，这样一个大骗子身边，还跟着一个萧云杰：能将他的骗局更加完美化的狗头军师，外加一个绰号“孤狼”的王牌狙击手！

孙宁还在思索着，他突然隐隐听到军营中传来了一阵骚乱。骚乱，对纪律严明的特种部队来说，几乎是不可能发生的事情，听到这些声音，杨自在、许阳还有老辛脸上诡异的表情更加严重了。

“去弄清楚，究竟发生了什么事。”

随着孙宁一声令下，一名作战参谋匆匆跑出指挥部。大约过了二十分钟，作战参谋带着一名身上还穿着白色围裙的炊事班班长走了进来。

这名脸蛋圆圆，看起来有几分弥勒佛气质的炊事班班长，一看到孙宁就叫起撞天屈来：“我知道，让战士们吃饱、吃好是我们炊事班的责任，作为侦察大队的炊事班，我们也做好了防止敌人破坏投毒的安全检测工作，但是……除非我们自己先喝上两口，否则的话还真没办法知道，这井里抽出来的水，怎么就变成了现在这个样子。”

作战参谋将一只饭盒递给了孙宁，在饭盒里有一份稀饭，还有一个馒头，孙宁拿起勺子，只喝了半勺，就将嘴里的稀饭吐了出去。

苦，苦，苦，真他妈的太苦了，稀饭一碰到舌头，那股苦味就像触电般，瞬间就直刺进孙宁的大脑，让他的舌头都苦得暂时失去了味觉。就算是受过最严格训练，必要时能吃下连野山羊都不愿意吃的苔藓的特种兵，面对这种喝了就必吐，喝得越多吐得越多的玩意儿，也只能干瞪眼没有半点办法。

那个馒头孙宁没有再去尝，只要用了相同的水，那馒头就一定是苦到了姥姥家。

看着面前热气腾腾，还散发着香气，轻而易举就勾动了食欲，却碰都不能碰的稀饭和馒头，孙宁的心中暗叫了一声“来了”。

经过一晚上折腾，所有人都又累又饿，好不容易等到早晨开饭，进入食堂，将这种比黄连还苦二十倍的东西灌进嘴里，估计当场就喷饭无数，一群本来就傲气冲天的特种兵，不当场摔碗跳脚那才叫个有鬼。

负责出去调查事件的作战参谋，脸上露出了一丝“心有余悸”的表情：“我已经检查过了，水井里抽出来的水，比这稀饭还苦。”

孙宁对着一脸委屈的炊事班班长，露出一个安慰的微笑：“现在是战时状态，敌人对我军水源投毒破坏，这是我们防守不力让敌军钻了空子的结果，和你们炊事班无关。现在你回去告诉炊事班的同志们，特殊时期请大家再辛苦一下，启用战时储备用水，重新做一顿早餐。蒸馒头就不用了，煮上几大锅稀饭，再给每人发一个苹果，让大家就着热汤用压缩饼干解决早餐，这样吃着顺口，营养也跟得上。”

炊事班长离开了，在指挥室的大门重新关上的时候，孙宁的脸色沉了下来：“如果我没记错的话，燕破岳和萧云杰从新兵营出来后就被送进了炊事班？”

在场大半作战参谋都在点头。

“不愧是能让赵指导员另眼相看、亲自训练的兵。”

孙宁终于开始正视起燕破岳这个对手：“现在很多人就算是在其位，也是在浑浑噩噩地混日子，几十年都做不好自己的本职工作。而这两位倒好，他们当过炊事员，清楚地知道炊事班的作息时间和工作安排，并从这些经验入手，通过炊事班对我们全营进行了一次无差别覆盖打击，虽然不会造成实质性杀伤，却成功打击了我军士气，硬生生将我们驻守大本营，可以吃到可口饭菜的优点给拉平了。”

有作战参谋代表大家提出了心中的疑惑：“究竟是什么东西，能把水给苦成这样？”

“是苯酸铵酰糖化物。”

这个长长的学术名称一出口，作战参谋们脸上的迷茫就更重了，孙宁继续解释：“它又叫苦精，只需要百万分之五的浓度，就能让最干净的水变得根本无法下咽。由于浓度太低，所以我们军营中防止敌军投毒的检测手段，没有发现异常。”

苯酸铵酰糖化物，它是人类发明的最苦的化学剂，人类用这种东西做出“厌恶剂”，并把它添加在一系列产品当中。比如，在电线的胶皮里加入“厌恶剂”，老鼠就不会去啃咬，就能减少电线损坏漏电的概率；把它掺进汽车玻璃水里，就不会引得挡风玻璃上趴了一片小虫子；把它用于催泪弹，就算是再训练有素、意志坚定的特种兵，也会被熏得热泪长流咳嗽不止。

水井可是关系到整个军营两千多号人的生命线，平时都有专人负责把守，也只有在昨天晚上，全营陷入混战时，燕破岳才能浑水摸鱼，将“厌恶剂”投进水井。如果燕破岳想要让“厌恶剂”的苦味效果最大化延长，不断削弱蓝军士气，他就应该做了一个可以让“厌恶剂”缓慢渗透的容器，而不是像个外行似的，拿个小瓶子，拔掉瓶塞不管三七二十一地往水井里倒。

想到这里，孙宁霍然转身，带头走向指挥室大门：“立刻派人下井打捞！”

身后传来了作战参谋的小声嘀咕：“让整个军营两千多号人都饿着肚子吃不到早饭，这种事情绝对引起了众怒，就算这一次燕破岳能勉强通过考核不被淘汰，又有教导小队的指导员护着，我看也很难在夜鹰突击队立足了。”

孙宁整个人猛地站住了，没错，他们只是演习战场上的敌人，演习一结束，他们还是同一个军营中的战友。燕破岳这一手，虽然能有效打击蓝军士气，却并不足以致命，但同时却给自己招惹了仇敌无数。就像那位作战参谋说的“这次‘投毒’只能说是一记看起来声势浩大、未伤敌先伤己的昏招”。

除非……燕破岳还留有后手！

站在指挥室的张然连长开口了：“这种小事，就不需要大队长亲自出手了，我去吧。”

孙宁略一思索，沉声道：“小心！”

在张然带人赶到水井时，水井旁边已经站满了炊事班成员和一些心有怨气、跟了上来的士兵。有一个炊事班班长打了一桶水来，正在给在场的士兵分发，把几十个敢于品尝井水味道的士兵苦得脸蛋都皱起了一团，那个班长却来了精神："我就说了，肯定是水源出了问题，我们就算是往锅里放上二十斤黄连，也没有这么苦吧。"

穿着潜水服的蛙人，吊着绳索进入了井底，没过多久，蛙人就在井底捞出了三枚35毫米口径榴弹弹壳，这三枚87式自动榴弹发射器专用榴弹弹壳，一看就是刚刚投进水中不久，弹壳表面光滑如新没有半点锈迹，而在三枚弹壳上，还有人用刀子在上面刻了三串字。

第一枚弹壳上面刻的字是：吃得苦中苦，方做人上人，萧云杰留字。

看完第二枚弹壳上面的字，就算是擅长渗透潜伏、性格一向隐忍的张然连长，都有了一种想要抬脚踹死燕破岳的冲动，它上面的内容是这样的：忆苦思甜，是我军的光荣传统，燕破岳留字。

没错，忆苦思甜，的确是我军的光荣传统，可是，有谁能吃下这么重的苦？！

最后一枚弹壳是留给孤狼的，这位沉默寡言的狙击手并没有多废话，只是认认真真地用刀子在弹壳上刻下了两个字——孤狼。

听着一名炊事班长将三枚弹壳上极尽挑衅之能事的文字读出来，周围伸直了脖子、瞪大了眼睛，想知道为什么军营里用的水会比黄连汁还要苦十倍的官兵们不由得一阵哗然。

这三枚弹壳的开口部位，蒙了六七层细细密密的纱布，再用铁丝紧紧箍住，这样的话就算是水渗进去，弹壳里填装的苯酸铵酰糖化物，也只会缓慢溶解，一点点地渗透出来，在相当长的时间内，让整个军营的水源持续受到染污，让全营两千多号人连口淡水都喝不到。

捏着这三枚弹壳，看着聚集在自己身边的人，再看看站在一边、脸色诡异却努力闭紧了嘴巴、做好一具"尸体"的杨自在连长一行人，张然微微摇头，他刚想返回指挥部向孙宁报告，突然听到了迫击炮炮弹划破空气发出的呼啸声。

张然霍然抬头，他没有闪避，也没有露出任何惊慌失措的样子，身为特战连连长，他拥有相当丰富的军事经验，他仅凭炮弹快速划破虚空带出的呼啸，在第一时间就可以确定，这一发炮弹的目标并不是他们。

果然，这发炮弹从他们的头顶掠过，带着一个优美的弧度，一头栽到了三百米外空无一人的操场上。

“嗖！嗖！嗖！嗖！嗖……”

炮弹的呼啸声不断响起，一连射出十二发炮弹后，炮击停止了。张然早已经判断出炮击的方位，但是他却没有动，在这个时候，会用迫击炮，或者说敢用迫击炮向军营轰击的人，只有燕破岳而已。而燕破岳千辛万苦弄到一门迫击炮外加十二发炮弹，又把它们扛到山上，绝不是为了向夜鹰突击队无人站立的操场射击那么简单。

张然回过头，望着脸色怪异的杨自在、老辛和许阳一行人：“谁能告诉我，这算什么？”

“你和这里的兄弟，已经全部阵亡了。”

杨自在连长脸色怪异地走上前，将一封信交到了张然手中。

燕破岳使用的迫击炮，是占领综合训练基地后，从那里“缴获”的PP87式迫击炮。这种82口径迫击炮，炮身加炮架和支盘，一共有四十千克，每发炮弹就算是四点五千克重，十二发就是五十四千克。这两者的重量加在一起，已经是燕破岳他们三人小组的负重极限，否则的话，燕破岳一定会带上更多炮弹。

燕破岳通过杨自在连长交到张然手中的信上，是这么写的：

“您好。在您接到这封信时，我已经对着水井位置连续轰了十二发炮弹。您千万不要以为是我的炮击水平太差，把炮弹全轰到操场上去了。就算是教练弹不会爆炸，这劈头盖脸砸下来，砸到人脑袋上，是真会要命的，就算是砸不到人，砸到汽车、直升机上面，也是不好的，如果要我赔，那真是会赔死人的，您说，对吧。”

涵养再好的人，看到这么一段，也会气得肝火上升，但是别急，更绝的还在后面。

“当你们突然发现，从井里抽出来的水，比黄连汁还要苦十倍，喝下去一口就得吐出来十口，请不要怀疑，这就是我干的。为了平息那些忙碌了一晚上，早就饿得肚皮瘪瘪，却因为井水突然变苦，吃不到早餐而群情汹涌的士兵，您大概不会驱赶那些炊事员和周围围观的士兵吧？那让我猜猜，在我炮击的时候，水井旁边除了您，还有多少人，一百个，差不多吧？一个连会有一个炊事班，以每个炊事班八人计算，夜鹰突击队有十二个特战连，就是十二个炊事班，合计九十六人，再加上其他边边角角的，这能做饭的人，大概有一百一十个，我这一通炮击，除了您，应该轰死了七八十个炊事员吧？”

读到这里，张然忍不住抬头，看了看周围那些炊事员，辛苦了一两个小时，做出来的饭食反而弄得群情汹涌，为了弄清楚事情真相，炊事员们从军营各个角落奔赴水井，有不少炊事班都是倾巢而出，一眼扫过去粗略计算，就这一阵炮击，跟着张然一起完蛋的炊事员，竟然真的超过了七十个。

作战部队伤亡还不到百分之五，炊事班伤亡就已经超过了百分之七十，达到了成建制被歼灭的程度，这种战例，不要说是夜鹰突击队，就算是放眼我军，甚至是全世界，也算是奇观了。

信写到这里还没有完，燕破岳还专门对他发射的十二发炮弹，列出了一个详细的清单：

第一发、第二发、第三发，烟弹（燕破岳：用来制造混乱）；

第四发，钢珠榴弹（燕破岳：嗖嗖乱窜，打得你们抱头鼠窜，最终只能全部卧倒）；

第五发、第六发、第七发，杀伤燃烧弹（燕破岳：想趴着装死是吧，那就来个火烧屁股，看你们是继续趴着还是跳起来继续乱跑）；

第八发、第九发，高爆榴弹（燕破岳：你们还是继续趴着吧，这玩意儿一响起来，惊天动地，蛮吓人的）；

第十发、第十一发、第十二发，箭形弹（燕破岳：千万别告诉我，现在你们还趴在地上，顾头不顾腚的，也许要不了命，但被它扎中，真的是很难受很难受很难受。你要问我为什么，咳咳咳，因为在我的建议下，老杨在制作这种炮弹时，那些小钢箭上，用那个羊羊888浸泡过了！）。

孙宁从来没有听说过，我军制式PP87迫击炮还有箭形弹这种特殊武器，他目光一扫："谁是老杨？"

老杨举起了手："那三发箭弹，是我没事瞎折腾，自己弄出来解闷的东西，谁想被燕破岳那小子看到，把我们俘虏后，立刻就把我私人研制的炮弹给抄走了。"

所有的炮弹中，也只有这最后三发箭弹是货真价实。燕破岳之所以把它们放在最后，就是害怕使用实弹射击会产生误伤。三发箭弹在空无一人的操场上空爆炸，形成了三个扇形覆盖面，上千枚钢箭刺入地面，彼此交融，形成了一道道密密麻麻的死亡之网。

只要看到这一幕的人，就必须承认，在水井边的人，挨到这种炮击，想要安然无恙，概率真的是很低很低。

看着眼前这个貌似憨厚，实则是在部队已经混成精的老兵，跟在杨自在身后，同样步入阵亡之列的张然，问出了最后一个问题："这羊羊888是什么东西？"

这个问题一出口，曾经亲眼看到燕破岳和笑面虎对决的许阳，脸色当真是精彩得有若见鬼。

许阳轻咳了一声："这个，张连长，燕破岳和萧云杰从新兵营出来后，曾经在炊事班养了几个月的羊，这个您知道吧。"

张然点头，他已经隐隐明白，这个羊羊888，似乎和燕破岳他们放羊的经历有着千丝万缕的关联。

许阳上前几步，在张然耳边低声道："那个羊羊888，上面印一句广告词，挺贴切的……用了羊羊888，您就发发发；今年二十头，明年变五十，羊羊888，一用发发发。"

张然有些尴尬地轻咳了一声，大家都是成年人，谁也别装清纯小青草，谁还不知道这今年二十头、明年五十头是什么意思？只是，只是，只是……在箭形弹中的钢箭上浸泡这种给羊用的东西，这他妈的也太下作、太卑鄙无耻、太阴损无下限了吧？！

第三十六章 - **死战不休**

在距离夜鹰突击队军营将近五千米外的一个小山坡上，射完十二发炮弹的燕破岳，拿出单兵铲在地面上挖出一个比拳头略大的小洞，又取出一枚手雷拔掉保险栓，将它塞进了那个土坑里。作为狼狈为奸的死党，萧云杰立刻反应过来，奋力将四十千克重的迫击炮挪过来，用炮盘压在了那枚手雷上。

燕破岳曾经听几位师父说过，在战场上敌军经常在我军士兵的尸体下面放置一枚拔掉保险栓的手雷，只要我军去给烈士收尸，一动尸体就会触发下面的诡雷，造成人员伤亡。燕破岳的布置就是尸体诡雷的翻版，但是相对比之下，他的这种诡雷，更加让人防不胜防，或者说更加无耻。

尸体丢在那儿，也许一时之间还不会有人去收拾，但是一门迫击炮丢在演习现场，蓝军那边的人追过来，怎么也得把迫击炮回收了，要不然的话，丢了咋办？！

“老燕，”萧云杰作为狗头军师，面对燕破岳这个堂堂正正的“阳雷”，又出谋划策予以改良进化，“你看这样如何，我潜伏在附近不动，如果一会儿追兵赶至，把迫击炮收走，炸得鸡飞狗跳，那自然是万事大吉，但是如果他们不理会迫击炮，继续猛追，我就悄悄把迫击炮藏起来，你再把追兵一路引过来，到了那个时候……”

说到这里，燕破岳和萧云杰对视而笑，两个人此刻的笑容，比电影中那面对太君露出最卑贱笑容的伪军队长，猥琐下贱了何止十倍？！

“砰！”

85式狙击步枪的枪声突然传来，是孤狼发现敌人开火了。紧接着班用轻机枪和自动步枪的枪声连环响起，从枪声来判断，这批敌人已经顺着丛林摸到了距离他们不足六百米的位置，如果不是孤狼的眼力太好，发现敌人接近并开枪示警，就凭燕破岳和萧云杰这两个外行，也许直到敌人摸到眼皮子底下，才会发现并随之爆发必死无疑的遭遇战。

看着枪声不断传来的密林，燕破岳下意识地抬手看了一眼手表，三分钟，从他发射第一发炮弹到现在，只过了三分钟。除非是用飞的，否则夜鹰突击队的人，绝不可能在这么短的时间内就从军营扑了过来。

这样算下来，只剩下最后一个可能：有一支敌人的特战小队，就算不知道他们在哪里，依然整夜待在群山当中，随时待命，就等着他们自己暴露行踪，再对他们发起铁锁横江般的致命一击。

“下着雨，天这么冷，连我们的人影都看不到，就这样还能在大山里窝了一晚上，夜鹰突击队不是特种部队吗，怎么里面还能钻进这样的二货？！”

燕破岳的话音未落，远方的风中就隐隐送来了一个愤怒而疯狂的吼叫：“燕破岳，你这个坏蛋，给我出来！出来！出来啊！”

短短几十秒钟的时间，这个声音的主人，就在丛林中向他们逼近了三四百米，这种运动速度，就连以体力和爆发力见长的燕破岳都要为之悚然震撼。而这个声音，听起来似乎有点耳熟。

“老萧，你先顶住，给我三十秒！”

燕破岳飞快地取出了纸笔，萧云杰虽然不明就里，还是拎起87式自动榴弹发射器，躲在山坡后面，对着丛林连续扣动扳机，一发发35毫米高爆榴弹飞向敌人冲来的方向。这个时候，榴弹发射器可以像迫击炮一样曲线射击的优势就被展现得淋漓尽致。萧云杰躲在山坡后面，敌人突击队的自动步枪，再射击也不可能打中他，而他射出的榴弹，却可以一发发地从天而降，一个人一门榴弹炮，硬生生将那支十五人特种小队的冲锋势头给压制下去。

燕破岳将一块口香糖丢进嘴里，一边用力猛嚼，一边在纸上奋笔疾书。

“噗！”

燕破岳将口香糖吐出来，用它为粘料，把写了字的纸贴到迫击炮炮管上，燕破岳对着打完一个弹鼓，正准备更换的萧云杰急叫道：“老萧，成了，风紧扯呼！”

三分钟二十秒后，林钢蛋带着十几名全副武装的特种兵，杀气腾腾地冲出丛林，他首先看到的，就是那门独自屹立在风雨中的迫击炮，一张从笔记本上撕下来的纸，正在迫击炮炮管上随风而舞。

燕破岳在短短三十秒钟时间，就在纸上写了一首打油诗：

豪兴挎枪入夜鹰，
叽叽歪歪被鄙视。
只得站在大门口，
对内射出一榴弹。

这首打油诗写得不伦不类，在最后，燕破岳还加上了一句气死人不偿命的话：守大门的班长兄弟，谢谢啦啊！

听听林钢蛋刚才的吼声，那是多愤怒，多生气，多想逮住燕破岳后暴打狠踹啊，现在他只要看到这张纸条，百分之百会更加怒火中烧，只要他一时无法控制自己的怒气，一脚踹在迫击炮上，那他这位警卫排硕果仅存的班长和身边最近的几个士兵，就会一起交待在这里。

用老爹的话来说，这叫啥来着，对，激怒型诡雷！

只可惜，林钢蛋根本没有去看迫击炮上粘的纸。他只是扫了一眼，就将目光再次落到了燕破岳和萧云杰撤退时留下的脚印上，从喉咙里发出一声犹如受伤野兽般的嘶吼："追！"

"可是……"

有人望着迫击炮想说什么，可是林钢蛋在这个时候，已经追在燕破岳他们的脚印后面，再次发起了追击。

"老燕，你布的陷阱被识破了！"

听到萧云杰的提醒，燕破岳的第一感觉就是不可能，那个只能用一窍不通、笨蛋蠢材、猪小弟来形容的警卫排班长，怎么出过一次洋相后，就能破而后生般地成为一个天才，就能将燕破岳精心布置的陷阱一眼识破了？

在跑过一片草地时，燕破岳一边跑一边连续丢出几枚72式反步兵地雷。这种地雷只有八厘米长、三厘米高、一百二十五克重，比我们在超市看到的那种铁皮午餐肉罐头盒还要小一半。这种地雷外壳是塑料的，通体漆成了绿色，把它们丢在杂草丛中，自然而然就会和环境融为一体。在必要的时候，也可以把它直接丢进溪水或者泥地里。

最让人称赞的是，它的引信在里面，可以一边跑一边布雷，绝对是特种兵在战场上用来阻隔敌军追击、打击敌军士气的最有效的手段之一。

还是三分二十秒钟后，林钢蛋一马当先地冲了过来，其他队员，就算临时调拨给这支小队的夜鹰突击队正式特种兵，都被林钢蛋甩出了三四十米远，林钢蛋就像一头被彻底激怒的猎豹，不断疾冲，直线冲过了那片布了几枚地雷的草丛。

在冲过草丛后，林钢蛋不停冲刺的身体猛然一顿，他霍然转头，对着身后追上来的队员，放声狂吼："小心地雷！"

丢下这句话后林钢蛋继续开始追击，九名警卫排的士兵立刻左右散开避开了那片草丛，可是被孙宁调派过来的火力支援小组三名夜鹰突击队特种兵，脸上却浮现出不以为然，扛着班用轻机枪的机枪手低哼道："他一直盯着燕破岳的脚印，瞪得眼珠子都快蹦出眼眶了，还能发现地雷，难道他还长了第三只眼睛不成？要是真有地雷，他跑过去的时候，怎么就那么好命？"

看着林钢蛋和燕破岳几乎完全重叠的脚印，火力支援小组组长的脸部猛地微微一动，他走上前踩在因为重叠起来所以特别深的脚印上，一步步地穿行，在他走到一半时，略略一停顿，又继续向前走，一直走出了草丛。

回头望着草地，火力支援小组组长轻而易举地在草丛中看到了一枚静静隐伏，由于颜色太过接近，几乎融为一体的72式迷你反步兵地雷，他慢慢嘘出一口长气，沉声道："厉害！"

两名士兵已经明白，在草丛中真的有地雷，他们都将询问的目光投到了自家组长身上。身为特种兵，获得新的战场知识，往往就代表了一次生存的机会。

"燕破岳从小就接受训练，他的体力充沛，在奔跑时，步伐的尺寸几乎一样，可是在他进入草丛时，其中第十一步却明显变短，这表明他减慢了速度。在被敌人追击时，一个特种兵明明体力充沛，却突然减慢速度，这已经足够说明问题。"

火力支援小组组长看着前方燕破岳和林钢蛋继续不断重叠向前延伸的脚印："林钢蛋看起来是挺笨的，但就是因为笨，所以他做事心无旁骛，当他被燕破岳彻底激怒，并带队对燕破岳展开追击时，他会比我们中间的任何一个人都更专注，也更敏锐！”

两名特种兵面面相觑，他们真的不愿意去承认，一个被燕破岳玩弄于股掌之间，用了不到一天时间就成为整个军营笑料的超级大傻瓜，在战场上会比他们更优秀，可是草丛中那些若隐若现，如果没有提高警惕仔细分辨，就连他们都可能会被阴上一手的地雷，就足以证明组长的话是对的。

“从现在开始，收起心里高人一等的想法。也许我们会从这个临时队长身上，学到很多东西！”

组长说完这些，带头追了上去，两个士兵也自然而然地紧跟在他身后。

萧云杰一边跑一边喊：“老燕，你那地雷没响，人家活蹦乱跳的一个也没少！快想想办法，他们就追在身后，连一千米都没有，要再追近一点进入自动步枪射程，你我两兄弟就要成为人家的活动枪靶了！”

“狗屎运气够好啊。”

燕破岳带头又跑向了一片杂草丛，将身上带的地雷全部抛进草丛中：“我倒要看看，你们的运气是不是真好到逆天！”

燕破岳和萧云杰冲到一个山坡上，他们趴在地上，居高临下用望远镜观察，燕破岳惊讶地发现，追杀他们的人依然是十五个，一个也没少。

这不可能！

如果说只有一个人追杀他们，靠运气两次都冲过雷区，燕破岳可以接受，但是对方可是一支整整十五人编制的小队，这么多人两次越过雷区都无损一人，这就已经不是单凭运气能够解决的问题。

他们在演习中使用的地雷，可是夜鹰突击队特制的演习雷，只要有人触发，就会真的“嘭”地发出一声巨响，一些模拟炸弹用的火星更会四处乱溅，就是因为这样，追在身后的人，想和燕破岳一样，将身上的红外接收装置塞住，或者直接拆除，都无法掩饰，更无法作弊！

在这么远的距离，死追在脚印后面，明明还没有发现燕破岳他们的林钢蛋，猛地抬头，没有任何理由，他的目光就是跨越了近千米的距离，直直投到燕破岳隐蔽的位置，通过望远镜，当燕破岳看到林钢蛋的眼睛时，就算是燕破岳，心脏都突然狠狠一顿。

那是一双什么样的眼睛啊，它的主人也许现在都没有经历过，或者说从来不懂那些钩心斗角，尔虞我诈，所以依然带着一丝婴儿般的清澈；在被彻底激怒之后，这双清澈的眼睛上腾起了一股血一样的红色。

追在他们身后的那个班长，他单纯、认真而又愤怒！

他就像一头快要饿死的狼，在倒下前终于发现了食物，现在唯一的念头，就是要追上燕破岳，击败燕破岳，消灭燕破岳。这个念头是如此强烈，如此深沉，已经和生物亘古以来，为了生存就会产生的最直接、最原始欲望融合到一起，变成了他可以让灵魂都为之沸腾起来的动力，在他整个人都崩溃之前，他会不停地、不停地、不停地、不停地、不停地、不停地追杀下去，直至完成任务，或者被燕破岳消灭！

“燕破岳，你很聪明，比我见过的绝大多数人都聪明。你尤其擅长钻空子，我一直认为，这并不是你的缺点，而是优点，一个大大的优点，如果在真实的战场上，你还能把这个优点发挥出来，你就会成为主导一场局部战斗的关键！我会把这种人称为‘key’，也就是钥匙。但是你要记住，在战场上面对两种人时，你的这种聪明，反而会变成致命的毒药！”

指志员赵志刚的话，突然间在燕破岳的脑海中再次回响：“一种，是像我这样比你更聪明的人，面对我，你越是玩花招，越是钻空子使小伎俩，越是死得快；另一种，是那种看起来有点傻、有点呆，眼睛像孩子一样单纯，而且看起来还很老实憨厚，却被你给彻底激怒的人。”

在玩智商、斗阴谋诡计方面，燕破岳承认，自己不是指导员对手，能在十年时间一路在书山苦海中冲杀出来的指导员，说他其智若妖，所以不得好死，燕破岳会立刻举起双手双脚同意。但是赵志刚提到的第二种对手，燕破岳却不以为然，以他燕破岳的聪明才智，又身兼百家之长拥有种种手段，又怎么可能会被又呆又傻又“二”的人给逼上绝路？！

看着一路以辗压姿态不断冲破自己设置的陷阱，无论他如何努力，都无法将对方甩开，对方几乎是以相同速度前进的林钢蛋，燕破岳终于信了。

赵志刚要是能站在更高的位置，他的小把戏所有内幕和机关，在对方的眼前都无所遁形；而林钢蛋，一旦把这样的对手激怒，让他灵魂都要为之燃烧起来也发起攻击，他所有的精气神，他的眼睛，他的耳朵，他的鼻子，他的触觉，甚至是他的感觉，都会死死锁定燕破岳，燕破岳纵然是狡诈百出，面对一个根本无视外物，绝不会受到任何干扰，只是利用最纯粹暴力，对他展开不断追杀与碾压的对手，就像一个绝世尤物在瞎子面前跳脱衣舞，不会有任何作用，反而会让对方的杀气更重，锐气更足！

燕破岳眼睛里猛然腾起了一股几欲燃烧的沸腾战意，他猛地握紧了拳头。他知道，他真的知道，赵志刚说这些话，是想刺激他，想要激起他的不服输意志，赵志刚就是担心，他习惯了用偷奸耍滑的方法解决问题，就会欠缺一个职业军人必须具备的坚韧与持久。

用赵志刚的话来说，就是“大厦将倾独木难支的绝境，背水争雄不胜则亡的疯狂，这可是一个男人为之成长的醍醐啊”！

老爹也说过：“一个人只有被一次次逼到极限，又一次次超越极限，才可能每一天都比过去的自己更强！”

燕破岳深深地吸着气，隔着上千米的距离，他似乎已经嗅到了扑面而来的最纯粹杀气，嗅到了林钢蛋身上那硝烟中混合着钢铁的味道。燕破岳突然跳起来，带头飞跑，他一边跑一边用步话机联络上了潜伏在丛林中某一处的孤狼：“孤狼，我被咬死了。”

身披自制伪装网的孤狼，静静地趴在一片半人多高的杂草丛中，沉稳得犹如一块岩石，纵然是一条五彩斑斓只有一尺多长的毒蛇从眼前滑过，都没有让她稍有动静，仿佛纵然地老天荒沧海桑田，她都会这样继续潜伏下去。

孤狼的呼吸悠长而缓慢，在呼与吸之间，几乎找不到明显的分界。三条斜斜从面部滑过的伪装油彩，并不是影视作品中最常见到的黑色，而是使用了红黑绿三种颜色的油彩，她的眼窝、鼻窝还有人中眉心等部位，使用了绿色油彩，鼻尖、下颚和前额部位，使用了红色和黑色油彩，三种颜色偶有交叉，将她脸部分割得惨不忍睹，但是当她静静潜伏在杂草丛中时，就算是你站得近在咫尺，阳光都倾洒在她的脸上，你也往往会视而不见。

孤狼没有回答，燕破岳的声音，通过便携式步话机，在孤狼的耳中继续回响：“我知道，你除了第一枪示警，到现在都一枪未发，一定是对方的狙击手数量达到了一个程度，对你形成了足以致命的压迫。你不需要考虑支援我，更不要冒险去击毙那个追在我身后的蓝军队长，从这一刻开始，你不再是我的搭档，你是狩猎者，一个没有战友、没有搭档，在任何环境中都可以独立生存独立作战的狩猎者……希望我们能一起坚持到最后，完毕！”

燕破岳的话说完，通信随之中断了。

孤狼没有动，她依然静静地趴在那里，没有人知道她会趴多久，也没有人知道她能趴多久。

曾经不止一个人问过孤狼：“怎样才能做一个最好的狙击手？”

孤狼没有回答，提问的人都悻悻而去，其实，孤狼没有回答，就是最好的回答，只是那些询问者，没有明白而已。

对一个王牌狙击手来说，怎么能在八百米距离精确命中枪靶红心，怎么能在一百五十米内打断电线，怎么能在一百米内打断火柴，这都是基础中的基础，甚至无须提出来。

真正的狙击手，最大的敌人是孤独。想成为一名王牌狙击手，就必须学会习惯在没有通信、没有战友，甚至是没有同类的环境中，独自生存一周甚至是更长时间。他们必须能够做到几周不讲一句话，他们必须学会用七八个小时，带着伪装慢慢爬过一条只有三四米长的空旷地带；一个王牌狙击手，更需要具备绝对的细心，在他的射击范围内，哪怕只是出现了一个篮球大小的异物，在通过狙击镜巡视时，都必须在第一时间发觉；一个王牌狙击手，更必须拥有最强的忍耐力，可以无视风霜雨雪，无视炙热与寒冷，把自己变成一块没有知觉也感受不到时间流逝的石头。

如果身为一名狙击手，却做不到上面这些要求，那最好去当特警，而不是特种兵，因为你在战场上，迟早会遇到一个真正的王牌，并死于他的枪下！

孤狼，就是拥有超级王牌狙击手特质的人！

没有枪林弹雨，没有冲锋时激情的吼叫与呐喊，在这片属于狙击手的战场上，双方都沉静如水，只是彼此寻找着对方的位置，试图能够识破伪装并先发制人。

时间就在这种彼此对峙中悄无声息地一点点流逝，双方都是精锐，都懂得在狙击手的战场上沉默是金的道理。

不知过了多久，下了几天的连绵阴雨终于停了。久违的太阳从云层中爬出，热情如火地将它的光与热倾洒向这片大地，没过多久，闷热的湿气就升腾而起，让身处其中的人感受到了初夏带来的炙热。

汗水从曾经在俄罗斯狙击手学校接受过正规训练的于海脸上慢慢淌落，从他的下巴部位一滴滴地淌落下来，但是于海却没有伸手去擦汗，他只是通过狙击镜，小心翼翼地巡视着孤狼的踪影，他知道孤狼就潜伏在对面那片由杂草和灌木混杂而成的草丛当中，至于具体位置，还无法确定。

于海早就听说，孤狼能够以一个女兵的身份进入“始皇”特战小队，甚至还得到郭嵩然的另眼相看，是因为她有资格冲击现任世界狙击手排名榜。

于海并没有不服气，他相信郭嵩然和赵志刚的眼光，他想要知道的是，自己和一位有资格冲击世界狙击手排行榜的超级王牌相比，究竟有多少差距。

现在于海已经知道了。

猛地看起来，双方仿佛都没有露出破绽，但是当雨后初晴，鸟儿们在阳光下晒干翅膀，重新欢快地展翅飞翔时，在孤狼潜伏的位置，曾经有几拨山鸡落下，在那儿蹦蹦跳跳地寻找食物，而于海他们这边，飞鸟盘旋着，却始终没有一只敢落下。

不是他们的潜伏技术不够，而是他们还无法像孤狼那样做到心如止水，把自己彻底变成一块石头。他们无法压抑内心想要战胜对手取得胜利和荣誉的念头，在他们身上就自然而然流露出了杀气，而生活在大自然中，每天都要面对各种危险和死亡的动物，对这种杀气，有着最直接最本能的感悟。

也许换作别人还会说，孤狼只有一个人，而他们这边除了昨天晚上在综合训练基地被孤狼击毙的三个，还有整整十二名狙击手，人数多了这么多，飞鸟不敢落下，这是再正常不过的事儿。但是于海不会这么想，一个人对十二个人，依然没有心慌意乱露出破绽，依然可以沉静如水稳如磐石，让鸟儿都感受不到，就凭这份以寡敌众却依然沉静如水的心性，于海就必须承认自愧不如。

突然间，一股山风掠过，吹得四周的树木枝叶起伏不定，一时间耳边满是哗啦哗啦的声响，在这一片山与地都为之欢欣鼓舞的世界中，他们周围的杂草都在随风而舞，将沾在草叶上的水珠抛洒开来，在空中画出一道道短暂而又美丽的小弧线，落到地面的水洼里后，又溅起一朵朵小小的水浪。

草叶在空中乱舞，遮挡住了狙击镜视线，同时也封杀了敌我双方开枪射击的可能。于海闭上了眼睛，享受起这难得的舒适与安宁，可是他刚刚闭目凝神还不到十秒钟，耳边就突然听到了左侧距离他二十多米远的位置，传来一声绝对不敢置信的低叹：“不是吧？！”

于海霍然睁开眼睛，顺着声音传来的方向望过去，只看了一眼他就惊呆了。

在他左侧的二十多米远的那名狙击手，身上的发烟包已经冒出了红烟，他竟然被孤狼给一枪“击毙”了！

枪声，没有听到，开枪形成的烟雾，没有看到，孤狼在哪里，没有找到！

孤狼一定使用了特制的空包弹，或者是橡皮子弹，弹壳里的火药量经过最精密计算，比正常子弹的发射药要少，在枪声和枪焰喷出枪管前，火药形成的动能就恰到好处地在枪管内消耗完成，使她手中那支并不具备微声消音功能的85狙，成为可以悄无声息狙杀目标的暗箭。

最让于海心惊肉跳的是，他们发射的可不是实弹，而是利用枪身上加装的红外发射系统来直线命中目标，一旦遇到障碍阻挡，红外线射击就失去了意义，而孤狼的那一枪，她是怎么打中的？

难道……她是计算了风速，以及她与那名狙击手之间的杂草摆动频率与角度，最终抓住了瞬间的空隙，打出了这妙到巅峰的一枪？！

于海的双眼瞳孔在慢慢收缩，如果这一枪不是偶然，这个绰号孤狼的女兵，就是于海这一辈子遇到的最强对手，就算是在俄罗斯狙击手训练学校的教官，也未必能做到她这种程度！

“孤狼！”

于海突然放声狂喝：“这种拿着狙击步枪，却不能打出子弹，用红外线对射，连个草叶都打不穿的模拟对抗，对我们来说，真的有意义吗？”

孤狼没有回答，在战场上如果敌人突然向她喊话，她回应对方的只会是子弹。

“我们来场真枪实弹的对决怎么样？”

于海的话，当真是一石激起千层浪，在于海这一方的所有狙击手都被这个只能用疯狂来形容的提议给惊呆了。

孤狼依然沉默着，仿佛于海说的内容和她没有任何关系。于海也不以为意，继续放声喊着：“你的潜伏技术，无声狙击技巧，还有计算能力，都是我见过的最棒的。而这些东西，在演习时用红外线模拟射击，你最多只能发挥出六成。我要看到的是一个最强的你，而不是被演习规则绑住了手脚的对手！”

知道孤狼根本不可能和自己对话，于海自顾自地继续说下去：“我们还有十一个人，留下六个，就能把你彻底盯死；我再亲自带队去狙击燕破岳，他们被林钢蛋追得满山乱跑，对狙击手来说，就是活动枪靶，最多只需要一个小时，我就能把他们全部击毙，再带队回来，继续和你对峙。如果这是真实的战场，你坚持潜伏在那里不动，就是在眼睁睁看着搭档和队友全部阵亡！”

孤狼的呼吸猛地一促，就连她稳定得仿佛钢铁铸般的双手，也随之轻轻一颤，虽然她迅速调整呼吸，又让自己的双手稳定得无懈可击，但是孤狼知道，自己的心竟然乱了。虽然只乱了不到一秒钟，但是如果两个顶级狙击手对决，这一瞬间的失神，往往代表了生与死的间距！

第三十七章 - 王牌

两天后，地面已经恢复了干燥，燕破岳和林钢蛋之间的拉锯战依然在持续着。

狙击手们在于海的指挥下拉起一根绳子，在上面绑了十二个啤酒瓶。这些啤酒瓶在山风的吹拂下轻轻摇晃着，于海则站在了一个特意搬过来的铁架子上，居高临下望着眼前这片足足有三四百米长、一两百米宽、布满了杂草与灌木丛的山坡，在他手中还拿着一个望远镜。

剩下的狙击手，分列在这片山坡的四周，他们都没有携带武器，只是拿着步话机。

那十二个啤酒瓶，就代表了包括于海在内的十二名蓝军狙击手，孤狼就潜伏在这片布满杂草与灌木的山坡上，她每打碎一个酒瓶，就代表她成功击毙一名蓝军狙击手，相对地，如果她被居高临下纵览全局、手中还有望远镜的于海发现，并通过步话机指挥分布在四周的狙击手们冲进杂草丛逮个正着，在这场真枪实弹的对决中，她就会以失败者的身份退场。

在真实战场上，狙击手以一敌众，一旦开枪时暴露行踪，必然会遭到敌军狙击手致命反击，这个对抗规则，平心而论，很公平。

“啪！”

一只挂在绳子上的酒瓶突然炸碎，于海霍然掉转视线方向，没有枪声，也没有硝烟，只有半人多高的杂草在随风飘动，于海的视线在掠过一片草丛时，突然又猛然回拉，通过高倍数军用望远镜，于海看到半根草叶被风吹得在空中不断翻滚，于海对着左手的步话机放声喝道：“X122，Y34！”

距离于海指定坐标最近的两名士兵，立刻冲进草丛当中，当他们跑到刚才草叶对舞的位置时，于海沉声道：“对，就是那里，仔细搜索！”

所有人注意力都集中到那两名士兵身上，期待他们将孤狼寻找出来，两名士兵拔开杂草，还没有仔细搜索，不知道在哪里又飞出一发子弹，“啪”的一声将第二个啤酒瓶给打碎了。

那两名士兵从地上拾起了几根草叶，把它们交到了于海手中。就是这些草叶其中的一根，让于海判定孤狼就潜伏在他指定的区域，在开枪时子弹打断了草叶，才会让它随风而舞。可是如果真的被子弹打断，草叶的断裂处一定会有轻微的烧灼，可是在于海手中的这几根草叶，它们的断裂处光滑平整，一看就是被人用刀子拦腰割断，并把它们虚虚放到了草丛上面，当山风骤然变强，草叶即将被吹得飞起时，孤狼毫不犹豫地扣动了扳机。在击碎目标的同时，也成功利用草叶转移了在场所有敌人的注意力，并获得了第二次潜伏狙击的机会。

连对方的影子都没有见到，甫一交手就被打碎两个啤酒瓶，在于海的脸上却没有郁闷和焦急，他对站在附近的士兵沉声道："都瞪大眼睛学着点，这些东西，在训练教材上根本没有。"

几个狙击手一起用力点头，都瞪大了眼睛，望着面前的草丛。

但是这一次孤狼却没有再轻易开枪，她一直静静地潜伏在这片长三百多米、宽近两百米、布满杂草和灌木丛的山坡上，和站在铁架子上的于海在彼此对峙中，任由时间慢慢流逝。

就在周围的狙击手们认为，孤狼很可能会拖到太阳下山，天色将黑却还没有黑透，人类视力最差的时候再开枪射击时，"啪"的一声，第三个啤酒瓶碎了。

所有士兵的目光一齐投到了于海的身上，但是于海却没有做出指令，他甚至连孤狼大概的方位都无法判断。

于海沉默了片刻，沉声道："厉害，佩服！"

周围的狙击手目光都落到了于海身上，不明白这一枪究竟高明在哪里。

于海举起了一面白色的小旗，挥动了两下，这代表对抗暂停，其间孤狼不得再向啤酒瓶开枪。

"记录！"

随着于海一声令下，一名距离于海最近的士兵拿出随身携带的记录本："一个人在精神高度集中状态，最多只能坚持三十分钟，一旦跨过这条界线，身体不胜负荷，就会出现精神恍惚，犯下平时根本不会出现的错误。因此身体才会用恍惚、眨眼等方式，强迫我们放松，进行休息。"

这些知识，在场的狙击手都懂。

在几年前，中国部队还使用一个训练狙击手眼力的方法。军官会将墨汁倒进半盆清水里，清水就会变得一片漆黑，狙击手要在正午阳光最强烈的时候，盯着水盆里的太阳倒影，坚持一个小时不眨眼睛为优秀。

直到西方人体生理学真正传入中国，并且被军队接受，那些用这种方法训练出一批又一批神枪手的军官才知道，他们的方法是错的。长时间盯着水盆里的太阳倒影、过于刺目的光线，会对狙击手的眼睛造成伤害，最重要的是，就算是再训练，人类的身体依然有着自己的极限，那些狙击手，到最后是能一小时盯着水盆不眨眼，但是从眼睛里看到的信息，在传送向大脑时，却会不时“梗塞”一下。

“为了避免身体到达极限被‘强制’休息，我站在铁架子上，每隔十八分钟，就会闭上眼睛休息，而在这个过程中，为了不让孤狼发现，我依然拿着望远镜身体小幅度转动，做出搜索巡视动作。”

于海抬起手腕，看了一眼手表：“现在过了一百二十九分钟，我一共闭目休息了七次，我自认为已经做得很小心，但是在我努力掩饰的背后，也许动作会轻微走形，也许是掉转视线时的移动速度变慢。总之，在第六次时，孤狼就已经找到了我放松自己的规律，并在我第七次躲在望远镜后面闭上眼睛时，果断开枪命中目标，而就在这瞬间，我成了一个睁眼瞎！”

四周一片肃然，于海的话通过步话机传到了每一名狙击手的耳朵里，他们在认真地倾听。而于海身边那名接受过速记训练的士兵，更是将于海说的每一个字，都记录到了本子上。

“你们中间，有些人喜欢趴在高处开枪，这样火力视野良好；有些人喜欢躲在草丛中潜伏，这样会带给自己安全感；还有人是左撇子，更习惯用左眼射击，在战场上给自己制定撤退路线时，也总是喜欢选择左翼；我从来没有要求你们改正你们身上这些小细节、小习惯，在我看来，就是因为有这些细节上的差异，我们才是活生生的人，而不是机器。但是今天，我发现，我错了。”

说到这里，于海的声音略略提高：“如果在战场上，你们遇到孤狼这样的狙击手，也许还没有交手，你们就已经死了！狙击手，是不能有习惯和规律的！”

于海的话讲完了，他将那面小白旗收起，就是在他将望远镜送到眼前，视线穿过镜片，眼睛还在适应场景突然由远至近，视野由宽变窄的极速变化时，“啪”，第四个啤酒瓶被打破了。

以前在俄罗斯狙击学校，于海不止一次参加过这种实弹对抗，他一直以为，这种对抗就是考验一个狙击手的潜伏技巧，以及在草丛中悄无声息挪动的综合能力。可是直到今天他才明白，原来这并不是一场考官对考生的测验，而是一场他与孤狼之间货真价实的狙击手对决！

孤狼是不能向他射击，但是当他站在高处时，他所有的一切细节，就会暴露在孤狼面前，他在搜索孤狼的同时，孤狼也在仔细打量着他、观察着他，寻找着他身上可能存在的习惯、规律与弱点，并利用这些为掩护，发起一次又一次狙击！

“孤狼，我承认你很牛逼，不要说是将来，就算是现在，我都没有把握能够战胜你，但是……”

于海慢慢握紧了手中的望远镜：“我就不相信，你能在我眼皮子底下，把十二个啤酒瓶都打碎！”

“啪！”

听着身边突然传来的碎裂声，于海猛地一呆，旋即他明白过来，他被孤狼激起了好胜之心，在情绪激动之下，竟然失去了一名狙击手必须具备的冷静。他当然可以在最短的时间内把情绪调整回来，但是他站在铁架上，他所有的一切都被孤狼看得清清楚楚，孤狼根本没有给他调整情绪的时间！

于海也终于明白，为什么孤狼不喜欢说话了。

她的观察力这么惊人，在她的内心，一定有一个着比常人更丰富、更多姿多彩的世界，和这个世界相比，人类的语言，已经显得分外苍白无力，而且人类的语言意思太多了，其中还充斥着谎言与陷阱，相比用语言去交流，她更喜欢用自己的眼睛去看，以她的细腻和敏感，根本不需要什么行为心理学老师带她登堂入室，她就已经凭自己的天赋，学会了如何去“察言观色”，如何通过一个人的表情以及最细微动作，来判断对方的心里话。

会用嘴巴说谎话的人太多太多了，但是会用表情和肢体细节语言来说谎的人却屈指可数，也许一辈子都遇不到一个。如果说擅长钻空子玩弄陷阱的燕破岳，在战场上就像一个翻手为云覆手为雨的魔法师，在战场上对敌人来说，孤狼就是噩梦，就是最纯粹的死神！

于海深深地吸了一口气，再慢慢将它从肺叶中吐出去，面对这样一个天资横溢的后来者，看着她毫不停留地踏着自己这个前辈飞越而过，而且自己再也不可能追上，于海甚至不敢让自己的心里产生妒忌，一旦他放任妒忌这种情绪，像燎原之火般在心底燃烧，在心态失衡之下，他只会让孤狼打得更加得心应手。

枪声隐隐传来，过了十几分钟后，两串脚步声传来，燕破岳和萧云杰拎着手中的榴弹发射器从他们身边跑过，又一起霍然停下了脚步。燕破岳和萧云杰看着围成一圈的狙击手，还有站在铁架上的于海，两个人猛地抬起手中榴弹发射器，可是他们很快就发现，这些身上都背着狙击步枪的蓝军狙击手，竟然没有一个人理会他们，只是瞪大了眼睛盯着他们中间围的那片草地，难道再过几秒钟，就会从那里钻出一个正在下河洗澡、抢回去就能当媳妇的七仙女不成？！

“喂，”感觉受到冷落的燕破岳开口了，“咱们可是敌人啊，你们到底是打还是不打？”

萧云杰在燕破岳耳边低声道：“别叨叨了，你看他们的样子，连红外收发装置都没带，摆明是和孤狼死掐上了，没有一群狙击手躲在暗处打冷枪，你小子还有什么好抱怨的，还不快走？！”

燕破岳和萧云杰跑掉了。

面对一个为了战胜自己，已经将所有专注力都集中到一起，而且再无规律可循，同时也再无破绽可言的敌军指挥官，潜伏在草丛中的孤狼根本无法开枪，也陷入了沉默。

又过了三四分钟，更多的脚步声传来。林钢蛋带着特战小队一路追上来，和燕破岳他们不同，林钢蛋对这边站着的十几个人视若无睹，就那么直冲而过，反而是跟在他身后的士兵，对于海一行人频频注目。

站在铁架子上的于海，面对身边发生的这一连串事情，没有做出任何反应，他眼未动，手未动，脚未动，心未动，甚至就连望远镜都放到了一边，只是静静地望着眼前这片足足有六万多平方米大小，隐藏了一名最可怕狙击手的草地，静静地等待着孤狼的下一次攻击。

也许是于海太过平静，再也不能轻易找到破绽，孤狼一直没有再开枪。从不喜欢多说话，小时候静静坐在一边，一坐就能坐上六七个小时，哪怕看着天边飘过来的一朵白云，也能怔怔入神很久很久的孤狼，无论是她的性格，她选择的职业，还是她的性别，最大的优点，都是耐性！

孤狼与于海的对决，一直持续到当天夜里，当太阳落山，最后一丝余光也被黑暗的夜幕笼罩，孤狼终于再次开枪打碎第五个啤酒瓶时，于海就知道，他已经输了。

孤狼不愧是王牌狙击手，她到了夜间新换的子弹，弹壳里的发射药剂量，被她调配到了妙到毫巅的水准，就算是在一片黑暗中扣动扳机，都看不到枪口喷射出的枪焰。

无声，无烟，无枪焰，能把仿自苏联SVD德拉贡夫狙击步枪，实际上只能算是“高精度步枪”，连专业狙击子弹都没有，打得稍远点子弹就会发飘的85狙应用到这种程度，于海不得不说上一个“服”字。

整个狙击班全军覆没，在于海心中，郁闷纠结是有，但是很快就被他抛到了脑后。在这将近一天的对决中，无论是于海还是他训练的狙击手，都获益匪浅。不是谁都能在和有资格冲击世界顶级狙击手排名榜的超级王牌对决后，还能活着走下战场进行自我反思，这对双方来说，都是一场没有输的战斗。

于海在踏过军营大门时，看着大门前那条燕破岳在两天前画在地面上的白线，他突然停下了脚步：“我们因为孤狼是一个女兵，体力无法和男兵相比，所以排斥她，不想让她进入夜鹰，结果被她上了一堂震撼教育课，告诉我们错了；我们又因为燕破岳和萧云杰枪法烂到了极点，而认为他们没有资格成为特种兵，每天都有人对他们指指点点……我们会不会，又错了？！”

跟在于海身后的狙击手都沉默无言，没有人能回答这个问题，或者说，没有人愿意回答这个问题。

第三十八章 - **天狼破军（上）**

二十七天之后……演习还没有结束！

现在已经是五月底，但是在这片海拔平均四千米的高原上，远方那一座座半隐在云雾中的山峰上亘古不化的冰雪看起来洁白而美丽，地面上依然到处都是厚厚的雪层和冰凌，但是随着夏之女神的步伐姗姗临近，迎面吹来的风中，已经透出了几分温和，在它的洗礼下，似乎就连军营中那些四季常青的松柏也变得精神了几分。

“报告！”

“进来！”

艾千雪推门而入。在办公室里除了师长刘传铭，还有一位她并不认识的少校军官。以艾千雪的眼光来分析，这个军官应该并不是文职，在他的身上，有着一种从基层部队一步步走上来的职业军人特有的挺拔坚忍。但是在他的眼睛里，却又隐隐透着博览群书的智慧，而他嘴角那缕若有若无的淡然微笑，更化呆板为神奇地让这个军官身上多了一缕与众不同的率意洒脱。

二十岁的洒脱，三十岁的成熟，四十岁的沉稳，五十岁的从容，六十岁的豁达，七十岁的安然……

艾千雪简直无法想象，如此众多的特质，为什么竟然会同时集中到一个人的身上，让他变得不可捉摸，却又散发着足以让女人为之疯狂的奇异魅力。

再迟钝的人面对他都会明白，他绝不是一个平凡的人。

“来，小艾，我给你介绍一下。”刘传铭师长的脸上透着笑意，他的声音中，更带着没有半点虚伪的欣赏，“这位是夜鹰突击队教导小队指导员赵志刚，你别看他年纪轻轻，可是在师侦察连、军侦察营一路走出来，脑袋里装着几柜子书的文武全才。”

这年头，高人遍地走，大师多如狗，拍部三级片就敢自称为当红影视明星，弄张合成相片，身上仿佛冒着佛光宝气，就敢说自己会特异功能，对此艾千雪早就不以为然，但是眼前这位赵志刚少校，他文武双全的名号却是真正的实至名归。

“燕破岳和萧云杰就是我手下的兵，他们现在已经是整个特战大队的名人了。”

赵志刚一开口，就让艾千雪一阵心惊肉跳。萧云杰还好说，再怎么刺头也属于正常人范畴，那个燕破岳，可是闯祸的祖宗惹事的大神，他们究竟干了些什么，能让赵志刚这样的军官，放下手中工作搭乘直升机赶过来？！

“那小子疯了，我估计再继续折腾下去，整个特战大队，都会把他当成敌人。”

赵志刚将一份资料递给了艾千雪：“这是还未向外公布的第一手演习资料，你自己看吧。”

艾千雪迅速打开资料夹，迅速翻看着上面的内容，看着看着，她漂亮的眼睛就瞪圆了。

赵志刚绝对没有夸张，这两个混账小子，真是正在把整个夜鹰突击队两千多号官兵往死里得罪，就算人家现在不好发作，将来他一旦落难，百分之百会遭遇墙倒众人推，从此明白什么叫作多行不义必自毙！

燕破岳在“磨被子”时，都能想到用铁皮门和装甲车来进行工业化处理，他擅长耍小聪明弄虚作假的本事，艾千雪是早有所知。但是，这一票燕破岳还是玩得太大了！

自己用迫击炮一口气“炸死”七十多个炊事员也就算了，虽然损失掉三分之二，但毕竟还有三分之一在那儿，再从一线作战部队中挑选几十号特种兵临时补充进去，也能勉强支撑起每天三餐。

你往军营的水井里投放“厌恶剂”，把井水弄得苦得要命，谁喝谁吐，放在演习大背景下，纵然是不择手段了一点，毕竟是为了追求胜利，再说了井水也是活的，漂那么几天，味道也会慢慢变淡，大家捏着鼻子还能勉强认了。

但是你老人家至于又派出队伍中的狙击手，躲在距离军营两千米外的水源附近，等到人家炊事班带着水车来汲水，好回军营给两千多号官兵做饭时，一枪一个地全部放倒，最终让夜鹰突击队所有炊事员都成为“烈士”，让所有人早晨到食堂时，却发现那里冷冰冰的，连口可以喝的凉水都没有了吗？！

断电、断水、没饭吃，这就是夜鹰突击队两千多号人面对的惨状，其中有一大半状况是拜燕破岳所赐。在夜鹰突击队，也不是说除了炊事员就都是厨艺方面的门外汉，问题是，谁用得惯炊事班那套大得能吓死人的玩意儿？大家都是特种兵，又有谁愿意往那儿一坐，光是择菜就要择上几个小时？！

到现在为止，包括专门赶到夜鹰突击队拍摄内部专题片的摄制小组成员，已经连啃了十几天的压缩饼干和午餐肉罐头。受过最严格训练，只带极少数补给就能在野外生存七八天的特种兵们还好些，那些摄制组成员，一个个身娇肉贵的，据说现在一闻到罐头味就会吐。

孙宁已经发了狠，命令夜鹰突击队十二个特战连，每个连调集十几名最精锐老兵，由军官带领进入大山，和林钢蛋一起围剿燕破岳这个无耻三人小组，争取在最短时间内结束演习，让那些已经“阵亡”所以不能从事本职工作的炊事员重返岗位，让上级单位来的同志们可以尽早吃到热气腾腾的可口饭菜。

但是这个命令发布却为时已晚。孤狼和于海的狙击手对决，都被燕破岳看到眼里，让他终于找到了对付身后追兵的方法，在和孤狼重新会合后，他们三个人立刻进入了潜伏状态。

十二支杀气腾腾冲出军营的特战小队，对着整个演习战场反复梳理了三遍，都没有找到燕破岳他们。其实想想也是，在三百多米长、一两百米宽的草丛中不断射击，孤狼都有办法让同样是狙击手的于海找不到她，纵然燕破岳和萧云杰没有她这样出神入化的潜伏技术，但是在孤狼的帮助下，他们想办法先消除路上留下的印痕，再随便找个旮旯角一趴，就足以潜藏到天荒地老。

他老人家隔三岔五地就摸到距离军营一千五百米范围内，对着军营打出三两颗榴弹，然后掉头就跑，当真是把我军面对日本侵略者时，那打一枪换一个地方的游击战精髓发挥得淋漓尽致。

最让人恨得牙痒痒的是，这小子就喜欢深更半夜扰人清梦，尤其是喜欢在凌晨三四点摸到军营边发起偷袭，每次他夜间打进军营的榴弹上，都有一行小字外加一个笑脸：喂，该起床尿尿了。

每次军营遭到袭击，哨兵就会转动手摇发电机，凄厉的警卫声随之会在军营上空响彻云霄，特种兵们全副武装冲出宿舍，看到榴弹上那挑衅死人不偿命的语言，在这些官兵身上，原本看似已经到达巅峰的怨气值，竟然奇迹般地再次升腾。

井里的水稀释了这么多天，虽然能勉强入口了，但是那股苦味还是够冲。现在虽然是演习状态，但是没有大队长秦锋的许可，谁也不敢动用军营里的战时储备用水，想要喝水，就要派人到两千米外，冒着被狙击手击毙的风险拉回溪水，再进行净化处理。在这种情况下，每个人每天都有定量，一个个嘴巴干得快能淡出鸟来，谁还用得着半夜起床尿尿？！

孤狼的狙击步枪，有效狙击距离超过了九百五十米；燕破岳和萧云杰的自动榴弹发射器，更是敢在一千五百米外就直接轰击，几乎没有人敢再轻易接近军营围墙，如果有什么原因必须离开军营，更是一个个如履薄冰。

“不是吧？！”

当艾千雪看到第七页时，她那翘挺的小鼻子上，竟然渗出了汗水。已经把事情干到了这种程度，燕破岳竟然还能再创新高……

“停车！”

燕破岳和萧云杰站在军工厂当年为了将武器运出而修建的盘山路上，他们两个人的手臂上都戴着蓝色袖章，燕破岳手中还煞有其事地拿着一个命令停车用的警告牌。两辆载满货物的军车戛然而止，一名上尉军官从副驾驶席上跳了下来，燕破岳主动上前一步，向上尉敬礼：“这是军事禁区，前方正在进行演习，请您出示个人证件以及特别通行文件！”

上尉将红色的军官证以及特别通行证递到燕破岳面前，燕破岳一丝不苟地看完之后，按规定又检查了一遍两辆军用卡车上载的货物。两辆卡车里装的东西，都是整整齐齐用编织袋装在一起的黄瓜。

这些黄瓜绿油油的，如果能咬进嘴里，那绝对是嘎嘣脆响，既吃着爽口，又能解饿解渴，绝对是军营中断电、断水、断粮后最好的食品。

在心中暗自计算着这两辆军用卡车究竟拉了多少吨黄瓜，又能让两千号人吃上多久，燕破岳脸上露出一个灿烂的笑脸，他的语气中满是真诚与欢欣："您这两车黄瓜可真是及时雨啊，前面一直到军营，都是军事演习区，为了防止误伤，我们两个会跟着押车，保证您和这两车货的安全。"

说到这里，燕破岳和萧云杰一前一后爬上了两辆军用卡车。军官看到这一幕，也没有多说什么，返回副驾驶室后，这两辆载满黄瓜的军用卡车又开始在盘山公路上前进。

燕破岳飞快地扭开了自己随身携带的军用水壶，又从急救包中取出了一次性注射器。

就在这个时候，步话机中传来了萧云杰的声音："老燕，这一车黄瓜，估计下来最起码也有几万根，你我两兄弟撑死只有一个多小时，有用吗？"

燕破岳顺手抓起一根黄瓜，送进嘴里一边嚼得"咯吱咯吱"直响，一边回应："一个多小时，我们是没办法处理几万根黄瓜，但是你没听说过一颗老鼠屎坏一锅粥吗，更何况这么多时间，我们撒进锅里的已经不是一颗老鼠屎，而是一把……嫩，又嫩又新鲜，老萧，你记得下车前往包里多塞点，咱们两兄弟以后两天的口粮就是它了。"

萧云杰充满不屑意味地一挑嘴角："偷黄瓜，我说燕破岳啊，你怎么当了特种兵，这胸怀气度眼光却在每况愈下？你自己没品格没道德没素质也就算了，为什么还要拉着我一起下水？"

听着自家兄弟的批评，燕破岳小同学惭愧了，但是他依然在飞快地啃着又鲜又嫩的黄瓜。萧云杰似乎不齿于和燕破岳为伍，改去呼叫另外一个同伴："孤狼，孤狼，我是老萧，听到请回答，听到请回答。"

孤狼的声音低沉而略带沙哑："在！"

步话机里隐隐传来什么东西重重落到地上发出的沉闷声响，旋即萧云杰的声音再次响起："我往路上丢了两袋黄瓜，你去处理一下，别让人发现。"

"噗……"

燕破岳当场就喷了。

一个半小时后，已经可以遥遥看到坐落于两座山峰中间，那片平坦地带的夜鹰突击队大本营。燕破岳和萧云杰跳下汽车，向上尉敬了一个军礼后，迈着可以去北京天安门当哨兵的标准步伐，有板有眼雄赳赳气昂昂地走开了，但是当卡车驶离视线，就算那个军官转头也不可能再看到他们之后，两兄弟立刻就原形毕露，一起伸手"啪"的一声在空中狠狠对拍了一下，由于动作幅度太大，两个人不约而同地一起打了一个响亮的饱嗝，这个真不是他们两兄弟贪嘴，而是敌军运的黄瓜太鲜太嫩太美味了。

两个人摘下蓝色臂章，脱下身上干净的军装，又把它们叠好塞回了包里，重新穿上他们那两套沾满泥土，显得破破烂烂，但是并没有什么特殊气味的迷彩服，这样他们立刻就从蓝军宪兵又变回了两名骁勇善战的红军特种兵。

载满黄瓜的卡车驶进军营，上尉得到了热烈欢迎，还有人歉意地告诉上尉，他们没有主动派人去接车，而要劳动上尉亲自押车运送，是因为在演习期间，红军特种兵太过狡猾无耻，派出狙击手不断狙击他们派出去的车队，已经连续有三名军官"阵亡"，实在没有办法才会这样。上尉立刻表示没有关系，作为后勤部门军官，保证军队在战时状态下，有充足的弹药、食物、药材补给，就是他们这些人的职责所在……

双方都很客气、很礼貌，现场的氛围是友善的、开怀的，温馨而又感人的。

卡车上的黄瓜被搬了下来，各个连队都接到通知，派人搬走了四袋二十五千克重的黄瓜，拿到连队后，均分下去每个人都能领到好几根。在分发黄瓜的时候，摄制小组成员闻讯赶来，他们架起了摄像机，拍摄着这感人的一幕。立刻有作战参谋反应过来，走过去从袋子里抽出几根黄瓜，用手帕擦了擦，将它们一人一根，递给了跟着他们一起啃了十来天压缩饼干，现在一看到压缩饼干，脸上的表情就相当纠结郁闷的工作人员。

在这位作战参谋的命令下，有两名战士扛起两袋黄瓜，把它们送向了摄制小组现在居住的宿舍。

面对作战参谋释放出来的善意，摄制小组成员也没有客气，大家拿着黄瓜狠狠咬了上去，在卡车周围响起了一片嚼黄瓜的“咯吱咯吱”声。

摄像师机灵地打开机器，将这一幕拍摄进去，成为他们这个工作小组录制专题片时的外画花絮。一根黄瓜，成为他们来到这里拍摄特种部队内部演习时最记忆深刻的画面。至于将来，等到过了解密期，允许公布这场鲜为人知的演习之后，有没有人用诸如“一根黄瓜”之类的标题写出今天发生的事情，那就不得而知了。

只可惜两卡车黄瓜，数量实在太多了，人人有份，而且不止一根，不可能出现一个班十个人分吃一根黄瓜，一圈啃下来，黄瓜依然还有一大半，班长擦着眼泪高声质问是谁没有吃黄瓜的感人画面，未免有点美中不足。

带着这样的感叹，工作人员们下嘴如飞啃得飞快，他们一边啃，一边对着镜头露出一个大大的笑脸。在这一片欢欣快乐中，一个工作人员那绝不合时宜的声音猛然响起：“俺的娘啊，这啥玩意儿啊？！”

所有人一起霍然扭头，目光一起落到了一个啃得太快、手上只剩下小半根黄瓜的工作人员脸上，这个工作人员长着一张圆圆胖胖的脸，在这一刻，他脸上的表情当真是有若见鬼，可能是受惊过度，嘴唇抖了好几下，愣是没有再说出话来。

摄制工作组当中有人打趣道：“胖子，咋了，黄瓜里吃到虫子了？”

就连兼任主持与采访工作的那名文职女中尉也笑了："看胖子那面无人色的表情，我猜啊，他吃到的不是一只虫子，而是半只虫子。"

周围的人都笑了，能够担任主持与采访双重工作的文职女军官，当然是美貌与气质并存的美女，一个美女和大家开玩笑，如果都不笑，岂不是太不识风趣了？！

"不……是……啦……"

胖子的声音在打着战，他把手中剩下的小半根黄瓜倒转过来，让大家可以看到被他咬开的那一面："你……们……看……啊……这……黄瓜……在……流血……啊！"

一群人带着不以为意的微笑看向黄瓜，当他们终于看清楚胖子手中那半根黄瓜时，所有人脸上的笑容，在瞬间都凝滞了。

真的，真的……好红！

比切开的西瓜还要红，那流淌出来的汁儿，在阳光的照耀下，红得灿烂而诡异，更红得让人心里发凉，看起来真的像极了在流血！

"啪！"

女中尉手中啃了一半的黄瓜落到了地上，虽然，她啃的这根黄瓜颜色很正常。

"这这这……"胖子真的结巴了，他用求助的目光在每一个人的脸上扫过，"你们谁谁谁吃过比西瓜还红的黄瓜，不不不，不用吃过，哪怕怕听听过也成啊。还还还还是，还是说，这并并不是黄瓜，而而而而是……红瓜？！"

没有人能回答胖子这个问题。那名被孙宁派过来负责通过发放黄瓜来稳定军心的作战参谋大踏步走过来，他突然一拳重重砸到胖子的胃部，胖子猝不及防之下，被这一拳打得全身都猛然弓成了煮熟的大虾状。

这一拳并不是胡乱打出来的，它有一名称叫"胃拳"，是侦察兵在抓捕舌头时，为了防止目标吞食硬物自尽，或者将重要情报吞进胃里而必练的科目，这一拳打到胃部，打中了会把人打得当场休克，打轻了没有作用，只有不轻不重，才会……胖子只觉得胃部像正在经历十二级台风似的，一阵翻江倒海的涌动，他本能地一张嘴，就将早晨好不容易塞进胃里的午餐肉罐头和刚才啃的半根黄瓜一起吐了出来。

“水！”

随着作战参谋一声令下，一名士兵立刻将随身携带的军用水壶递了过来，作战参谋将水壶递给胖子：“喝！”

胖子脸上露出一个比哭还难看十倍的表情，刚想说什么，那名作战参谋就手一伸捏着他的下巴，不由分说地把水壶中的水硬灌进他胃里。大半壶水灌下去，差一点把胖子活活呛死。作战参谋等到胖子喘均了气，突然又是一拳打到了他的胃部，胖子伸手捂着自己的胃部，嘴角抽动，似乎还想说点什么，可是他一张嘴，就“唔”的一声又开始呕吐。

“水，盐！”

又有士兵将随身携带的行军水壶送到作战参谋手中，连带还有五钱精心包裹的细盐。摄像师是在场唯一没有吃黄瓜的摄制组工作人员，也数他反应最快，将镜头对准了作战参谋手中的水壶，还有那一小包盐。

作战参谋把盐投进水壶，用力摇了摇，等到盐全部化开后，他一伸手又捏住了胖子的下巴，将盐水全部灌了进去，然后将空了的水壶丢还给士兵。在所有摄制组工作人员沉默的注视下，作战参谋再次扬起了拳头，可能是他也明白，胖子此番遭了大罪，难得地出言安慰了一下：“放心，这次吐完，我就不打你了。”

“啪！”

“唔……”

没有人可以形容胖子这次呕吐时脸上的表情究竟是痛苦多，还是如释重负的欢快多。不得不说，能被挑选进入夜鹰突击队当作战参谋的人，无论拿出哪个，都称得上是智勇双全的精英，否则的话，怎么能一边挥拳猛揍着胖子，一边让他脸上露出了笑容？

刚刚分发下去的黄瓜又被紧急召回，就连孙宁这位蓝军临时最高指挥官，都接到报告匆匆赶至，从那位面对突发事件反应迅速处置得当的作战参谋手中，接过胖子啃剩的半根黄瓜。孙宁仔细打量着那绝不正常、怎么看怎么触目惊心的红色瓜瓤，伸手掂起一点红色汁液，搓了搓，再看看连吐了三次、脸色苍白双腿打软、正在被卫生兵往担架上请的胖子，孙宁突然张开嘴，咬了黄瓜一小口，又把它吐到了地上。

的确是黄瓜，味儿没变，还是脆生生、鲜嫩嫩的，就是这血一样的红色，太不正常，太怵人了。

“立刻把黄瓜送去化验，确定里面究竟是什么。”

随着孙宁一声令下，有人带着那小半根黄瓜匆匆离开。孙宁将几张相片递给了押送黄瓜过来的那名上尉，在那沓相片上第一张，就是手持87自动榴弹发射器，对着军营大门前的监控头露出一个灿烂笑容的燕破岳，第二张是萧云杰，第三张是孤狼。

“对，就是他们！”

上尉当然也不是笨蛋，他在这个时候已经明白，自己押运的黄瓜出了问题，这就是他的失职，上尉也有些急了：“当时就是这两个男兵拦住了车，提醒我已经进入演习区，为了保障我们的安全，还随车押送了一段时间。”

后面的事情，不用再说大家也懂了，就是在“保障安全”的这一段时间，燕破岳和萧云杰这两个超级坏坯子，往数量不详的黄瓜里，注射了红色药水，让这两车黄瓜变成了只能看不能吃的东西。

“等到化验结果出来，你就把这些黄瓜拉回去吧。”

孙宁一开口，就让四周那些又把黄瓜送回来的特战连士兵瞪大了眼睛，“如果我没猜错的话，黄瓜这么红，是往里面注射了用食用色素调配出来的红水，我听说一些无良商家为了让还没熟的西瓜看起来美味可口，会专门往西瓜里注水，这样就算是在顾客的要求下，从西瓜上面切出一个三角形小口，也能骗得顾客付钱走人，这东西吃进嘴里也没有什么事。”

上尉皱起了眉头，就算有孙宁的解释，把这两车里面掺杂了红黄瓜的货物原封不动地带回去，他都会有麻烦。

“在战争状态，运输物资时遭遇敌军破坏产生损耗，这很正常。等到化验结果出来，证实我的推断，我会专门写一封信，向上级解释整个事件经过。”

孙宁轻而易举抚平了上尉的焦虑，他掉转头望着面前那些特种兵，沉声道：“我们应该庆幸这是演习，如果这是一场货真价实的战争，我们拿到的黄瓜，里面注射的就不是什么食用色素，如果只是瞬间让人致命的剧毒还好，如果里面是需要延缓几天才会发作的慢性剧毒，我们又要付出多少生命？！”

所有人都盯着地面上堆积成山的黄瓜，有人下意识地伸出舌头，轻舔着微微有些发干的嘴唇，如果你要在这个时候问大家，什么比渴了喝不到水、饿了吃不到食物更难以忍受的话，在场的人一定会告诉你，更难受的是，面前明明摆了一大堆鲜嫩可口的黄瓜，而且清楚地知道它们没有毒，却必须摆出它们有毒，绝对不能碰的姿态！

现场一片沉默，孙宁没有离开，他就静静地站在黄瓜堆旁边。

担任主持采访工作的女中尉有些疑惑，她悄悄用手肘碰了一下身边的作战参谋，低声问道：“既然这些黄瓜不能吃，必须全部拉回去，他为什么还要守在这里？难道特种部队的军纪不够严格，有人偷偷把黄瓜搬回去？”

作战参谋摇头，他望着孙宁，目光中透着敬佩：“曹孟德用望梅止渴，激发士兵们的斗志；同样的道理，燕破岳把两车黄瓜变成剧毒，它们堆在军营里，会对我军士气造成持续伤害，也只有指挥官亲自坐镇，才能抵消这种负面影响。”

女中尉在嘴里念着“燕破岳”这个名字，这些天，这个名字她已经听了太多太多遍，多得几乎把耳朵磨出了茧子。

在她和摄制工作组刚刚到夜鹰突击队时，她就听说燕破岳和萧云杰两个人不学无术，靠着小聪明小伎俩混进最精锐的“始皇”特战小队，却不肯奋发图强，每天只知道在军营中招摇过市。

特种部队中竟然还有这么奇葩的人物，就是在一开始，女中尉就将燕破岳定义成了一个刘阿斗式的角色。

在演习开始的那一天，她看到了手上拎着87式自动榴弹发射器，背着超过六十千克负重，大踏步出现在所有人面前，纵然是千夫所视，依然昂首挺胸，脸上依然带着只能称之为玩世不恭笑容的燕破岳，就是在那一刻，她疑惑了，为什么这个千夫所指，只能用烂泥扶上墙的士兵，竟然给了她一种英姿勃发的触动，甚至就连她的心跳，都在瞬间加快了几分？！

第三十九章 - **天狼破军（中）**

拉着黄瓜的卡车驶出军营，在驶出一段距离后，卡车停住了，女中尉带着摄像师从黄瓜堆中钻出来，跳下了汽车。

押运物资的上尉向他们挥手道别，两辆军用卡车又发动了。

一个美女主持人，又同样是军官，而且还是从上级单位下来的美女军官，提出一个小小的要求，总是让人难以拒绝的。

摄像师扛着拍摄用的机器，四处打量着演习战场，低声道：“薇薇，我们不告诉孙宁他们就自己偷溜出来，这样不太好吧。”

“我的工作，就是面对死亡。”

被称为“薇薇”的女中尉，一甩满头的秀发，终于离开了夜鹰突击队大本营那个特大号鸟笼，和大自然近距离接触，嗅着身边的花香，薇薇整个人的心情都愉悦起来：“我要单枪匹马去会会燕破岳，看看他究竟有没有三头六臂！”

站在薇薇对面的摄像师猛地呆住了，他的眼睛和摄像机镜头都清楚地捕捉到，在薇薇身后的杂草中，慢慢站起来一个全身披着杂草和树枝的人形怪物，在这个人形怪物手中，赫然拎着一支表面涂了一层黑色鞋油的多功能格斗军刀，军刀背部那一排锯齿，更隐隐向看到它的人诉说着它那可怕的杀伤力。

“你怎么了，脸上的表情这么怪……”

话只说到一半，薇薇的声音戛然而止，她也同样看到，一个同样身披用杂草、碎布条还有树枝拼成的伪装网，手持格斗军刀的人形怪物从摄像师身后慢慢站起，紧接着，她的脖子上一凉一痛，刀锋特有的金属质感和穿透力，一股发自灵魂的颤栿，就让她暂时失去了语言的能力。

嘴巴被什么东西给塞住，薇薇还没有搞清楚发生了什么事，自己就被人按到地上，紧接着她的手臂一紧，就被绑得结结实实，甚至就连她的两只大拇指也被人用细绳给绑到了一起。

长期游走于一线精锐部队，对侦察部队相当熟悉的薇薇，在心里作出了判断：“这是侦察兵用的缚敌术！”

腰带被人抽走，薇薇还没有来得及产生女性保护自己的本能情绪，她的双腿就被人用自己的腰带死死扎住，变成了一个有手不能动、有脚不能走的大粽子。

身体一轻，如果薇薇在这个时候还能张开嘴，她一定会放声尖叫，因为那个根本不知道什么叫怜香惜玉的家伙，竟然双手一抡，像扛一袋大米一般，把她甩到了自己肩膀上，然后扛着她就往丛林深处走去。在他们身后，另外一个身影也扛起了摄像师，就连摄像师那台价格绝对昂贵的进口摄像机也一并拎起。

四个人大概“走了”两百米后，又有一个拎着狙击步枪的身影从山坡的灌木丛中站起，这个就算是披着伪装网也明显要比另外两个同伴消瘦很多的狙击手，一声不吭地站起来，跟着他们一起撤退。

三个人，其中两个手持自动榴弹发射器，一个是狙击手……

薇薇心中一松，原来是燕破岳，是她好奇心起，非要悄悄溜出军营采访的目标。不再挣扎，任由燕破岳像扛袋大米似的扛着她，一行五个人，就以这种奇怪的姿态，距离军营越来越远。

不知道走了多少时间，薇薇的身体再次抡空。

“难道是到他们潜伏的地方了？”

还在思索这个问题，薇薇全身每一块骨头突然都发出痛苦的哀鸣，她的眼前在瞬间炸起无数点金星，眼泪更是因为疼痛不争气地呛了出来，这个扛着她的不知道是燕破岳还是萧云杰的男人，竟然真的像对待一袋大米一样，把她直接抡到了地上！

从小到大，在学校，在军营，在任何地方，她的美丽都让她像公主一样，得到众星拱月般的拥簇，只要她开口，就有一大群眼冒桃花的男人，为她四处奔走，她真的真的从来没有吃过这样的苦头。

一个美丽的女人，尤其是一个美丽的女军官，被甩到地上默默流泪，这种同时糅合了军人的刚强与女性的柔美的画面，足以激发起绝大多数人的保护欲望，喜欢美丽的事物，保护美丽的事物，并不分男女。

只可惜，这个把薇薇扛回来的家伙，似乎根本就不是人！

一只穿着皮靴的大脚踏到了薇薇的腹部，薇薇瞪大了眼睛，在这一刻的惊愕，已经战胜了疼痛和耻辱，这个家伙，他怎么敢这么干？！

“别装了，”他的声音很好听，很有磁性，却冰冷得没有半丝温度，“能进入特种部队的女人，没有弱者，更何况你还是一个单枪匹马就敢同时对付我们三个人的军官！你不是想看看我燕破岳是不是有三头六臂嘛，现在你看清楚了没有，我只有一个头，两条手臂。”

我的天哪！

薇薇想到了自己刚才因为心情愉悦和摄像师开的玩笑，就是因为她的玩笑，燕破岳在第一时间，就把她列入了最危险范畴。一个单枪匹马敢出营追杀他们三个人，为了证明自己的强大，甚至还拉风地带了一个摄像师的超级女特种兵！

“为什么我从来没有在军营中见过你？”

燕破岳居高临下，盯着薇薇那张美丽而又隐现泪痕的脸，眼睛里满是野兽审视猎物的森冷：“你很擅长伪装，甚至就连我下手时都差点手下留情了，像你这么漂亮又精于伪装的家伙，才是夜鹰突击队藏在手中的真正王牌吧！”

薇薇差一点就泪奔了，去你妈的真正王牌，老娘进了军营后，前前后后只打过五发手枪弹，比起你们的十发步枪弹，还差了一半呢！你不能因为身边的孤狼是个以寡敌众的超级女性狙击手，几乎就是《红色警戒》游戏中娜塔莎的翻版，就理所应当地认为，突然出现在面前的另外一个女军官就是盟军最强女性特种兵谭雅！

这个世界上，还是正常的女性多。好吧……薇薇必须承认，特种部队本来就是一个多变的大本营。

薇薇还在心里找理由去原谅燕破岳，燕破岳突然一伸手，抓住了她那一头又黑又长的秀发，他的声音中，透出一股怒意：“你的头发为什么这么长？！”

如果嘴巴没有被塞住，薇薇一定会悲愤到极点地狂吼：“老娘这是工作需要！”

“拥有美丽的面孔，还有这么一头绝不适合上战场的长发，难道你并不是特种兵？”

听着燕破岳的话，薇薇差一点喜极而泣，这头根本不知道绅士风度为何物的野猪，终于发现逮错人了！

“难道你是……女特工？”

薇薇有了一种脱下鞋子把燕破岳脑袋砸烂的冲动，燕破岳说到“女特工”三个字时，脸上露出了浓浓的怀疑，目光更在薇薇就算是穿着军装也依然丰腴得让人目瞪口呆的胸部狠狠打了一个转儿，就是这个细微动作让薇薇明白，这家伙脑袋里转动着所谓女特工形象，几乎可以和“二战”时那些披着什么交际花身份，用美色周旋于权贵政要公子哥儿之间，可谓是面首无数的女间谍画上等号！

你别看老娘一脸妩媚，只要眼波流转，就能让男人们像苍蝇一样在身边打转，但是老娘连男朋友都没有交过，和男人最多的肢体接触就是拥抱而已！也不是自己不好奇接吻是什么感觉，也不是讨厌“啪啪啪啪”，关键是那些男人看到自己，九成九目光中都会透出“这个女人就是个花瓶肉弹”的信息，老娘因此才咬定牙关，比丑女更加守身如玉。再说了，想推倒老娘，你们这群看到美女就像一群发情公猪，浑身散发着刺鼻荷尔蒙气息的货色，配吗？！

据说女人对自己的第一次记忆最深刻，也会直接影响到未来“啪啪啪啪”的质量，等到结婚后，爱情变成了亲情，就连“啪啪啪啪”也成为一种例行公事后，女人闭上眼睛，脑海中浮现的往往就是自己的第一次。就算是为了自己未来三四十年“啪啪啪啪”的质量和幸福感，这第一次的男人，也必须选个优秀品种，绝不能马虎凑合！

燕破岳又抓起了薇薇的头发，问出了一句让薇薇莫名其妙的话：“你的头发怎么这么干净？”

薇薇无法回答，只能翻着白眼儿表示自己的不屑。这不是废话嘛，不管是美女还是丑女，谁不把自己身上收拾得清清爽爽，难道非要七八天不洗头，一摸上去就满手头油？

燕破岳挪开脚，他突然弯下腰。看着燕破岳不断向自己凑过来的脸，薇薇瞪大了眼睛，难道这家伙被自己美色所迷，竟然想要趁机吻她？

那他，是吻下脸就行了，还是想亲她的嘴儿？！

这个问题还没有找到答案，薇薇就看到燕破岳把自己的一缕头发送进嘴里，还咂了几下。

“你的头发上没有苦味！”

燕破岳瞪着薇薇，如果说他一开始脸上流露出来的只是面对强者的针锋相对，以及审问者的居高临下，那么此刻，他脸上露出来的情绪，就是绝对的厌恶：“军营里的自来水，现在应该还苦得无法入口，战时储备用水不到最危急关头绝不能用，现在蓝军每一次派车出来拉水，最起码都要派出两个排护送，不用去看我也知道，每个人肯定是定量供应，你却在拿士兵用命换回来的水洗头？！像你这样的垃圾，绝不会是特种兵，也不会是职业特工，你究竟是谁？干什么的？！”

“老娘当然不是特种兵，老娘就是一个记者加主持人，老娘是随队一起来拍摄夜鹰突击队演习纪录片的；老娘更不是那些拿着身体当糖衣炮弹的交际花，中国现在根本没有这样的部队，少拿你那双X光钛合金狗眼在我胸前乱转，你再瞪也瞪不穿我的衣服，你这头笨蛋蠢材色狼大公猪！”

……

四周一片安静，看着燕破岳那张涂着伪装油彩的脸上露出浓浓的惊愕，下意识地撇了一下微微发麻的嘴，薇薇这才发现，燕破岳在确定她并不是特种兵，也不是职业特工，危险系数下降到安全值后，为了逼供已经扯掉了她嘴里塞的东西，她刚才在怒极气极之下，竟然把心里的话全部脱口而出。

“记者？主持人？”

燕破岳微微眯起了眼睛，他听说过战地记者这个职业，燕破岳的目光微微一转，落到了薇薇的手臂上，在绿色的军装上扎着一条蓝色臂标显得分外醒目，配上这个女军官精致而柔美的五官，还有那一头散发着洗发水清香的秀发，让她看起来美极了。但是……战地记者能够活跃在世界任何一片战火纷飞的土地上，有一个绝对必要的前提，他们是中立的。他们不会受到国家、宗教、政治等任何因素影响，他们会用自己的眼睛去观看事实，再通过摄像机拍摄的画面和他们的语言，将他们看到的、听到的，传达给关注这些事情的观众。

而眼前这个女记者，她是一个军人，虽然只是一个文职军人，但既然穿上了军装又戴上这条蓝色臂标，就代表了她的立场，他们是敌人，至少在这场演习结束之前，他们是敌人！

燕破岳看着薇薇，没有瞪起凶眼睛，没有色厉内荏地放声狂吼，也没有再挥舞起格斗军刀，但是迎着燕破岳突然变得深邃难测起来的目光，薇薇却不由自主地打了一个寒战。出于一个女人，尤其是一个美丽女人的敏锐直觉，她突然感觉到眼前这个男人，似乎要对她做出什么可怕的事情了。

“你要是敢欺负我……我爸是……”

“你不需要抬出谁来压我，别说这只是一场演习，就算是真的打个你死我活，只要我燕破岳还穿着中国人民解放军的军装，我就绝不会做出奸淫掳掠之事，让前辈们蒙羞。”

听着燕破岳的保证，薇薇应该为之松上一口长气，放松下来才对，但也许是因为燕破岳的声音太过平静，也许是他的目光中透出的某种信息一直刺激着薇薇身为一个女人面对绝对危险的本能，她反而更加紧张，如果不是身为军官的骄傲让她勉强支撑着，也许她在这个时候，已经忍不住全身发抖。

“我只是想让你这位漂亮，气质不错，看起来家庭背景也不错，把走进军营当成了一场游戏的大小姐明白，穿着军装却恣意妄为地跑到战场上，你的自以为是外加你的美丽，会害死多少人！”

第四十章 - **天狼破军（下）**

薇薇被燕破岳绑到了大树上，燕破岳绑得又狠又紧，绳子深深勒进了薇薇那可以用嫩若凝脂来形容的皮肤上，那股火辣辣的疼痛，让她差一点呛出了眼泪，但出于一个军官的骄傲却让她忍了下来。

“老燕……”

萧云杰站在一边，欲言又止。

燕破岳沉声问道：“找到了吗？”

萧云杰深深地点头。

“给我。”

当燕破岳从布袋中提出一条两尺多长、浑身五彩斑斓的蛇时，薇薇猛地瞪大了双眼，她虽然不知道这条蛇的学名是什么，但是稍有点常识的人都知道，这种外表颜色艳丽，脑袋又是三角形的蛇，一般都是毒蛇！

燕破岳捏着那条毒蛇的七寸，他手指略一用力，就捏得那条毒蛇不由自主地张开了嘴巴，露出两颗锋利的毒牙。燕破岳回头望着早已经看傻眼了的摄像师，淡然道：“还愣着干什么，你们蓝军的随军记者兼主持人已经被我给俘虏了，还不快点回军营去搬救兵！”

摄像师还傻傻地愣在那里，燕破岳猛地提高了声音：“还不快滚，要不换你来绑到树上？！”

摄像师直到这个时候才如梦初醒，他发出一声低喊掉头就跑，就连他那台最起码也有两三万的专业级进口摄像机都没有去拾。

当摄像师带着蓝军特种兵赶回现场时，还隔着几百米距离，他们就听到了薇薇撕心裂肺的哭叫：“拿开，拿开，燕破岳你把它拿开，它要咬到我了……啊……”

跑到一片山坡上，当蓝军一名上尉连长拿着望远镜观察，并找到了被绑在大树上的薇薇时，这位连长都微微一愣。

一条两尺多长的毒蛇，尾部扎着绳子，挂到了树枝上。毒蛇奋力扭动身躯，想要摆脱尾部绳子的束缚，它的身体在空中扭出一个个尺寸惊人的弧度，挂在树梢上的绳子随之带着毒蛇像钟摆一样摆动起来，而且幅度是越来越大，眼看着这条毒蛇那不断喷吐着舌信的头部，就要碰到了薇薇那张吹弹可破，现在更流满了眼泪，看起来楚楚可怜到极点的脸上。也就是因为这样，薇薇撕心裂肺的哭叫声更加凄厉。她一边哭叫一边拼命挣扎，可是身为一个文职女军官，她又怎么可能摆脱侦察兵专用的绳缚术？

几次三番的挣扎，没有衣服保护的手臂位置，已经被粗糙的绳索磨破，渗出了殷红的血珠，有如羊脂美玉般的洁白皮肤，触目惊心的血珠，两者搭配在一起，透着一股妖异而残酷的美感。

“连长，咱们还杵在这儿干什么，快去救人啊！”

一名和这位上尉连长平时就关系相当不错的班长瞪大了眼睛，叫道：“再拖下去，那条蛇可真就要咬上去了！”

“你以为燕破岳只是恶作剧吗？我敢打赌，孤狼就潜伏在周围，你再看看他选择的那棵大树，周围一百多米范围，几乎找不到任何有效掩护，在这种情况下，谁冲出去谁就是枪靶！”

“枪靶怎么了，这只是演习，再说了，就算这是真的战争，我们就能眼睁睁看着一位女同志被绑在那里求救，最终活活被毒蛇咬死而无动于衷吗？”

班长涨红了脸，嘶声叫道：“如果我们真的这样做了，那我们和那些面对侵略者，眼睁睁看着自己亲人被屠杀，都不敢吭声的孬种尿货有什么区别？将来我们上了战场，到了需要和敌人死磕的时候，就连在演习中都尿了的货色，又有谁敢去拼命？！”

连长呆住了。他看破了燕破岳的陷阱，但是他却没有办法回避，这不是诡雷，也不是诡计，这是阳雷，是堂堂正正摆在那儿，激着他们这些血气方刚，已经有大半年没有见过漂亮女人的兄弟，明知前面是刀山火海，也会无怨无悔往里跳的最致命屠刀！

“连长！”

班长的嘶吼，让连长猛地惊醒，他转头看向带过来的二十多个特种兵，这些特种兵都是他亲如兄弟的手足，每一个人私下里都喊他连长大哥，他有绝对的自信认为，将来到了战场上，这些人就是他可以生死与共的兄弟，只要他一声令下，哪怕前面是敌人架起的重机枪阵地，这些兄弟也会毫不犹豫地发起冲锋。

可是在这个时候，他身为连长大哥的统率力，在薇薇撕心裂肺的哭泣、眼泪和鲜血的攻击下，已经出现了裂痕，而且这条裂痕正在随着时间的流逝而不断扩大。也许用不了多久，这些兄弟当中，就会有人再也无法压抑男人保护女人，尤其是保护漂亮柔弱正在哭泣女人的冲动，而跳出掩体，冲向薇薇。

“老六，”连长终于发出一声暴吼，“带上两个人，去把薇薇抢回来！”

“是！”

班长带着两名在他们当中军事技术最好的士兵，摸到距离薇薇最近的一片丛林中，三个人突然冲出丛林，飞冲向距离他们只有一百多米、被绑在大树上的薇薇。

刚刚冲出丛林，一名士兵身上的发烟包就冒出了红烟，这名士兵不由得微微一呆，旋即停下了脚步，坐到了地上。在演习当中，中弹阵亡，就必须立刻停止一切行动，这是演习绝不允许触碰的逆鳞，也许燕破岳能想办法钻空子，但是他们这些士兵绝对不会做这种偷奸耍滑的事情。

连长立刻举起望远镜寻找潜伏在四周的红军狙击手孤狼，但是就连走出国门，在俄罗斯狙击手训练学校接受过专业训练的于海都做不到的事情，这位连长一时之间又怎么可能做到？！

又一团红色烟雾腾起，第二名士兵停下了冲锋的脚步，躲在暗处的孤狼，这两发子弹之间的时间差只有两秒钟！

在两名部下的掩护下，多出四秒钟时间的班长，在这四秒钟时间里，已经冲出近四十米远，然后……他身上的发烟包也冒出了红烟。

班长微微一呆，旋即他狠狠一咬牙，继续挪动脚步，连长的声音在背后传来："老六，演习中你阵亡了是还可以动，救出你想救的人，但如果这是一场真的战斗呢，如果我们的敌人，真的把第二个薇薇绑在了树上呢，你被敌人的狙击步枪打中，你除了一头栽倒死不瞑目之外，你还能再做些什么？！你不是说在军营中最看不起的，就是总喜欢在演习时偷奸耍滑钻空子的燕破岳吗？他至少还是在钻规则的空子，而你现在做的，却是在明目张胆地违反演习规定，如果你坚持走下去，你丫的还有什么脸骂燕破岳，你还不如人家呢！"

班长的脚步猛然顿住了，他慢慢坐在地上，望着距离自己只剩下五十多米，还在不断哭着叫着、不断扭动身体的薇薇，班长的嘴角抽动，猛地一拳重重砸在地上，放声叫道："燕破岳，你他妈的就是一个浑蛋！"

话音未落，班长就看到又有三个士兵从那片树林中冲了出来，这三名士兵并没有得到连长的批准，无论他们是否成功，在事后都会受到重罚。这三名士兵也只冲到了班长附近，就全部被孤狼击毙。

几乎在同时，又有五名士兵冲出了丛林。

薇薇已经停止了哭泣和嘶叫，她呆呆地望着那些距离自己只有一百多米，前赴后继地冲过来，却一个个被敌人狙击手击毙的士兵。这些接受过最严格训练的年轻特种兵，在战场上纵然不能以一敌百，也必然可以让敌人付出十倍于己的最惨痛代价。可是现在，他们就像一群会自己跑动的枪靶，就那么轻而易举地被一个个击毙，用他们的尸体在地面上铺出了一条通向薇薇的血路。

如果她不是这么美丽，如果她不是那么活泼可爱，那么在短短十几天时间里，她不会就在夜鹰突击队赢得了太多爱慕；如果她没有放声求救和哭泣，露出了让男人保护女人的天性为之彻底沸腾的柔弱，这些年轻的特种兵，绝不会死得这么轻而易举，绝不会死得这么快、这么惨！

又有四个士兵停在了冲锋的路上，但是他们中间最后一个士兵终于冲到了薇薇面前……85式狙击步枪的弹匣只有十发子弹，孤狼已经成功击毙了十名蓝军特种兵，她的弹匣中已经没有子弹了。

用十名同伴为代价，终于冲到薇薇身边的特种兵手一挥，空中淡淡的金属流光一闪而逝，他一刀就将那条还在空中不断扭动身体的毒蛇斩成两半，他又一挥刀，将薇薇身上的绳索砍断，然后……在薇薇呆呆的注视下，红色的烟雾从他身上腾起，孤狼重新换上一个新的弹匣，他也中弹了。

这名士兵咧开嘴，对着薇薇露出了一个无怨无悔的笑容，他明明脸上杀气腾腾，却努力让自己的声音温和下来："别怕，你看，这条蛇的牙齿都被拔掉了，它怎么也不会咬你的。"

看着这张因为接受过太过严格训练而棱角分明，但是一笑起来，分明还透着几分孩子气的脸，眼泪再次从薇薇的眼眶中奔涌而出。

年轻的特种兵面对薇薇的眼泪更加手足无措，他想要帮薇薇擦掉眼泪，却怎么也不敢做出这么亲昵的动作，他只是不停地说着："别哭，别哭，没事了，真的没事了……"

在泪眼模糊中，年轻特种兵的脸不断扭曲，依稀间竟然变成了燕破岳那张可恶可恨到了极点的脸，而燕破岳的声音更像是恶魔的诅咒，再次在薇薇的耳边回响："我只是想让你这位漂亮，气质不错，看起来家庭背景也不错，把走进军营当成了一场游戏的大小姐明白，穿着军装却恣意妄为地跑到战场上，你的自以为是，外加你的美丽，会害死多少人！"

她虽然并不是特种部队成员，但她怎么说也是一个军人，是一个军官，她清楚地明白，军人以服从命令为天职，他们违反连长的命令冲过来救她，尤其是在夜鹰突击队刚刚成立不久举行的第一场内部演习中集体公然抗命，任何一个指挥官都不会原谅这种错误，否则的话，就会在夜鹰突击队的军魂和传统还在塑造期的时候，给整支部队的未来留下一个无可弥补的巨大隐患。

他们是会被通报批评，还是被一起踢出夜鹰突击队，带着绝不光荣的处罚离开军营，甚至从此中断了他们的军旅生涯？从某种意义来说，这些士兵是真的在用自己的生命发起必死无疑的绝望冲锋，他们十一个人，在丛林到薇薇之间这条只有一百多米的路上，真的铺出了一条鲜血淋漓尸横遍野的路！

看着纵然是这样依然冲了出来，依然对着她努力露出温和笑容的十一个士兵，再看看地上那只不知道什么时候被燕破岳悄悄拔掉毒牙，却依然把她吓得半死，现在还在地上扭动的半截蛇身，薇薇突然抬起脚，在蛇头上拼命猛踩，她一边踩，一边放声哭叫：“燕破岳，你这个浑蛋，我恨你！我恨你！我恨你！我恨死你了！”

就是从这一天开始，燕破岳成了夜鹰突击队年轻士兵们心中的公敌！薇薇的美丽在军营中征服了多少人，燕破岳的死敌就有多少！就是从这一天开始，由年轻士兵和军官组成的蓝军特种作战小队，像疯了似的在深山丛林中追杀燕破岳！

在第十七天的时候，孤狼“阵亡”，她在成功击毙敌军一名班长后，被蓝军直接动用整个火炮连，对她潜伏的位置进行了十五分钟地狱式轰击，面对这种人类最纯粹战争武器的无差别覆盖攻击，个人作战能力再优秀，再精通渗透潜伏，孤狼也不得不离开战场。

没有了孤狼，燕破岳和萧云杰的暴露概率大大增加，面对蓝军犹如牛皮糖般如影附骨的追杀，萧云杰体力耗尽，再也没有了奔跑的力量，他停下脚步在射掉了最后一枚榴弹后被乱枪“击毙”。

三人作战小组已经三去其二，所有人都以为燕破岳独木难支，这场旷日持久的演习即将结束，但是他们错了！

面对蓝军特种部队的攻击，面对林钢蛋的疯狂追杀，已经失去潜伏能力的燕破岳，奇迹般地一次次跳出蓝军包围，又一次次将榴弹打进军营，用腾起的红色烟雾清晰而又无比嚣张地宣告着：哥哥我还活蹦乱跳着，想结束战斗，还早，还早，还早得很呢！

一个从来没有接受过侦察兵野外生存训练的新兵蛋子，他在原始丛林吃了什么能支持到现在都没有倒下？就凭他那些据说味道还行，但是数量并不多，听起来还有点可笑的“兵粮丸”？

他没有了同伴，又是什么支撑着他一个人在野外独自面对风霜雨雾，一个人面对毒蛇虫蚁，面对寒冷干渴饥饿和孤独？又是什么支撑着他，让他明明知道再也不可能对蓝军大本营继续造成致命攻击，却依然咬着牙死战不降？！

他不累吗？

他不饿吗？

他不怕吗？

他为什么还有力气跳出包围圈？他为什么还能跑得那么快？他为什么还不离开丛林回到军营？难道一个人在演习现场带着两千号人团团乱转，这场游戏就这么开心？值得他忍受身体早已经超过负荷极限带来的痛苦，在那里一分分一秒秒地坚持不懈？！

到了第二十五天，燕破岳的榴弹打完了，他再次突出重围时，使用的是自制的弓箭。看着燕破岳射出来的那一支支连木刺都没有削干净的木箭，所有人都沉默着，就是这样简陋得可笑的武器，却让这些全副武装的特种兵脸色全部沉了下来。

他们正在面对的，是一个已经和他们处于不死不休立场的敌人。这个敌人，原来并没有这么强，是他们一起用一次次联合扫荡攻击，逼得对方在一次次逃亡式的突围中，一步步地成长，一点点地强大，直至变成了一条身经百战、狡猾而残忍、围着目标不停地打转，就算是饿死冻死冷死，也能对着头顶的圆月，露出自己锋利獠牙屹立不倒的狼！

……

两天后，艾千雪独自一个人空着双手走进了那片没有弹如雨下，却已经被演习双方几乎打红了、烧滚了的战场。

她走到了一个最醒目的山峰上，望着面前这片连绵起伏的群山，还有那一片片的丛林，她深深吸了一口气，将双手拢成了喇叭状，用尽全身力气喊了出来：“燕破岳，你给我出来，现在就出来！”

出来！出来！出来！出来……

艾千雪的声音在群山中反复回荡。在四周搜山的蓝军特种兵们停下了脚步，他们的指挥官一起举起望远镜，将他们的目光投到了艾千雪的身上。

艾千雪并没有薇薇的妩媚，但是在她的身上，却有着职业军人特有的英姿飒爽，用自信支撑起的腰肢盈盈一握，傲人的胸围海拔惊人，两种不同的气质结合在一起，足以让任何一个男人看得目不转睛；长期坚持武术练习，更让她举手投足间拥有了一种难以言喻的韵律，相信就算是薇薇站在她的身边，她也绝不会稍有逊色。

这样一个并不输给薇薇的美女军官正在吼着燕破岳的名字，要他自己从演习战场上走出来！

通过望远镜观察着艾千雪的军官们，几乎同时在心里作出了一个判断：“这当然是不可能的！”

可是五分钟后，一个全身军装都破破烂烂，头发都长到了两寸来长，脸上黑得要命，还披着一层伪装网的身影，就那么慢慢地、慢慢地走上了山坡，走到了艾千雪的面前。

燕破岳，死战不休，就算是秦锋大队长派人喊话都没有喊出来的燕破岳，竟然真的走出来了！

榴弹发射器早就丢掉了，燕破岳手里握着一把自制的长弓，在用树皮制成的箭囊里，稀稀拉拉地插着十几支木箭。除此之外，在他身上还背着一把标枪，标枪的枪头，就是他的格斗军刀，他就是凭这把标枪在丛林中战胜各种已知和未知的危险，猎取他可能猎取到的各种猎物，并把它们咽进胃里，变成自己的体力与热量。

在他的腰带上还挂着两只田鼠，显然那就是他随身携带的单兵口粮。

打量着这个已经有四个月不见的大男孩，艾千雪只觉得鼻子突然狠狠一酸。

他真的好瘦，就连他的脸颊都深深陷了下去。他原来那犹如猎豹般线条优美、充满力量美感的身体，已经失去了原有的弹性与光泽，但是他握着弓箭的双手却依然灵活有力，无声地向人诉说着燕破岳身体中蕴藏着的不灭战火。

回望着艾千雪，燕破岳的嘴唇嚅动了一下，连续十几天没有同伴，一言不发，让他猛地开口似乎都遇到了一点点障碍，但他还是调整了过来：“你，是带我回去的吗？”

“啪！”

燕破岳将手中的弓箭丢到了地上，他抬头望着天空，脸上慢慢露出了一个自嘲的表情：“我这个‘始皇’特战小队的耻辱，夜鹰突击队的败类，终于惹得天怒人怨，都不等及演习结束，就要你专程过来，把我带回去了吗？”

听着他低沉而沙哑、隐隐透出一丝哭意的声音，艾千雪的心里突然涌起了一股疼痛，她在心疼，她在心疼这个比自己要小上好几岁，平时看起来坚强得比茅坑里的石头还臭还硬，这一刻因为太过疲惫终于露出自身软弱一面的大男孩。

她真的想要用自己的双手抚平这个大男孩眉角的悲伤，想要用自己的体温让他的身体不用在风中微微轻颤。

但是艾千雪没有这么做，她低声问道：“为什么？”

艾千雪问得没头没尾，但是燕破岳听懂了。她是在问自己为什么要成为夜鹰突击队的公敌，为什么要做出这种会激怒所有人的事情，终于把自己和其他人推到了无可调和的对立绝境。

“在进军营前，我野心勃勃，想要做一个比我老爸更优秀的军人。我以为在军营中，只要努力上进，展现出一个最优秀的我，就会得到认可，就可以像我老爹一样兄弟遍天下。可是，在新兵训练结束后，我和萧云杰被分配到了炊事班，我们的任务是放羊！我燕破岳大老远跑到就连氧气都吸不饱的地方，我拼命展现自己，就他妈的是为了来给连队放羊，当一百多头羊的奶爸？！”

燕破岳的声音猛地提高起来：“我知道，中国部队就喜欢用‘先去其骄气傲气再塑其呆气’的方法来磨砺士兵，但是，我过去是燕破岳，现在是燕破岳，我将来依然要做燕破岳，我为什么要变成千千万万螺丝钉中的一颗，我想成为一个优秀的军人，我想保家卫国，但为什么成为优秀的军人就要放弃个性和思想，那样的话，我的身体就算还能呼吸，但那个还活着的人，还是燕破岳吗？！”

面对燕破岳的问题，艾千雪无言以对。

“我知道，我身上还有太多缺点，我能进特种部队，都应该烧高香、谢天谢地了，可是我却走了狗屎大运，竟然一头钻进了号称特种部队中的‘始皇’特战小队，我终于看到了可以比自家老爹更强的希望。你知道吗，在我进‘始皇’特战小队前几天，就算是睡在你隔壁的走廊里，我都能笑醒过来！可是很快我就感觉到很多人排斥我，他们认为我这个只在训练场上打过十发子弹的新兵蛋子，根本没有资格进入‘始皇’特战小队，不知道有多少人在等着看我从‘始皇’被淘汰，背上铺盖滚蛋回家。”

燕破岳瞪着艾千雪，嘶声叫道：“我想留在‘始皇’特战小队，我想赢，我想在这里一天比一天强大，直至变成一个名副其实的特种兵！我想成为其他人愿意信任的同伴，我想在将来我们的国家、我们的民族、我们的同胞遇到危险时，可以站出来为他们而战！

“可是我根本没有机会弥补自己的缺点，三个月一期的淘汰赛就来了，而且变成了五十对两千的演习对抗战！‘始皇’特战小队的老兵都死光了，只剩下我们两个新兵蛋子和一个女兵，难道非要我像个傻逼似的正面对决，然后死得轰轰烈烈，输得没有半点价值，才是中国特种兵应该做的事情？我没有他们的军事技术，不是手起枪落枪枪命中的神枪手，可是我还想赢，那我除了用一些小聪明小伎俩，不断钻空子制造机会的手段，我还能有什么办法？！为什么在真实的战争中，这样的行为叫作战争的智慧，在演习中，这样的行为就是无赖流氓全军公敌？！”

“你认为自己已经完了，所以……”艾千雪低声道，“你才会哪怕明知再不可能对蓝军造成伤害，依然死战不退？”

“不。”

出乎艾千雪预料，燕破岳竟然在摇头：“我一开始，的确为了弥补和敌人的战力差距，利用演习规则漏洞偷奸耍滑。后来我发现，我的狡计可以连连得逞，那时候我就在想了，我一个新兵蛋子弄出来的小伎俩，都可以让部队那些战斗力远超于我的士兵不断阵亡，这就说明夜鹰突击队欠缺了什么重要的东西。如果不能把这个缺点弥补，一旦到了真正的战场，我的战友们就必须用鲜血来当学费。与其到了那个时候再亡羊补牢，我燕破岳为什么不能现在就先无赖下作到底，让他们记住我的这些流氓行径，永远不必再在这个方面吃亏流血。”

艾千雪怔怔地望着燕破岳，她真的没有想到，最终的理由竟然是这样的：“可是，你刚才不是还说，大家都排斥你，看不起你，还有好多人，巴不得你滚蛋吗？”

“没错，是有很多人排斥我、也有很多人巴不得我滚蛋。”

燕破岳回望着艾千雪：“就因为这样，我就明知道他们身上有缺点，一旦战争爆发，就会因此死伤惨重，却躲在一边装聋作哑，眼睁睁看着他们去送死？不管我们之间有什么矛盾，他们依然是燕破岳的同胞，是我燕破岳睡在同一个屋檐下、在同一口锅里搅食吃的战友，将来要是有机会一起走上战场，只要他们愿意，我们依然会成为最可信赖的生死兄弟……艾千雪，我把你当成朋友，也请你不要门缝里瞧人，把人看扁了！”

说到最后，燕破岳已经是放声暴吼，可是当他吼完了，他整个人却愣住了。

艾千雪的眼睛里闪动着晶莹的泪光，在她的手中拿着一个刚才一直被她藏起来的袖珍步话机。

她终于明白，为什么赵志刚要不远万里地把她接过来了。也只有面对她这样的朋友，燕破岳才会敞开心扉；也只有面对一个朋友的误解，燕破岳才会把他内心的所有愤怒与委屈全部爆发出来。

就是通过这只步话机，燕破岳刚才说的话清晰地传进了夜鹰突击队指挥部，又以指挥部为核心，发送到了军营每一个角落，发送到了每一个带领部队追杀燕破岳的军官步话机上面。

整个军营中，所有人都静静地站着、静静地思考着，不知道有多少人咬住了嘴唇。

艾千雪上前两步，双臂一伸，将燕破岳紧紧抱进了怀里，她在燕破岳的耳边低声道：“你是一个笨蛋，大大的笨蛋，但你又是一个好运气的笨蛋，有那样一个指导员，是你这一辈子最大的幸运。你知道吗，你刚才说的话，竟然被他猜到了八成！他要我告诉你一句话……别闹了，明天开始练枪。”

一个大大的灿烂笑容，就像春河解冻般从燕破岳呆滞而且黑得要命脏得要死的脸上绽放而出，紧接着，他就觉得天旋地转日月无光，还没有搞清楚究竟发生了什么，他就像一只麻袋包般，被艾千雪用一记漂亮到极点的过肩摔甩到了地上，还没有来得及挣扎，他的耳朵就被艾千雪居高临下一把揪住。

“燕破岳，几个月不见，你胆儿肥了不少啊。”艾千雪咬牙切齿起来，“你以为就你想进特种部队？我也想啊，就是因为想到特种部队不招女兵，尤其是不招女军官，我才放弃了这个想法，直到你的指导员找上门我才知道，原来特种部队不但有女兵，而且还成了你的搭档。你为什么不想办法告诉我，是不是有了一个美女做搭档，就让你骨头轻了四两，连朋友都敢忘了？！”

“疼疼疼疼疼……姑奶奶我认㞞了，您先松手好不好？”

已经从四面八方包抄上来的蓝军特种部队士兵们，看着燕破岳被人像麻袋一样甩到地上，还被揪住了耳朵，一边喊疼一边求饶的软骨头模样，所有人都陷入了石化状态。

就是这种货色，在大山丛林中和他们周旋了将近一个月时间，前前后后干掉了近两个连的兵力？

是这个世界太疯狂了，还是他们这些夜鹰突击队的特种兵太弱了？！

“我已经向夜鹰突击队递交了申请，如果没有意外，最多一个月后，我就会成为‘始皇’特战小队的一员。”

燕破岳和萧云杰，外加孤狼，成为“始皇”特战小队成员是多么困难的一件事啊，就算是加入了“始皇”，周围也满是不信任的排斥目光，可是艾千雪却轻而易举就获得了“始皇”特战小队的入场券不说，更没有人敢对她有半点置疑。能将燕破岳像个麻袋似的甩到地上，揪着耳朵，逼得他当场认㞞求饶的女军官，纯粹是集结了女神与女汉子双重特质的变异体，请问，她不强，谁强？她不能进“始皇”特战小队，谁还敢进？！

看吧，燕破岳一听到这个噩耗，不，一听到这个好消息，明明还疼得龇牙咧嘴，脸上却立刻露出了巴结的笑容：“恭喜，恭喜，欢迎，欢迎。”

“少跟我扯这些有的没的。”

艾千雪眉角一挑："从今天开始，你和孤狼的搭档身份正式解除！"

燕破岳瞪大了眼睛："这个……哎哟……轻点轻点，疼疼疼……"

"咋着，我棒打鸳鸯鸟，碍着您燕大爷的好事了？"艾千雪眼睛里闪动着危险的光芒，"要不，我收回刚才的话，请燕大爷您继续和孤狼天天形影不离？整个夜鹰突击队就她一个女兵，我不和她组队，你难道想眼睁睁看着我和一个不认识的男兵天天泡在一起，就算是吃饭上厕所洗澡睡觉，距离都不能超过十米？"

打死燕破岳也不敢在这个时候说上一句"要不您就和萧云杰一起组成搭档吧"之类的话。他敢用自己的脑袋打赌，一旦他真的将这句话宣之于口，他的耳朵纵然变不成兔子耳朵，大概也差不离了。

被迫签了城下之盟，燕破岳灰头土脸地从地上爬起来，看到四周站着黑压压两三百号官兵，就连燕破岳那黑得要命的脸皮子也不由得微微一红。

"敬礼！"

突然有一名军官发出一声喝令，"唰"的一声，两三百只右掌，整齐划一地狠狠划向它们主人的右额，对着燕破岳敬上了一个认真的军礼。

面对这一幕，燕破岳整个人都怔住了。他呆呆地望着眼前这一片刚才还在发了疯似的对他围追堵截，恨不得把他当场揍成国宝的夜鹰突击队特种兵们。

艾千雪轻轻碰了呆若木鸡的燕破岳一下，低声道："傻愣着干什么，还不快还礼？"

燕破岳深深吸了一口气，"啪"的一声猛然立正，对着面前这些现在的同胞战友、未来的生死兄弟们还了一个认真的军礼。

再没有了持续近一个月的枪声、脚步声和嘶吼声，再也没有了空包弹射击时散发出来的硝烟弥漫，在这一刻晴空万里，蔚蓝的天空笼罩苍穹，阳光倾洒在这片连绵不绝的群山与林海上方，随着微风吹拂，漾成了阵阵让人心醉的绿色波浪。

几只在城市周围已经绝迹多年的鹰正在展翅飞翔，它们在空中悠闲地绕着圈子，飞着飞着，忽而直冲云霄，以苍天为舞台，以白云为伙伴，长长的鹰鸣响彻云霄。

看着昂首屹立、当真是俯仰天地无愧无悔的燕破岳，站在一边的艾千雪，她的内心突然被感动、欣喜和自豪给填满了。

在几个月前，刘传锋师长将燕破岳调入临时应急小分队，为什么那些从全师挑选出来的精锐，可以用最温和的态度接受了燕破岳这个放羊倌？说到底不就是因为，燕破岳在雪崩时为了救人展现出来的勇气与疯狂，赢得了那些骄兵悍将的认可？

同样的道理，在这段长达二十九天的疯狂对抗中，燕破岳向所有人展现出了他的强大，让这些总是以训练场考核成绩来区分强弱的特种兵知道，原来对特种兵而言，智慧也是一种武器，小伎俩也可以杀人无数。在有些时候，它们的作用，甚至比机关枪里射出来的子弹更有效，也更可怕！

“燕破岳，你拒绝被同化，想要保持自己的思想与棱角，这种特立独行让你在军营中注定会成为众矢之的，你要走的路，也会比别人困难得多。我真的很高兴你没有气馁，没有放弃，硬生生用自己的努力与执着，闯出了一条属于自己的路。”

艾千雪在这一刻，如饮醇酒，她在心中低语着：“我坚信，你一定能超越自己的父亲，我相信，到了战场上，这里的每一个人，都会把你视为最可信赖的兄弟！”

第五卷
兄弟（上）
073

第一章 - **无悔的青春（上）**

在一间特护病房里，电子监控设备时不时发出“嘀嘀”的电子轻鸣，在显示屏上，代表病人血压心跳等信息的曲线，正在轻轻跳动。

推开房门，就算是知道他不可能被自己惊醒，燕破岳仍然放轻了脚步。在燕破岳的手里，捧着一束他在山里摘到的野花，它们虽然不能像人工培植的鲜花那样色彩艳丽，但是在最纯粹的大自然中，餐风露雨一点点崭露头角直至成长起来的野花，却有着一股家花所没有的暗香萦绕。

拿起床头柜上的花瓶，将里面已经干枯的康乃馨丢进垃圾筒，换上了野花，燕破岳坐到了病床前的椅子上。

和一年半前的自己相比，燕破岳的脸上，再也找不到年少轻狂的张扬，取而代之的，就是在训练场上，经历了无数次地狱式训练，一次次体力透支，却又一次次重新支撑起身体，一次次超越了自己所磨砺出来的坚忍不拔。

犹如刀凿斧刻般坚硬的面部线条，深深的眼窝，犹如猎豹般线条优美、充满爆炸性力量的身躯，让他看上去就像古希腊神话中的太阳神阿波罗，而他嘴角那缕轻噙着的淡然微笑，更犹如最神奇的魔法般，让他变得既严肃认真又洒脱不驯。

而他的那双眼睛，却依然犹如孩子般清澈，可是如果有人敢盯着他的眼睛去仔细观察，就会发现，在他看似清澈透底的眼眸最深处，却隐藏着一抹足以让任何生物为之震颤的锋利。无论是谁，只要在他的眼眸深处看到这抹锋利，就会立刻明白，他们面前站着的，是一个绝不能去招惹的人！

“师父，我来看您了。”

燕破岳的声音很轻，很轻：“‘始皇’特战小队为了争这个名额，几乎操起了刀子，但我是谁啊，我可是燕破岳，是您的徒弟，如果我连探望师父的名额都被人抢走，那真的要买块豆腐在上面直接撞死算了。”

赵志刚静静躺在床上，一根输液管，正在滴滴答答地将维系生命的药剂一点点地滴入赵志刚的身体。他一定得到了最细心体贴的照顾，看起来一点也不像一个已经陷入重度昏迷超过一年时间，据医生说大概永远都不会再睁开眼睛的患者，他的身上被擦洗得干净而清爽，病号服也洗得干干净净，坐在床边甚至还能闻到一股淡淡的清香。阳光透过玻璃窗倾洒在他的脸上，看起来甚至还透着一丝健康的红晕。

“师父，告诉您一个好消息，我已经顺利毕业，成为一名真正的特种兵了。师父……谢谢您为我做的一切。师父……谢谢您……我已经把您留下的训练计划全部完成，一个也没有落下……成绩，都是……优秀！”

说着说着，燕破岳的声音轻颤起来，他高高抬起了自己的头，只有这样，他才能让自己不争气的眼泪，没有当着赵志刚的面流下来。

往日种种，似水无痕，但是燕破岳这一辈子又怎么可能忘记，当演习终于结束，他被众星捧月般返回夜鹰突击队军营时，赵志刚望着他脸上露出的微笑；又怎么可能忘记，他的师父赵志刚就是带着这样的微笑，一头扑倒在他的面前，任他无论怎么喊、怎么叫，都没有再睁开眼睛！

直到那个时候，燕破岳才知道赵志刚得了恶性脑瘤，他原本还有一年半可活，可是赵志刚为了燕破岳，消耗了太多精神，到了最后他为了帮助燕破岳，更是不远万里搭乘直升机进入高原，请回了艾千雪。一个脑癌患者最忌操劳，可是他不但用脑过度，更敢不要命地跑到高原地带，气压剧烈变化成为最致命的诱因，终于让他原本一年半的时间被压缩成了半年。

没有人知道，这是赵志刚的幸运还是不幸。

恰逢一个国际脑瘤治疗研究小组进驻北京，由世界顶级脑科医生亲自操刀，用最精密的仪器加上手术，将赵志刚脑内从理论上来说根本无法彻底清除的恶性肿瘤切除，但是赵志刚也因此陷入了沉睡。那位亲自给他做手术的专家，在几次会议后，遗憾地告诉郭嵩然，手术成功了，但是赵志刚陷入昏迷的时间实在是太长太长，这不但摧毁了他的健康，也让他的身体习惯了沉睡，除非是发生奇迹，否则，他重新睁开眼睛的概率，几乎是让人绝望的零。

眼泪一点点被风吹干，燕破岳终于低下了高高昂起的头：“郭队长也走了。我们都没有挽留他，不是我们不喜欢他，也不是他不想留下，而是他的状态已经不适合在‘始皇’特战小队继续当我们的队长了。”

亲眼看到赵志刚倒下，郭嵩然真的是疯了，为了和那些达官显贵争抢由世界顶级脑科专家手术的机会，郭嵩然用尽了一切手段，甚至就连余耀臣和孙宁也被他硬拉上贼船，专门组建了一个参谋团为他出谋划策，该做的、不该做的，只要是不触犯法律的事情，他都做了。当郭嵩然用蛮横到极点的方法，将所有竞争者都狠狠撞开，亲眼看着赵志刚终于被送进手术室，郭嵩然脸上只露出一个释然的表情就眼前一黑，一头栽倒在地上。

当他终于平静下来时，再也听不到那越追越近，逼得他只能拼死努力向前冲的脚步声，十年拼命努力一刻也不能、更不敢松懈，长压积累下来的负荷，在一瞬间爆发出来，将这个一步一个脚印走到今天，没有特别出类拔萃的技能，没有耀眼的光环，却沉稳如山，犹如定海神针般存在，仿佛永远也不会倒下的男人给压倒了。

也许冥冥中早有注定，郭嵩然和赵志刚就是一对共生共存的双生子。没有郭嵩然，赵志刚不会拼命学习，一路向上猛冲；没有赵志刚在背后紧追不舍，郭嵩然这个从农村进入部队，从基层一步步成长的军官，也绝不可能优秀到成为始皇特战小队的队长。

当郭嵩然重新睁开眼睛时，他看起来何止苍老了十岁！

心神俱疲的郭嵩然，主动向秦锋递交了调职申请书，他真的是太累了，累得无法再留在特种部队中，带领一群兵王去冲击更高的领域，在相当长的一段时间里，他想好好地休息休息。

“师父，您也别担心，郭队他没事的，他可是‘始皇’特战小队的队长，您最强的竞争对手。像他这样的人，部队怎么可能放任他偷懒享清福？”

燕破岳脸上露出一个骄傲的笑容：“就是在半年前，队长被另外一个军区给借调走，成了那边新组建特战大队的副队长，郭队已经是两毛三的上校了。那边的人说，他们之所以看中了郭队，就是因为……一年半前，那场演习实在是太精彩了，他们也想要训练出我燕破岳这样的兵，也想要在自己的部队身陷绝境时，像那四位班长一样宁死不退，打出最灿烂的破釜沉舟式进攻！”

赵志刚依然静静地躺在床上一动不动，但是如果在这个时候，燕破岳说的话他能够听到，也能够明白的话，他的心里一定已经露出释然的微笑了吧？

“对了师父，训练结束后，我们都会有一个代号，既然我们叫‘始皇’特战小队，那么我们每一个人，都用了春秋战国时代的名将为代号。萧云杰头脑灵活鬼主意多，他的代号是李斯；孤狼是一个女的，但是她是我们当中最擅长狙击的高手，在战场上就是一个刺客，所以她的代号是聂政！之所以是聂政，而不是似乎更加有名的荆轲，是因为聂政成功了，留下了‘白虹贯日’的传说；而荆轲失败了。他不过就是因为刺杀的是秦王，才会拥有这样的名气，在我看来，一个失败的刺客，名气再大，纵然有‘图穷匕首见’的典故，也没有任何意义！”

说到这里，燕破岳揉着鼻子笑了：“而我，代号是……白起！”

如果赵志刚在这个时候能言能动能笑，他一定会吹上一声口哨。

白起！

这可不是阿猫阿狗就有资格拥有的代号。在春秋战国，白起可是当之无愧的第一名将，他一生未尝一败不说，最重要的是他杀人无数，坑杀四十万赵卒，一举击溃了赵国国力，这只是他老人家军旅生涯中比较出名的一个片段，在那个战乱不断的大时代，他一个人指挥军队杀掉的军人和平民加起来，占了整整一半！

所以白起有两个称谓：一个是战神白起，另外一个则是杀神白起！

面对敌人，没有铁血屠夫式的手段，没有遇强则强百战不殆的天赋与能力，就别把白起这个名号往自己脑袋上扣，省得将来丢人现眼。

“其实吧，这个绰号，真不是我想要的。”

燕破岳其实也挺无奈的，他真正想要的绰号是李牧或者王翦，但是，一年半前他为了“消灭”蓝军士兵，把漂亮而又性感已经达到女神级别的女军官薇薇绑到树上，还弄条拔掉牙的毒蛇在人家面前晃悠。用这种集冷血卑鄙无耻下流残忍于大成的方法，他硬是打死了十一个蓝军特种兵，在每一个人的心里，留下了这个小子又狠又毒绝不是个好鸟，但是真的能打仗、能打胜仗的观念。

所以，白起这个绰号，就被大家硬扣到了燕破岳的头上。

“师父，我还要告诉您一个不幸的消息。”燕破岳的声音有点低沉，但是其中的幸灾乐祸意味却怎么也掩藏不住，“您也是我们中间的一分子，划分绰号，当然也有您一份。大家考虑到师父您又奸又滑又坏又狠，最擅长的就是指鹿为马，又是‘始皇’特战小队的二把手，恰恰又姓赵，所以包括徒弟我在内，大家一致认为，‘赵高’这个代号非您莫属。

“至于郭嵩然队长，他是‘始皇’特战小队的最高指挥官，又干到半截就跑了，那自然就是秦之二世，那个曾经被大太监赵高玩弄于股掌之间，留下‘指鹿为马’千古典故的‘胡亥’是也。”

话已经讲得差不多，是该到离开的时候了。

燕破岳站了起来：“我们已经是名合格的特种兵，随时可能会参加各种作战任务。我知道，在和平时代的光明背后，依然有无数硝烟弥漫。队长曾经说过，您最大的遗憾，是不能亲自走上战场，我会带着您的这份遗憾和光荣，在军营中努力充实自己，做好一切准备。一旦有外敌敢于挑衅中国，走进我们的土地，试图打破家园的平静，我一定会让入侵者有来无回，中国特种兵面对敌人，只有子弹和死亡，绝无宽恕！如果他们还想活着见到明天的太阳，那就最好……永远别惹我们！”

第二章 - **无悔的青春（下）**

特护病房的门再次被推开了，一个捧着脸盆、刚刚洗完衣服的年轻女人走了进来，她看到站在病床前的燕破岳，不由得微微一愣：“请问，你是？”

“我来看师父。”

就凭这句话，她就猜到了燕破岳的身份，甚至叫出了他的名字：“你是燕破岳，还是萧云杰？”

不等燕破岳回答，这个女人就从二选一中找到了正确答案：“你是燕破岳。”

燕破岳有些惊讶了，按照保密条例，这个女人肯定没有见过他的相片，甚至不应该知道他的名字：“为什么？”

“在他送进手术室之前，在昏迷中曾经说过几句话，其中一句是‘燕破岳，萧云杰，你们两个小子给我挺住，别趴下’。还有一句是‘萧云杰，我要不在了，你这头狈，一定要保护好燕破岳那匹狼’。”

年轻女人望着燕破岳：“女性直觉，你看起来就像一匹狼！”

旋即年轻女人轻轻一笑：“你看我，光顾说话，竟然连招呼客人都忘了。”

女人放下脸盆，拎起暖瓶，在拿起茶叶桶时略略一顿，又把茶叶桶放回原位，只是给燕破岳倒了一杯白开水：“你师父从来不喝茶，也不喝任何刺激性饮料，我曾经问过他为什么要这么苛待自己，他反问我，如果在给汽车添加汽油时，又往里面掺了点什么，会变成什么样子。”

自然是汽车发动机受到影响，虽然还能继续使用，但是马力就不会像原定功率那么强劲了。

燕破岳被这个女人给硬按回到椅子上，热气腾腾的水杯塞进了他手里，水杯外面裹着一层用碎布缝成的杯套，就算是刚把开水倒进去，捧在手里也不会太烫。燕破岳捧着水杯，轻轻啜了一口，他望着女人，尝试着问道：“您是……”

女人摇头，脸上露出一丝失落，旋即又消失了：“我是他军校的后辈，也经常在电话中聊天，除此之外，我们什么也不是。他把太多时间和精力放到了竞争上，他告诉我，他有一个必须要战胜的对手，在赢得那个对手的尊重和认可之前，他没有心思考虑任何事情。我觉得我能等，没有想到，这一等就是十年，好不容易等到他心想事成，终于和那个竞争对手成了朋友，他却突然告诉我，我不是他喜欢的类型，要我走开……”

女人说到这里，轻轻抽了一口气：“从那个时候，我就知道，他肯定有了难言之隐，最后得到通知，他长了脑瘤，我一点也不惊奇。十年时间，把自己逼得那么狠，不顾身体负荷极限，往脑袋里硬塞了那么多知识，日积月累下来，他没有问题才叫奇怪。”

女人望着躺在病床上的赵志刚，她的眼波流转：“以朋友的身份相处了十年，他这么聪明的人，却没有把我看透。如果他没有让我走开，也许我真的走了，但是他让我走，我反而不走了。他再也没有那么忙，再也不会打电话只说上几句，就因为要复习功课或者带兵训练，匆匆挂掉电话。看着他躺在这里，每天和他说说话，他静静躺在那儿听着，陪着我，我就比什么时候都开心。”

燕破岳欲言又止：“可是……”

“你是想劝我，守着一个活死人过一辈子，这样不好？”

年轻女人抬起了头，她望着燕破岳，认真地问道：“你是他的徒弟，请你告诉我，他，你师父赵志刚，真的会一辈子躺在这里，一直睡到死为止吗？他能创造出一个从军校毕业，用了十年时间，就成为博士军官的奇迹，他为什么不能再创造第二个奇迹，在某一天，重新睁开他的眼睛？”

燕破岳闭上了嘴巴。

“我知道，你现在正处于一个长长长长的梦里，在这个梦里，没有颜色，没有光线，你无论如何努力，都找不到出来的路。但是你不能放弃，因为我就守在你的身边，每天陪着你，我会让你每天都能听到我的声音。”

女人盯着赵志刚，她的声音中透着不可动摇的坚决，甚至是偏执：“我常听女人们抱怨，问现在的好男人都死哪去了，让她们这些好女人想嫁人都找不到合适的对象。我对这种女人根本不屑一顾。一个好男人，不是从天而降，他需要女人的培养和等待，等待他成熟，等待他学会关心和爱护；而一段真正的感情，更需要双方付出。自诩为好女人，却坐在家里，坐等着白马王子降临，那无异于做梦。赵志刚，我喜欢你，喜欢得不得了，我拿我的青春和你赌上了，如果你不想让我守一辈子活寡，你就必须找到回来的方法，重新睁开你的眼睛！不管这个过程你要十年、二十年，还是三十年，我都赌上了！”

年轻女人似乎已经忘记了燕破岳的存在，她已经沉浸在自己的世界中，她在赵志刚耳边喃喃诉说着，没有人会怀疑她的决心，一个偏执的天才，能追随上他脚步的伴侣，也必然是偏执的。

燕破岳放下水杯站起来，他从口袋中取出一个小工作笔记本，撕下其中一页，写上了一串数字。

“您要是遇到什么事情需要帮助，只要您一个电话，哪怕是身在万里之外，我们也会日夜兼程赶来。”

将纸条放到了女人身边，燕破岳在走出病房前，突然对着女人深深弯下了自己的腰：“再见了……师娘。”

听到“师娘”这两个字，女人的身体轻轻地震了一下，她没有回头，只是轻轻点头，接受了燕破岳对她的这个称呼。然后她抓起了身边那张纸，把它折起来，珍而重之地放进了床头柜抽屉里。

走出了病房，穿过长长的走廊，走出医院，站在一片阴霾却依然有和平鸽在飞翔的天空下，燕破岳深深地呼吸着属于城市的空气，望着医院大门前那车水马龙、人来人往的繁华。

拿着公文包，全身西装楚楚的白领，一边走路一边看着BP机上的内容，他左看右看，似乎在寻找公用电话；穿着漂亮衣服，还烫着波浪头发的女孩，随意把玩着手中的小皮包，慢悠悠地走着，显得自在而惬意；几个小男孩手里拿着火柴枪跑过，他们笑闹着嬉戏着，手中的火柴枪时不时发出“啪”“啪”的声响；

在街道的边角，还有一个小贩在地上铺开一块塑料布，就算支起了小摊，上面摆满了一些廉价的小玩意儿，一边招揽顾客，一边左看右看，似乎只要稍有风吹草动，他就会收摊拔腿而逃……

“啪！”

在街角传来了什么声音，燕破岳扭头看过去，就看到一个白发苍苍的大妈摔倒在地上，她大概是刚从菜市场买菜回来，一只编织篮摔在一边，还有几个土豆在地上打着转儿。不知道为什么，旁边明明有路人走过，却一个个视而不见。

燕破岳快步走过去，就在他准备扶起这位大妈时，身边传来了一个声音：“朋友，别扶，小心被讹。”

燕破岳回头，望着对他出言劝告的路人，诚心诚意地道：“谢谢。”

因为学雷锋做好事，扶摔倒的老大爷、老大妈，最后被家属一口咬定是他们撞了大爷、大妈的事例真是太多了，那些家属的理由更是奇葩得要命，“不是你撞的，为什么你要救人”，就是因为这样，国人遇到类似于此的事情，都会远远地躲开。不是冷漠了，更不是自私了，而是怕了。

这一扶，风险实在太大，大到了会让自己倾家荡产妻离子散的程度，纵然概率很低，也许一万个中才可能有一个，但是谁敢说，自己不是那最倒霉的万分之一？做好事只是举手之劳，并不图回报，却有这么大的风险，又有谁还愿意做这种出力不讨好的事？！

但是在道完谢后，燕破岳一转身将老人扶了起来，在路人奇怪的目光下，扶着这位老大妈，将她送回了家。他是职业军人，随时可能会拿着武器走上战场，他连战死沙场都不怕了，又怎么可能怕被人讹诈？

半个小时后，燕破岳在老人家属的连连道谢中回到了大街上，在他的口袋里，被老人的家属塞满了各种零食。看到路边有一个不停对着路人磕头的乞丐，燕破岳走过去，将口袋里的零食全部掏出来，放进了乞丐面前的碗里，就在起身的瞬间，身为一名特种兵的敏锐，让燕破岳看到在乞丐的脸上流露出一丝不屑。他到这里乞讨，要的是钱，而不是零食。

想着自己进军营前就曾经听说过的，城市街头乞丐白天下跪，晚上开名车吃美食的传说，燕破岳不由得哑然失笑。他再次蹲下身，取出钱夹，从里面取出厚厚一沓钞票，当了十八个月特种兵，每个月岗位津贴什么的真是不少，有钱却没有地方花，他燕破岳也是一个小富翁了。

看到燕破岳手中那厚厚一沓钞票，乞丐舔了一下嘴唇，猛地加快了磕头的动作，嘴里还念念有词起来。燕破岳慢慢数着钱，享受够了当大爷的快乐，他洒然一笑长身而起，在那名乞丐的注视下，又将钞票全部放回了钱夹里。乞丐又羞又恼地暗中向他竖起了一根中指，燕破岳霍然回头，乞丐连忙又把中指收了回去。

燕破岳大笑着走了，走出十几步远后，他随手一弹，一枚硬币在空中画出一道漂亮的银色小弧线，“叮”的一声落进了乞丐面前的碗里。看着那枚一元钱的硬币，乞丐当真是哭笑不得。

燕破岳就像刚刚走进大观园的刘姥姥，他看什么都新鲜，无论发生什么，他都要挤进去凑凑热闹。他像小孩子一样在大街上啃着糖葫芦，吃着棉花糖，手里还捏着一个用五块钱买来的面人。看到漂亮的女孩子，身穿便装的燕破岳还会打上一声响亮的口哨，引得一群女孩子对着他发出一连串银铃般的笑声。

一直这样闲逛到夜幕降临，华灯林立，到处都是霓虹灯闪烁的七彩光芒，照耀得路上的行人脸上都忽明忽暗起来。

这是一个用钢筋混凝土堆砌，再用无数人的梦想与欲望填充起来的世界，这里灯红酒绿，这里欲望横流，不知道有多少光明与黑暗的故事在同时上演。每天在这里都会有人美梦成真心想事成，也会有人在无情的现实面前碰得头破血流。

而他们，一群人民子弟兵，驻扎在鲜为人知的深山老林中，他们与世隔绝，在训练场上挥汗如雨，每一分钟，甚至是每一秒钟，都在不断地提高自己，或者为接受更严格的训练做准备。他们被人称为“傻大兵”，现在社会上还流传着“好铁不打钉好男不当兵”之类的话，也许就算是他们战死沙场，这些人也不会知道，甚至还有一些人会冷嘲热讽。

就是无数这些认识和不认识的人，组成了他们共同生活的家园。

他们这些职业军人，要死命守护的，不是九百六十多万平方公里的土地，不是一个国家的名字，而是车窗外那千千万万，和燕破岳喝着相同的水、吃着相同的米长大的同胞组成的共同的家园！

当他们这些共和国的守卫者有一天累了乏了，终于决定放下手中的枪，离开朝夕相处的战友和熟悉得已经刻进灵魂最深处的军营时，他们还可以回到一个没有硝烟、没有屠杀，可以安居乐业的繁华世界！

身为军人，他们的天职是守护这些同胞，守护自己所爱的人，守护他们下一代的未来！

一种难以言喻的冲动突然涌上心头，燕破岳面对眼前这片天空、这片大地，这座城市，还有眼前所有的人张开了双臂，仿佛要把他们同时抱进怀里，他用尽全部的力量，放声喊道：“喂，我爱你们！我爱死你们了！”

路上的行人都对突然发了少年狂的燕破岳侧目而视，只有一个已经年过花甲，发梢上早已经染上了一层银霜，走路却依然身体挺拔如箭，显然经历过一段相当漫长军旅生涯的老人，对着燕破岳露出了一个了然的微笑。

一老一少，两个素不相识的男人，就这样彼此相视，老人握起右拳放到了胸脯上重重敲击了一下，燕破岳用力点头。根本不需要语言的交流，他们就彼此明白了对方要说的话。

“滴嘀……滴滴……滴滴……”

手表上传来了电子蜂鸣声，时间到了。

燕破岳再次深深地看了一眼面前的城市与街道，然后他再无迟疑，大踏步走向了一辆一直停在医院对面街边的汽车，在燕破岳坐上汽车后，汽车发动了。隔着玻璃窗，看着外面的一切被飞快地甩到身后，直到整个城市都变成了一片繁花似锦的灯光，也许是面对沉睡的赵志刚有了太多的感触，也许是生活在一个闭封环境中又回到现实带来的冲击，在燕破岳的耳边，响起了他自己灵魂的低语：

当往日的硝烟已经成为历史
当远方的风中不再传来哭泣
请继续握紧手中的武器，我的战友
因为在和平时代，依然有战火的阴霾
也许，我们注定会鲜为人知
也许，我们将埋骨他乡
母亲，请不要为我们而哭泣
因为我们在用自己的双手
支撑起，一片人间沃土
战斗吧，咆哮吧，呐喊吧
我们誓将用鲜血与死亡，迎接任何敌人
准备好了吗，我的战友
准备好了吗，我的兄弟
为了我们的朋友，我们的家人，我们所爱的人
战斗吧，咆哮吧，呐喊吧
用我们无悔的青春
挺起中华民族曾经被打折的脊梁
用我们无悔的青春

昂起我们曾经的荣光与骄傲

直至

灵魂的永恒

第三章 - 毒之战

在“始皇”特战小队会议室里，特种兵们静静地坐在椅子上，虽然这些椅子都有让人可以坐得更加舒服的靠背，但是他们依然将身体坐得笔直。十八个月的磨砺，不但让他们拥有了更加强健的身体，更加坚韧的意志，更将他们融为了一个整体，使他们在任何时候都处于一种半紧张状态，一旦遇到突发事件，他们会在瞬间就能做出最正确的反应，形成一个战斗整体。

从这一点上来说，他们已经被训练成了一群狼，一群单可以独战天下、群则最强的狼！

他们坐在这里，即将迎来第一次真正的作战任务，他们将会在战场上，用敌人的鲜血，来验证自己十八个月来的辛苦付出是否换来了期望的力量。就是因为这样，他们都沉默不语，只是让自己的身体坐得更加笔直，就是在这种压抑的沉默中，一股无形却真实存在的气场却在他们身上不断升腾，在彼此交融之后，形成了一个足以让任何人心脏都要为之颤抖的压迫感。

站在这样一个群体面前，再迟钝的人也会明白，他们是一群非常有力量，更是能将这股力量凝聚在一起的人！

副队长许阳看着这样一群士兵，他的脸上露出了一丝引以为豪的微笑，但是当他走上主席台，打开手中的文件夹时，看着上面那些他已经看过几遍甚至可以背下来的内容，他的脸色迅速阴沉下来，道：“鸦片战争，这是中国进入近代最黑暗历史的开端。从世界近代史上来看，中国是吸毒人数最多、被毒品毒害最为惨烈的国家。”

没有人知道为什么副队长许阳并没有直接发布作战任务，而是和他们提起了一百多年前曾经发生过的事情。没有人提问，“始皇”特战小队的士兵们，只是静静地坐在那里，静静地聆听着。

他们这支部队，还欠缺硝烟与鲜血的洗礼，所以他们还不算是百战雄师，但是他们已经具备了一支王牌部队侵略如火，不动如山的特质。

“有几个数字，我希望你们能牢牢记住，永远不要忘记。”

许阳目视全场，沉声道：“鸦片战争以前，中国吸食毒品的人数为二百万；鸦片战争后，毒品被倾销到整个华夏大地，四十年后，人数激增到两千万；1929年到1934年，吸食毒品的人超过了八千万，占当时全国总人口数量的16.8%！直到1949年，中华人民共和国成立，仍然有超过两千万人在吸食毒品！”

就算是每个人都在历史课上学过鸦片战争的内容，知道毒品对近代中国的危害极大，但是听到这一串鲜为人知的数字，燕破岳他们仍然忍不住为之震撼。

在当时拥有四亿人口的中国，八千万人吸食毒品，这是一个多么惊人的数字和比例？！

许阳突然点名：“燕破岳！”

因为表现优异，已经成为三班副班长的燕破岳猛然起立：“到！”

“说说看，你认为毒品为什么会在中国如此流行？！”

燕破岳从脑中寻找着他对这一段历史知识的记忆，迅速作出回答：“我认为毒祸横行，并非一日之功，这其中经历了三个阶段：第一阶段，英国殖民者为了打破中英之间的贸易逆差，而向中国倾销鸦片；第二阶段，国民政府对地方管束不力甚至是刻意纵容，使得地方军阀以毒养军；第三个阶段，抗日战争期间，日本侵略者为了奴役沦陷区国民而刻意推广。”

“很正式，相当标准的教科书式回答。”

许阳的评价，绝对称不上是褒赞：“那你有没有想过，并没有人拿着枪顶在当时的中国人脑袋上，逼着他们去吸食鸦片，当中国被鸦片毒害了上百年，身边肯定出现过不止一个因为毒品而妻离子散的人，他们也肯定听到过毒瘾发作却没钱买毒品的瘾君子发出的痛苦叫声，为什么还有那么多人愿意跳进这个坑里？”

燕破岳略一沉默，回答道：“没有。”

燕破岳不是瘾君子，他通过电视新闻、报刊看到过那么多因为毒品弄得妻离子散、人不人鬼不鬼的瘾君子，如果有人敢把毒品送到他面前，让他来上一口，燕破岳一定会毫不犹豫地一拳砸到对方脸上。所以他真的不明白为什么有那么多人，明明知道毒品有害，一旦上瘾就会坠入地狱，依然会飞蛾扑火般前赴后继。

“外在环境，当然是不可忽略的因素，但是当一个民族有接近五分之一的人，明知吸毒有害，却都在吸食毒品，那就必须自我检讨反思，看看自身出现了什么问题。”

许阳一挥手，示意燕破岳坐下，他索性合上了手中的文件夹。

“在清朝时代，存在一个靠祖辈余荫可以不劳而获，而且拥有大量社会资源的悠闲阶层，他们走马斗鹰吃喝玩乐，从西方传来的鸦片对他们来说，就是一种更洋气也更时兴的享受方式。在这样一个群体中，还形成了一种独特的‘鸦片文化’，他们吸食鸦片，必须要云南出产的麻粟坝精品；烟膏必须是潮州帮调制的冷笼佳膏，一些大富大贵之家，还会在里面添加如珍珠粉、百年东北野山参之类药物；而烟枪，更林林总总发展出十几个体系，上百个品种。这批人不但把毒品当成了一种享受，还变成了一种面子工程式的文化系统。在中国毒害最为严重的时候，媒人说媒，甚至会以夫家每日吸食几钱大烟为衡量家财的标准，遇到婚丧嫁娶，以排出多少烟榻为场面大小。在中国这样一个官本位的国度，达官显贵对毒品的追求和所谓的文化，对整个国家造成了极为恶劣的影响。”

当官的都开始吸食毒品了，还美其名曰“福寿膏”，那些天天抱达官显贵大腿，用来拓展商路寻求保护的商贾，自然会紧随其上。当一个国家的官员、商人、文人士子们都开始吸食毒品并以此为荣时，他们就会对整个国家形成最可怕的示范效应和引导作用。在这些榜样的示范下，就算是再穷的人，也会因为一时好奇，或者说是抱着对统治阶层的憧憬，凑几个铜板去吸上一口。一旦他们品尝到毒品给人那欲仙欲死的滋味，并以炫耀的态度向四邻宣扬，一张毒网就会以几何态势向整个国家扩散。

中国在近代没有跟上轰轰烈烈的工业革命，在其他国家已经完成从农业化国家向工业化国家的过渡时，落后就要挨打，所以才会有了鸦片战争和抗日战争；中国地大物博，生存环境太过优渥，缺了居安思危的警惕，一旦安逸享受成为主流，就会给“福寿膏”之类的东西生存土壤。

人们常说，可怜之人必有可恨之处，把这个道理套在一个民族、一个国家的身上，依然适用。

“还有一点，鸦片适合中国人的口味。”

许阳这句话一出，当真是一石激起千层浪，要不是职业军人不动如山的特质让每一个士兵都继续静坐，只是竖起了耳朵聆听答案，说不定现场已经吵成了一锅粥。

“鸦片这种毒品，吸食之后会让人舒缓镇定，进入一种无忧无虑无烦忧的超脱境界，这一特性和我们中华民族老子和庄子提出的清静无为有着异曲同工之妙，可以让那些在官场商海中不断打拼的人得到心灵上的放松，也可以让穷困潦倒的人忘记自己的处境，有着退一步海阔天空的哲学印记。也就是因为这样，就算是到了现代，有了更多毒品可以选择，身上刻下太重儒家印记的中国人，依然最喜欢鸦片，就算是大家都知道毒品的危害，依然有人由于种种原因，成为鸦片的俘虏。”

许阳的话，大家终于听懂了。

不要说什么鸦片战争，不要说什么民国政府不作为，地方军阀为了钱暗中推动，也不要说日本侵略者为了奴役中华民族压榨战争资金而发起毒品渗透，就算是没有这些，当国家变得富强，又出现一批新的“富裕清闲”阶层后，就算是政府再宣传毒品对个人的危害，毒品依然会以这批新的“富裕清闲”为核心，在中华大地上泛滥开来。

“始皇”特战小队的首次作战任务，一定和缉毒有关！

就在这个时候，会议室的门被推开了。

一名衣领上戴着银质飞鹰勋章的中校沉着脸走进会议室，在场所有人霍然起立向他敬礼，这名中校一边还礼一边走上了主席台，他的气势太过凌人，就那么一路辗压上去，硬生生将主持作战发布任务的许阳挤出了主席台。

这名中校就是在郭嵩然走后，接替了他位置的“始皇”特战小队新任队长。他有一个相当有气势的名字——权许雷，而且他也的确将这个名字的气势在军营中展现得淋漓尽致。

“这是作战会议，不是中学生的历史课。”

权许雷的一句话，就让站在一边的许阳苦笑起来。

权许雷站得笔直，目光如剑：“养兵千日，用在一时，你们每一个人在过去十八个月时间里，吃的、穿的、训练消耗的、加起来比养一个野战军步兵班还要高，现在是你们证明自己值这份投入的时候了！”

权许雷的一席话，说得燕破岳和萧云杰一起撇嘴，仿佛是有所察觉，权许雷锋利如剑的目光直刺过来，燕破岳和萧云杰立刻摆出了一副俯首受教的模样。权许雷的目光在他们脸上打了一个转儿，又收了回去，他挥手示意，在会议室中间摆放的幻灯机被打开了。

屏幕上出现了一个四十多岁的男人，这个男人穿着一件怎么看都绝不便宜的皮大衣，耳朵上夹着一支香烟，在他的脖子上，戴着一条只能用“狗链”来形容的粗大金项链。他当时正在一边走一边和身边的人说着什么，也许是因为他习惯用肢体语言来增强自己的语气，在相机快门闪动的瞬间，他的右手高高举起，正在有力地下挥，恰好让右手手指上那四个金灿灿的硕大金戒指在阳光下反射出一片金灿灿的光芒。

燕破岳眼睛轻轻地眯起，也许别人会对这个男人不以为然，因为他几乎将“暴发户”三个字贴到了脸上，但是燕破岳却看得更深，想得更远。

并不是谁都能当暴发户，首先条件就是他必须有钱，非常非常有钱，让所有人都知道，他在短时间内赚到了大量的钞票。而黄赌毒这三样东西，恰好都能让人短时间内暴富。

这个男人，要么是脑袋缺一根筋，不知道“死”字是怎么写的，要么，就是在用这种方式，向身边的人宣扬着“贩卖毒品就可以像我一样一夜暴富”的信息。通过这些金链子、金戒指，无声无息地影响着身边的每一个人。

能被“始皇”特战小队列为首战目标的角色，怎么看，他都应该属于后者。

被挤到主席台左侧的许阳，开始介绍任务目标情报：“马魁，甘肃人，是当地最大的毒枭。他通过亲情、乡情和内部帮规，建立了一个组织结构严密、分工明确的制毒、运毒、贩毒团伙。他们枪毒同流，毒黑交织，为了对抗公安部门，他们利用航空、铁路、公路进行立体贩毒。现在三甲集已经成为中国最大的毒品集散地，毒品从这里辐射到全国各地，公安部门几次派出卧底试图接近，但是他们全部失踪，生死未卜。”

打入毒枭团伙内部做卧底，身份暴露最终的下场不问可知。这些公安人员的卧底生还的概率，已经无限接近于零。听到这里，燕破岳看向马魁的目光更加凛然，这个人不是粗中有细，而是用粗犷的外表制成了他的伪装。

萧云杰也低声说了一句："又一只笑面虎，不，他也许比笑面虎更危险。"

燕破岳轻轻点头。

幻灯片上的相片更换，出现了一大片罂粟田，在田地里，一些毒农正在拿着特制工具在罂粟果上取汁，看起来他们的心情似乎很好，脸上都洋溢着幸福的笑容。

只可惜，他们笑了，十倍甚至是百倍的人就要因此而哭泣。所以，他们的笑容，在燕破岳看来，分外刺眼。

"金新月，是继缅甸金三角之后，于本世纪八十年代后期发展起来的一个毒品生产基地。它位临中国西北部边境地区，位于阿富汗、巴基斯坦和伊朗交界地带，由于它的地形看起来像是一轮弯月，所以又被称为'金半月湾'。据公安部情报显示，去年这个地区的鸦片总产量达到了四千六百吨，占到全世界的75%，已经超越缅甸金三角，成为世界最大的毒品生产基地。金新月出产的鸦片，无论是往中国东部地区的运输线，还是从印度经西藏的毒品，或者是从缅甸金三角出产，从云南运出，送往欧亚地区的毒品，都要经过甘肃。"

幻灯片再次更换画面，镜头回到了马魁他们所处的那个城镇。

"马魁所在地区，位处兰州通往四川、青海的交通要道，是中国西北地区重要的茶叶和皮毛交易区，但是随着毒品延伸，现在就连西方媒体都称那里为中国最大的毒品集散地。像马魁这样的毒贩发财之后'衣锦还乡'，成为周围人羡慕模仿的对象，现在那里已经出现了如'下云南，上东部，一来一去几十万，杀了脑袋也情愿''杀了老子儿子干，杀了丈夫妻子上'的谚语。"

在场所有人脸色肃穆。

"这些毒贩已经完成了资金原始积累过程，他们在形成了经济势力后，必定会通过拉拢腐化政府官员组建他们的政治势力。有一些贩毒嫌疑人，他们身上已经披上了企业家、慈善家等外衣，他们利用这些身份和所谓的企业，可以进行更疯狂的贩毒、运毒，再通过企业经营方式把钱洗白。但是马魁走上的，是一条更加直接的道路。”

这一次幻灯片上出现的是马魁年轻时的相片，当时的马魁只有二十岁出头，他身穿一套七八十年代最常见的绿色军装，背着现在已经被部队淘汰的56式半自动步枪，脸上满是灿烂的笑容，在他身后，还有一匹战马亲昵地和他偎依在一起。

“马魁在八十年代初当过骑兵，做过班长，还参加过师一级侦察兵选拔，虽然最终被淘汰，但是可以由此判断，他对军事管理有一定经验。在运毒、贩毒积累了大量资金后，马魁组建出一支成员数量不详的‘别动队’，通过非法走私，给这批武装人员配备了包括AK步枪和班用轻机枪在内的自动武器，而且不排除有火箭筒之类重型武器。马魁自封为中队长，还制定了军规、军歌，被知情人戏称为‘地下第二武警中队’。现在公安系统想要对马魁展开侦察，已经感到束手束脚。如果动用地方武警部队对其实施抓捕，很容易打草惊蛇，演变成一场混战。”

许阳介绍已经完毕，权许雷目视全场，冷然道：“你们入军营最短的人也超过两年，是可以自称为老兵了。但是，身为特种兵，除非沾过血，否则永远都是一群嫩得发青的新兵蛋子！这一次你们的任务非常简单，分成四组，抓捕包括马魁在内的四名毒枭，在行动过程中，一旦遭遇武力抵抗，允许开枪直接击毙！”

说到这里，权许雷猛然提高了声音：“在中国的土地上，只要我们这些军人还没有死绝，就绝不能出现什么金三角、金新月之类的地方，更不允许毒祸再为害人间，听明白了没有？！”

“始皇”特战小队所有士兵一起猛然立起，放声齐喝：“是，明白！”

马魁今年四十四岁，他总是喜欢带着一脸憨厚的笑容，就算是被人当面抢白，只要对方不太过分，他都会一笑置之。如果不了解他的底细，你真的无法相信，这个全身透着暴发户气息，而且身体正在横向发展，似乎心宽体胖的男人，竟然是一名在制毒贩毒行业称得上扛把子的大毒枭。

说到贩毒，马魁也算是家学渊源。在解放以前，甘肃就是国际、国内贩毒运毒的重要通道，曾经在中华历史文明长河中留下浓墨重彩一笔的丝绸之路河西走廊，在上百年前就已经沦落为运输鸦片的贩毒之路。马魁的太爷爷，就是玉门首屈一指的大毒枭，他们的家族四代人都是以运毒贩毒制毒为生，直到新中国成立后，国家大力打击毒品，强制让瘾君子们戒毒，他们马家才放弃了这条发家致富的门路。

但是到了八十年代末期，毒品在中华大地死灰复燃，家学渊源却苦无用武之地的马魁，率先投身于贩毒大军当中，成为领军式的人物。

现在马魁不但会从缅甸金三角和阿富汗金新月走私毒品，他还派人“指导”甘南地区的山民，利用群山中交通不便、公安人员无法展开调查的地理屏障，零零散散地种植罂粟。在甘南山区，一亩地就能产一万株罂粟，马魁开出的收购价为每亩八千元。由于甘南气候不错，阳光充足，降雨量适中，罂粟田一年就能收割三季，也就是说山里的山民，只要冒险种上一亩，一年就能赚到两万四千块钱，这对于甘南地区人均收入才区区几百块钱的山民来说，当然是一种无可抗拒的诱惑。

马魁把从甘南收来的鸦片，用粗糙的工艺制成介乎鸦片与海洛因之间的毒品，由于色泽微黄，被道上的瘾君子们称为“黄皮”，这种毒品已经被卖到全国各地，还有一部分通过其他毒贩渠道，已经渗透到邻边省份，在陕西铜川一带和内蒙古地区销量尤其庞大。由于马魁粗糙提炼的“黄皮”价格“公道”，又不会像其他人一样往海洛因里掺乳糖来弄虚作假，从纯度和“口味”上来说，比那些所谓的四号海洛因更加来劲，而且不容易上瘾，又被瘾君子们戏称为“绿色食品”。

业务铺得越来越大，每天都是日进斗金，但是在马魁内心深处的不安也在与日俱增。

中国政府为了打击制毒贩毒，制定的法律法规相当严格，其中有五种情况可以判处死刑并立即执行，马魁怎么看，自己都把这五种斩立决罪行犯了一整遍。只要被抓，被送上刑场吃枪子儿，那就是板上钉钉的事儿，怎么也跑不掉。

就是因为这样，马魁制定了一整套“自保措施”，他把自家盖的三层小楼周围的围墙全部推倒，重新竖起两层铁栅栏，这两层铁栅栏中间只间隔了一尺远，在铁栅栏顶部加装了蛇形铁丝网。

蛇形铁丝网，这玩意儿在第一次世界大战期间应用得最广泛，在那个时代人类还没有发明坦克，蛇形铁丝网加机枪碉堡就组成了最难攻克的天堑。这种铁丝网之所以被称为“蛇形”，是因为它看起来就像弹簧，一圈圈地拉开，在铁丝上面，到处都是四棱形的尖刺，无论是人还是动物，一旦撞上去就会被铁丝圈反缠过来包裹起来，越是挣扎，铁丝网就会缠得越紧，而铁丝网上那四棱形的尖刺，更会深深刺入身体，就算造不成致命伤，光是疼也能把人活活疼死。

两道间隔仅仅一尺的铁栅栏加上蛇形铁丝网，形成了一道难以攀爬越过的障碍。

固定栅栏的墙基，只有半尺高，这样的高度最多只能藏住一只猫；整个院子里看不到任何植物，就连地上的草都被拔得干干净净，这种行为无异于部队在驻守特殊区域时挖制的焦土隔离带。

在整个院子里，到处都可以看到安装在金属支架上的摄像头，反复交叉之下，几乎没有观察死角。两道带着蛇形铁丝网的栅栏，包括藏獒在内的猎犬看家护院，焦土隔离带，摄像头监控，马魁当真是把自己这座宫殿的防御工作做到了极致。

这还不算，马魁又耗重金买来大量太阳能电池板，把它们铺满了整个小楼楼层，又购置了一台风力发电机，你千万不要以为马魁这样做是响应国家号召什么节能减排，使用高清洁能源，用来促进甘肃省四个现代化建设。

马魁直接将外层栅栏变成了电网，就算是公安部门派人试图抓捕他，提前切断了电源，单凭太阳能和风力双重发电供应的免维护铅酸蓄电池组，也能保证电网的电力供应。除非出动武警部队，直接炸开大门，否则的话，无论是谁都无法轻越雷池一步。

已经把自己住的小楼打造成一个准军事堡垒，就算是这样，只要村子里有陌生面孔出现，马魁都会一阵心惊肉跳，就算他不断提醒自己，这是做贼者心虚放屁者脸红，没有什么大不了的，也依然无法让自己镇定下来。

为此马魁冥思苦想，又弄出一记绝招。他从外地人贩子手里买回两个小女孩，只要走出家门，无论干什么，都会至少带一个女孩在身边。

为了让这两张最后的保命底牌效果最大化，马魁从人贩子那里买的女孩都是小美人坯子，她们在马魁的要求下，都留了一头长长的、烫成波浪状的黑发，穿着白色的公主装，看起来既天真又可爱，就算是再冷血的人，面对这样又乖巧又文静又美丽的女孩，心中也会产生一丝波动。

如果真的公安部门派人来抓捕他，这两个小女孩就是最趁手的人质。就算是武警部队出动，想要用狙击手来对付他，狙击手也必须考虑，如果子弹打偏，直接打中他身边的女孩会有什么后果。而小女孩的美丽，也会有意无意地影响着对方，让公安人员或者武警部队在实施抓捕行动时更加束手束脚。

反正马魁是打定了主意，无论发生什么事情，都绝不离开自己势力能够覆盖的范围，无论是公安部门还是武警部队试图抓捕，只要因为他手中的人质稍一犹豫，让他和身边的保镖有了求救的机会，这隐藏在四邻八乡的“别动队”队员就会立刻赶到，这样他就会有了一丝生机。

现在就连马魁都开始考虑，要不要模仿其他毒枭，给自己弄一顶保护伞：“或者，我也应该弄个企业，帮助政府解决百十来号人的劳动就业问题，再捐点钱物出去，弄个明星企业家加慈善家的名号？”

带着这样的想法，马魁抱着六岁大的小女孩，在几名保镖的拥簇下走出那幢被他打造成准军事堡垒的三层小楼，两辆日产三菱越野车就停在门外，至于院子里那辆红色保时捷跑车，马魁是从来不碰的。

那玩意儿看起来是够漂亮拉风，在一些电影中，也经常可以看到高大帅气的男主角开着这样的跑车，载着美女，一路上撒下一连串香车美女的旖旎画面。但是这种跑车，底盘实在是太低，根本不适合在崎岖不平而且道路年久失修、高速公路几乎没有的山区内驾驶。马魁之所以专门买这么一辆贵得要命的跑车，还派专人负责打理，每天把它擦洗得光可鉴人，就是要用这款足够吸引人眼珠的跑车，刺激得村子里的年轻人都疯狂起来。

成功的例子就在眼前，有了几天就能暴富的捷径，名牌跑车更是每一个男人的心中梦想，又有多少人还能抵挡这种诱惑，继续去面朝黄土背朝天地从土坷垃里刨食，一年下来也赚不了几个子儿，一辈子也不可能买得起这种名牌豪车？！

现在是早晨十点钟，清爽的山风混合着并不算太毒辣的阳光一起迎面扑来，马魁下意识地伸手罩在了额前，将阳光挡住，在他终于适应了眼前的光线四处眺望时，他恰好看到一个年轻的身影从太阳升起的东方走了过来。猛地看上去，这个全身洒满阳光，整个人似乎都在发着光的年轻男人，仿佛是刚刚从太阳里走出来的神祇。

这个年轻的男人，穿着一身中国还没有正式普及的数字迷彩服，脚上穿着一双陆战靴，除此之外在他的身上再也看不到什么出奇的地方，但是看着这个年轻男人走路的动作，看着他的神情气度，马魁的心却一路沉到了最谷底。

马魁这一生最大的遗憾，就是没有通过侦察兵选拔，否则的话，也许他现在就不是一个毒枭，而是侦察部队中一名合格的侦察兵，再通过努力上进，得到提拔成为一名军官，从此成为一名终身职业军人。在他眼里看来，敢于喊出“中国陆军天下无敌”的中国陆军，其中最精锐的就是侦察兵，从道理上来推理，世界最强的步兵就是中国的侦察兵！

可是这个正在向他缓缓走来的年轻男人给马魁带来的压迫感，竟然比那些侦察连中的老兵更沉更重。是因为这个年轻人给马魁的感觉，像是一头显然沉静如水却已经露出锋利獠牙的狼，还是因为他独自一个人走过来，明明身单力薄，嘴角却挂着一丝骄傲到极点，仿佛天塌下来，都能用双手硬生生顶住的自信微笑？！

随着这个年轻男人越走越近，马魁眼尖地看到，在年轻男人的衣领上，别着一枚在阳光下散发出烁烁光彩的铜质飞鹰勋章。

马魁只觉得嘴里发苦，一个词在马魁的心里反复盘旋已经冲到嘴边，却一直没有真正喊出来——特种部队！

马魁绞尽脑汁地思索，也想不到在他们附近哪里驻扎了特种部队；当他终于想明白，这名越走越近的特种兵，很可能是从千里之外的基地赶来时，一个苦涩的笑容从他脸上扬起。他对事态最坏的预计，就是当地政府出动武警部队，对他和他的“别动队”展开围剿。

道上混的兄弟们，用“二弟”“雷子”这种带着不屑意味的词儿来称呼公安，但是面对穿着迷彩服，装备了大量自动武器，就连训练也和野战军如出一辙的武警部队，他们却是又敬又畏地称之为“虎哥”。

那么请问，对道上的兄弟们而言，接受任务出来对付他们，绝对是杀鸡用牛刀的特种部队，又该叫什么？就算是喊“虎爷”，甚至是喊一声“祖宗”也不算过分吧。

在这一刻，马魁真的想开口问问这个年轻的特种兵：“我马魁现在充其量也就是一个在本地小有名气的毒贩子，虽然是作奸犯科，但是并没有揭竿造反，也没有杀人无数，更没有出卖祖宗成为汉奸败类，又有何德何能能将你们这些特种兵请出来，来了个千里奔袭？！”

马魁几乎用尽了全部力量才勉强控制住身体，让自己没有四处张望。

他虽然已经退伍多年，但是依然喜欢看点军事类的新闻报道，有时候也会翻翻国内外军事杂志，就是因为这样，马魁清楚地明白，现在特种部队往往是以六人到十六人为一小队展开行动。也就是说，除了这个一路走来、给了他太大压迫感的年轻男人，还有一个班的特种兵潜伏在村子周围的山区里，最少有一名狙击手已经用狙击步枪瞄准了他马魁的脑袋，只要他敢稍有轻举妄动，那名狙击手就会毫不犹豫地开枪将他击毙。

这种自己的生命已经被对方捏在手里，而且无法做出任何反抗的现状，让马魁的眼角在不停地狂跳。他发现身边几个保镖，因为年轻男人不断接近，感受到压迫力已经明显紧张起来，有人甚至已经暗暗把手摸向腰间，马魁立刻低声喝道：“不要乱动！”

“嗷嗷嗷嗷……”

身边突然响起一片狂吠，是养在院子里的几条看家狗嗅到陌生人的气息，感觉到自己的领地受到侵略，已经激动起来，它们一阵狂吠，发现年轻男人非但没有被它们的吠声逼退，反而在用稳定的脚步继续走近，一群看家犬从没有来得及关闭的大门里冲出来，对着年轻男人猛扑过去。

能被马魁买来看家护院的这些猎犬，身上都有着一半德国黑贝血统，为了保持它们的野性，马魁经常把野兔之类的小动物打折腿再丢到它们面前，任由这些猎犬冲上去撕咬分食，这些已经喜欢上新鲜血味的猎犬，成群结队地跑到山里，就算是遇到孤狼，都敢冲上去斗上一斗。面对这几只对着自己露出锋利獠牙、猩红色的舌头都探在外面不断摆动的猎犬，年轻男人视如未见，继续向前走着。

“啪！”

空气中传来犹如西瓜摔在坚硬石头上发出的声响，冲在最前面、跑得最快、叫得最欢的一只猎犬，脑袋上猛然炸起一团血花，它连哀鸣都来不及发出半声，就一头栽倒在地上。

年轻男人嘴角噙着那缕仿佛一切都不以为意，又仿佛什么都尽在眼中的微笑，不紧不慢地继续向前走着。

一步，两步，在年轻男人两步踏下、第三步刚刚扬起时，西瓜摔碎的声响再次扬起。冲在第二位的猎犬，脑袋上鲜血飞溅，那只猎犬发出一声小动物般的哀鸣，一头栽倒在地上。

年轻男人继续不紧不慢地向前走着。

三步，四步，五步……

“啪！”

第三只猎犬一头栽倒在地上，再也没有了声息。

最后一条猎犬已经冲到年轻男人面前不足十米的位置，只要它再用力飞跳，就能接触到年轻男人，可是它却猛然停住脚步，在惯性推动下，它连续在地上翻了几个滚儿，就那么用最狼狈的动作，一路翻滚到年轻男人脚下，年轻男人右脚一抬，将它横踢出三四米远。

最后一条猎犬打着滚儿从地上跳起来，连回头再看年轻男人一眼的勇气都没有，夹着尾巴一路逃回了它的狗窝。

马魁的眼角在不停地狂跳，他现在才明白，自己弄出来的那支“别动队”，在真正的强者面前，是多么可笑。

第五章 - **人间正气**

年轻男人走到马魁面前大约十米的位置终于停下了脚步。他对着马魁露出一个灿烂的笑脸："吃了吗？"

就算是以马魁的老谋深算见多识广，听着这犹如熟人之间见面那家长里短式的问题，他的意识也有了片刻的恍惚。

但马魁毕竟不是普通人，他略一凝神就恢复意识："吃过了，你呢？"

"我啊，在山里待了一夜，喝了一晚上西北风，饱着呢。"

年轻男人打量着马魁的家，他嘴里啧啧轻叹着："我说老马啊，我一开始还真小看你了，觉得半夜摸上门，把你连窝端了，再悄无声息地撤退就好，结果我亲自出手渗透侦察，绕着你家外面那两层栅栏来来回回转了七八圈，愣是没有找到突破点，只能又灰溜溜退回山里。"

说到这里，年轻男人对着马魁竖起了一根大拇指，油然称赞道："高，高，实在是高。"

自己精心布置的堡垒，就连受过最严格训练的特种兵都没有办法突破，这的确是一件值得自豪的事情，可是面对眼前这个无法智取又不愿意强攻，索性早晨直接守在他家大门口的年轻男人，马魁却怎么也笑不出来。

说真的，他想哭。

"对了，先自我介绍一下，我叫白起，白痴的白，小朋友们一起做游戏的起。老马你比我大，可以叫我小白。"

这个守在马魁家大门前、绰号白起的特种兵，自然就是燕破岳了。

"你抱在怀里的小妹妹，不会是你亲闺女吧？"

不等马魁回答，燕破岳就笑容可掬地道："你靠贩卖鸦片发家致富，我是无神论者，不说你死后注定下油锅进十八层地狱，你有儿有女，我也无法睁着眼睛说瞎话，咒你这辈子断子绝孙，但是从遗传学角度来分析，你是不可能生出这么漂亮乖巧，就连眼睛都会说话的小妹妹！”

说到这里，燕破岳对着小女孩，脸上露出了一个比喇叭花还要灿烂的笑容：“乖，让我抱抱，好不好？”

被马魁当作人肉盾牌的小女孩，悄悄打量着阳光帅气而且笑容灿烂的燕破岳，犹豫了一下，刚想摇头，就听到一连串“叮叮咚咚”的响声。

燕破岳手里多出了一只漂亮的小拨浪鼓，在那里来回摇动，他的声音更甜美得犹如诱骗小红帽的狼外婆：“来，让哥哥抱一下，这只既漂亮又能发出好听声音的小拨浪鼓就归你了。”

小女孩脸上露出一丝意动，她抬头看了看脸色阴沉似水的马魁，对马魁的畏惧让她战胜了对拨浪鼓的渴望，她咬着嘴唇摇了摇头，那种想要又不敢要的可爱萌样，足以让任何一个女人的心脏为之融化。

“嗯，看来一只拨浪鼓不够啊，那再加这么一只可爱的考拉熊，只要让哥哥抱一下，两样东西一起给你，怎么样？”

看到燕破岳手一伸，不知道从哪里又摸出一只迷你版的考拉熊，马魁的心里有一千头草泥马在轰轰烈烈地跑过。眼前这个年轻男人，可是特种兵，特种兵啊！你丫的执行任务千里奔袭，带上一只拨浪鼓，还能勉强当你是别开蹊径地弄出一套什么联络信号，你丫的还随身带一只小女孩才会喜欢的考拉熊又是什么意思？！难道你老人家能掐会算，就知道他马魁在身边带了一个小女孩当肉盾，所以才想着用玩具把她给诱骗过去？！

看着那只毛绒绒的考拉熊，小女孩的眼睛亮了，直到这个时候马魁才真正明白了燕破岳出现在他面前的真正用意。

在远距离射击时，子弹需要在空中飞行一秒钟甚至更长时间，他们在射击时，必须做好提前预判，在这种情况下，再优秀的狙击手也不敢保证，不会因为种种意外，在狙击马魁时打中他一直抱在怀中的小女孩，这也是他马魁现在还能喘气，没有被一枪打爆脑袋的最根本原因。

想到这一点，马魁手上暗暗用力，将小女孩抱得更紧，紧得让小女孩都感到了……疼。

“各位，你们怀里并没有像马老大一样，抱着一个漂亮可爱的小女孩当盾牌，你们这些保镖甲司机乙的，估计就算是被逮进局子，也不会判一个斩立决。”

燕破岳望着那几名像稻草人一样愣在当地，不敢开口说话，更不敢有任何冒失动作，唯恐稍有不慎，就会被狙击手一枪爆头的保镖和司机，脸上表情认真，语气温和：“我们都希望事态不要扩大，更不要殃及池鱼，希望你们在离开后，能理智地保持沉默，就当什么也没有看到，什么也没有听到，让我和马魁先生自己来解决问题。”

说到最后，燕破岳还对着几名保镖和司机微微点头：“拜托！”

几个保镖和司机对视了一眼，他们不敢看向马魁，就那么低着头，一个个慢慢离开了。在离开时，他们走路的动作，硬得就像身上套了一层中古世纪的全身重铠，怎么看怎么怪异。

“你也别怪他们，蝼蚁尚且惜命呢，更何况是人。再说了，钱这玩意儿，生不带来，死不带去的，让他们为了钱去做必死无疑的挣扎，而且是死了也白死，谁肯干？你马魁是个人物，也别门缝里看人，把人给瞧扁了。”

马魁脸上露出一丝苦涩的笑容，随着几名保镖和司机的一起离开，他已经失去了反败为胜的最重要力量，他用十年时间精心打造安全防范措施，他自认为在这一亩三分地上，无论谁想动他，他至少都有一拼之力，可是面对燕破岳，他所有的布置却像是用沙子堆砌成的堡垒，只是被燕破岳轻轻一推就崩塌了。

但是马魁的心里，并不怪怨那几个保镖和被他视为心腹的司机。乌合之众就算是拿上了枪，依然是乌合之众，面对只能用杀人机器来形容的特种部队，硬拼只会全军覆没，他们选择认尿，抛弃雇主逃生，也没有什么错误。就算是让马魁换到相同位置上，他也会做出和保镖一样的事情。

回头再看了一眼那座三层高、建造得美轮美奂的小楼，还有院子里那辆不知道让多少年轻人瞪红了眼珠的名牌跑车，再看看倒在血泊中的那几条猎犬，紧紧抱着怀里已经成为他最后一道保命护符的小女孩，马魁的心里突然涌起了一股痛苦的快感。

他知道，他一直知道，这一天迟早会来的。他靠运毒贩毒，在十年时间里，已经享受人间富贵，在这片土地上，俨然已经是一方诸侯式的角色，报应到现在才到，他真的应该知足了。不信的话，看看他们马家以毒养家的几位先祖，伤了天和，损了阴德，又有哪个可以寿终正寝？！

就是不知道自己树倒猢狲散，又能剩下多少东西留给自家的儿女，那些畏于权势对自己毕恭毕敬的人，在自己去后，面对自己的家人，又会露出什么样的嘴脸？

马魁几次长长的呼吸，在生路已绝的情况下，他竟然恢复了镇定，他瞪着燕破岳，从喉咙中挤出一声低吼："白起！"

燕破岳也变得认真起来："在！"

马魁瞪着燕破岳，这个特种兵身上除了一堆哄小女孩的玩具，什么武器也没带，但是马魁知道，他那几个保镖也知道，如果真的动手，燕破岳就算是赤手空拳，不需要那名狙击手的支援，也能把他们全部干掉！

"我怕你，很怕你。你我还隔着这么远，我全身的鸡皮疙瘩都起来了，站在你面前，我连眼皮都不敢眨上一下，我怕自己一眨眼，在睁开眼睛的时候，脖子就被你扭断了。"

这是普通人站到特种兵对面必然会有的心理反应，只是很多人不愿意承认罢了，但是马魁却坦坦荡荡地说了出来，就凭这句话，马魁在燕破岳心中的危险程度，就猛然提升到最高等级。

一个已经没有退路的亡命之徒，必然是疯狂的。

“能让政府派出特种部队，我知道自己死定了，可是我不甘心，我还想活。”

马魁一扬手，在他空出来的右手中多出了一个只比火柴盒略大一点的黑色长方形遥控器，他把右手食指压到了遥控器正中央那个红色按钮上：“你是特种兵，你应该知道我手上这个东西的作用吧？”

燕破岳当然知道，马魁手中拿着的是一个压力控制的起爆器，马魁把手指压上去，起爆器就已经处于待击发状态，只要他手指一挪开，炸药就会被遥控引爆。

至于炸药来源……燕破岳看着被马魁紧紧抱在怀里的小女孩，脸上透出了一丝明显的怒意。像马魁这样的人，当然不会把炸药放到自己的身上。

“你只要今天放过我，到了安全的地方，我就会把女孩留下，我可以向你保证，我这辈子都不会再在这里出现。你们大老远跑过来不就是想要帮公安来缉毒嘛，只要我离开这一亩三分地，就再也蹦跶不起来了，你们不是一样完成了打击毒品的任务？！”

马魁举着手中的遥控引爆器，瞪着燕破岳，一边往后退一边放声嘶叫：“你我今天都是第一次见面，往日无怨近日无仇，你就抬抬手，把我当个屁放了还不行吗？”

燕破岳轻轻摇头，他随着马魁的后退步步前逼：“我们的任务不是缉毒，而是你。要么俘虏捕获，要么直接击毙，除此之外，没有别的选择！”

“不就是军人以服从命令为天职嘛，你太年轻了！你也不想想，你给政府卖命，一个月能赚几个子儿？就算你是特种兵，一个月说破天了，有一万没有？你知道不知道我当了十年毒贩，一共赚了多少钱？只要你今天肯抬抬手放我一马，我可以告诉你我藏钱的位置，你可以把它们全部带走。”

看到燕破岳不为所动，面无表情地继续向自己逼近，马魁嘶声吼出了一个令人震惊的数字：“我一有钱就去换成金条，现在我那地下整整埋了四百斤黄金！四百斤啊，你一个人搬都搬不走，只要你抬抬手把我放掉，它们就全都是你的，你这一辈子都花不完！”

燕破岳的声音中透出了一丝异样：“四百斤……黄金？！”

看到希望的马魁拼命点头。

“我还是第一次听有人用‘斤’这种单位来计算黄金，一斤五百克，以一克两百块钱算，这一斤就是十万，这四百斤……”燕破岳不再继续计算，他望着马魁，再次向前逼近，“你究竟卖了多少鸦片，坑了多少人，才能赚这么多钱？”

马魁脸上扬起了一片苍白的绝望，他已经准备拿出所有的钱用来买命，可是眼前这个和他素不相识，自然也是无冤无仇的年轻特种兵，竟然还咄咄逼人不肯放过他。

马魁再次举起了手中的遥控器：“你不要过来，你要再往前走，大不了咱们一起完蛋！我是一个毒贩头子，落到政府手里，肯定是枪毙的命，你却不一样，你还年轻，没必要和我一起死……”

马魁的话还没有说完，就被燕破岳打断了：“我的职业，就是面对死亡。”

“你少唬我，”马魁嘶声狂吼，“我就不信这个世界上真的有人不怕死，好死不如赖活着！”

燕破岳用不屑的眼神望着马魁，在这一刻他当真是语出如刀：“我终于知道你当年为什么没有通过侦察兵选拔了。”

燕破岳的话，刺到了马魁内心深处最痛的地方，他眼珠子都红了：“你以为我真的不敢引爆炸弹，和你同归于尽？”

空气中传来小声的啜泣声，那个一直被马魁抱在怀里当成护命符的女孩，终于发现情况不对，吓得抽泣起来。一个被打扮成小大人的漂亮女孩，因为害怕，小小的肩膀在那里不停地轻耸，眼泪顺着她带着一点点婴儿肥却依然眉目如画的脸庞滑落下来，看上去有说不出的可怜。

马魁胸口感到一阵湿热，赫然是眼泪已经渗透了他胸前的衣衫，已经焦躁到极点的马魁，嘶声狂吼道："不许哭，再哭信不信我把你丢到山上喂狼？！"

小女孩再也不敢哭出声音，但是眼泪依然从她那暗夜星辰般明亮，更带着孩子特有的天真无邪的大眼睛中奔涌而出，而且有越来越大、越来越汹涌的架势。

"怎么，你也发现炸弹吓唬不住人，只敢把火气往小女孩身上撒了？"

燕破岳继续向前逼近，他一边走，一边摇晃着手里的拨浪鼓："你是一个聪明人，现在大概也应该明白，身为特种兵，我却会随身带着拨浪鼓和考拉熊的原因了。"

马魁其实根本不明白，燕破岳为什么会带这些小女孩才会喜欢的东西，但是经燕破岳这么一提醒，就算是傻子也明白，这两样绝不合时宜的玩具内部，肯定另有玄机。

"像你这种一旦被捕，百分之百会被判死刑，而且是立刻执行的人，脑袋早就别在了裤腰带上，一旦被逼到绝境，肯定会垂死挣扎，而你们能用的东西，差不多都是炸弹，就连手段都是如出一辙。有时候我还真想问你们一句，是不是去同一家违法乱纪培训班接受过培训，大家都是同学？"

燕破岳继续玩弄着手中的拨浪鼓，步步紧逼："听说过炸药检测仪不？就是机场上最常见的那种，那玩意儿就是巴掌大小的东西，只要隔着一段距离轻轻一扫，别说是炸药，就算是随身带了个麻雷子，也能给你检测出来。"

马魁盯着燕破岳手中的拨浪鼓，这只拨浪鼓里面是空的，从体积上来说，真的能放下一台炸药检测仪的核心装置。对人才济济的特种部队来说，对仪器进行专业伪装和调置，那更是小菜一碟。

“光有检测装置，不能消除危险，显然是没用的。所以，我除了拨浪鼓，还带了这只考拉熊。”

燕破岳举起了考拉熊，他的脸上扬起一个灿烂的笑容：“你手中的那个遥控器，属于军火市场上可以看到的最常见的品种，它采用315M无线模块，这种无线模块被广泛应用到车辆监控啦、遥控啦、小型无线网络啦等领域，它的通信方式是调幅AM，工作频率是315HMZ或者433HMZ，发射电流是2至10MA……算了，我给你说这么专业的知识干啥，反正你听到耳朵里也是如听天书。这样吧，我给你举一个简单的例子，像你这种坑人无数集卑鄙无耻下流于一体的毒贩，应该知道汽车遥控干扰器吧？”

汽车遥控干扰器这个东西，马魁倒是的确听说过。这东西的功用，就是能在一定距离内，通过大功率电波干扰，使得车主下车按下遥控器上的锁车键，却无法成功将车门锁住。等到粗心大意的车主离开后，窃贼就会打开车门，将车内值钱物品一扫而空。简单地说，这玩意儿就是一个能让遥控器在一定距离内失去遥控效果的电子信号屏蔽装置。

马魁握着遥控器的手微微颤抖起来，既然汽车遥控干扰器都能让车主们手中的遥控器失去效果，那特种部队装备并精心伪装的电子信号屏蔽装备，由受过这方面专业训练的特种兵使出来，没有道理会比小偷手中的道具更差。

“就像你说的，好死不如赖活着，特种兵也是人，是人就都怕死。我之所以可以在你面前装模作样，摆出一副不怕死的英雄儿女模样，就是因为我知道，你手里的遥控器，现在连半毛钱用处都没有。不信你看……”

当着马魁的面，燕破岳双手抓着考拉熊用力一扯，马魁不由自主地瞪大眼睛望过去，在布料撕裂的声响中，填充在考拉熊身体里的棉絮四处飘飞，除此之外，考拉熊的身体里什么也没有。

“空的？！”

这个想法升上马魁的心头，就在他为之一怔的瞬间，燕破岳就像一头蓄势已久，终于向猎物发起致命攻击的猎豹般疾冲而上，他抛掉了手中那只已经被他撕扯成垃圾的考拉熊，左手一探握住遥控器和马魁按在上面的手指，用力一扳一转，空气中随之传来犹如木棍折断般的可怕脆响，燕破岳同时右手一伸，抱住了那个六岁大的漂亮女孩，然后一脚狠狠踢到马魁的小腹上，将马魁直接踢出四五米远。

男人最脆弱的位置挨了一记重踢，马魁的身体弓成了煮熟的大虾形状，鲜血从他左手拇指断裂的位置喷涌而出，赫然是燕破岳那一扳外加一脚，生生折断又扯断了马魁的半截手指，让马魁的左手拇指，现在还牢牢压在遥控器的起爆键上。

面对这双重绝对重创，马魁连惨叫都来不及发出一声，就疼得生生晕了过去。

把抢过来的小女孩放到地上，燕破岳拔出刀子顺着遥控器上的缝隙用力一撬，将遥控器的塑料外壳剥成两半，将里面那个硬币大小的纽扣电池挑出来，马魁这垂死挣扎式的最后一道“撒手锏”，就算是被彻底破解。

看到小姑娘还在抽搐着哭个不停，燕破岳蹲下身子，先是把拨浪鼓塞到小姑娘的手里，他右手在空中虚虚一抓，一朵黄色的小小野花就凭空出现在他手中，将这朵野花戴到了小姑娘的发梢上。燕破岳又从口袋里翻出几根长短不一、五颜六色，像自行车气门芯一样的东西，燕破岳鼓起腮帮子，将它们全部吹了起来，这样他手中就多了几根五颜六色的长条形气球。当着小姑娘的面，燕破岳一脸神秘，嘴里还在那里念念有词地不知道在嘀咕些什么，一边嘀咕，他的双手一边揉搓着那些长条形气球，当他张开双手时，一条用气球编成的小狗就出现在小姑娘的面前。

看到这不可思议的一幕，小姑娘美丽的大眼睛中泪水形成的轻潮还轻轻荡漾，惊讶和喜欢混合成的情绪，就已经犹如夜晚的月光倾洒满满。

当燕破岳将这只“小狗”递到她手中，女孩摆摆小手示意燕破岳弯下腰。虽然有些不明所以，燕破岳还是蹲到了她的面前，女孩子凑过来，在燕破岳的脸上“吧唧”一声，留下了一个沾满口水，绝对和“淑女”二字扯不上半点关系的吻：“谢谢叔叔。”

迎着她那一双可能是因为混血而微微发蓝，在泪痕的浸泡下越发晶莹透彻的眼睛，下意识地伸手摸了摸自己刚刚被亲过的脸颊，就连燕破岳的心里都升起了一种“惊艳”的感觉。她现在还只是一个六七岁的孩子，要是再过上十年，一定会美得让任何一个看到她的人都要目不转睛。

燕破岳不动声色地将女孩子身上背的那只小皮包摘下来，入手沉甸甸的，打开小皮包一看，一枚管状炸弹就静静地“躺”在皮包里。从它的份量上来预估，里面至少填装了一百克烈性炸药。马魁这个亡命之徒，的确已经给自己做好了最后的打算。

在村子里已经发现不对的村民，慢慢向这里聚集过来，他们神色不善地打量着燕破岳，还有一些人，在用燕破岳听不懂的方言大声喊着什么。随着这样的喊声响起，越来越多的村民走出家门涌了过来，他们中有些人手中已经拎起了木棍、锄头之类的武器，还有一些人，虽然看起来手里什么也没有拿，但是他们衣服下面鼓鼓囊囊的，显然藏着在中国绝不允许私人拥有的枪械。

感受着千夫所视，无疾自终的压力，小女孩瑟缩着向燕破岳靠近，直到燕破岳伸出手，宠溺地揉了揉她的小脑袋，又对她露出一个笑容，小女孩才找到了安全的感觉。

“你叫什么名字？”

“薇薇。”

“我带你回家去找妈妈，好吗？”

薇薇用力点头：“好！”

燕破岳一把抄起地上疼得昏迷过去，没有两三个小时根本不可能恢复清醒的马魁，把他像个麻袋包似的甩到自己肩膀上，他左手扶住肩上扛的马魁，右手拉着薇薇，慢慢向村外走去。

面对越来越多的村民，燕破岳竟然还想要把马魁带走！

如果换作是别人，哪怕知道对方是缉毒公安，这些村民也会一拥而上，一阵棍棒齐上把对方打得头破血流，再将马魁抢回来。但是在燕破岳身上，似乎有着一种无形的气势，让这些村民明明手里紧握着木棍、锄头之类的武器，却没有一个人敢稍稍轻举妄动。

燕破岳面对拦在自己面前的村民，嘴角一挑，露出一个阳光到极点的笑容：“各位，麻烦让让。”

一个苍老的声音从人群中传出来：“你想走，可以，把魁伢子留下。”

燕破岳顺着声音传来的方向望过去，人群自动分开了，一个已经有七十多岁，头发早已花白，却依然腰杆挺直的老人走了出来。他穿着一件洗得有点微微发白的蓝色帆布工作衣，脚上穿着一双绿色军用解放鞋，怎么看都其貌不扬，但是从周围那些村民的神态和反应来看，他在这个村子里，一定是非常受尊敬的人。

而这个老人那总是下意识紧紧抿起的唇角、犀利的眼神，还有他那双布满老茧依然有力的双手，都在提醒着燕破岳，这是一个内心相当坚强，受到外力压迫绝不会轻易妥协退让的男人。

燕破岳：“村长？”

老人摇头。

“族长？”

这一次老人没有否认：“算是吧。”

这个村子里百分之八十的人姓马，身为族长的老人，在村民心中的威信，要比村长都高得多。

老人看了一眼陷入昏迷，被扯断手指还在鲜血长流的马魁，他的脸色很平静：“我知道你是吃公家饭的，公差拿贼天经地义，但魁伢子是我从小看着长大的，我不能眼睁睁看着他被你扛上断头台。把人留下，你走，我保证没有人会拦。”

燕破岳扫了一眼面前越来越多，在短短几分钟时间里，就已经聚集了两三百人的村民，就是因为他们的守望相助，将国家的法律排斥在外，才给马魁这种人制造出恣意妄为的空间。看这些村民的“训练有素反应敏捷”，大概已经不止一次用这种方法来对抗那些来到村子里抓捕毒贩的公安人员。

这些保护毒贩的村民，将“法不责众”这句话，活学活用到了极限。

如果燕破岳在这个时候退缩，他就根本没有资格当特种兵：“不可能！”

老人也沉下了脸，他被燕破岳的态度激起了年轻时的好勇斗狠天性：“那你今天，怕是出不去了。”

燕破岳眉角一挑：“你真的确定，要把我留下？”

不等老人回答，燕破岳又追问了一句：“你真的确定，要做我的敌人？”

老人猛地怔住了。

他今年已经七十岁了，他用自己的双眼看着中国经历了几十年的风雨兴衰。在抗日战争的时候，甘肃并没有沦陷，而是成为大后方，距离他们这个村子只有七十千米的兰州，更是国际援华交通线枢纽，随着战事不断发展，甘肃的战略地位不断提高，就连中国空军都在兰州设立了空军基地，国民政府更在兰州成立了第八战区，由当时的战区司令部集中指挥甘肃、宁夏、青海、新疆四省抗日。

日本侵略军为了切断中国大后方的交通生命线，他们从河套地区发起进攻，更频频派出受过特殊训练的小股别动队，进入甘肃境内实施破坏。

当时已经十八岁的他，虽然没有进入军营，却帮着运送物资。他亲眼看到，有一支数量还不到五十人的日军别动队，被中国军队重重包围。在侵略者的屠刀下，有了太多血与泪的中国军队，在军国主义思想熏陶下，已经变成噬血野兽的侵略者，双方都没有退缩，战斗甫一开始，就进入最激烈最疯狂状态，双方就像两头已经彻底失去理智的野兽，他们拼命地在对方身上撕咬着，同时承受着对方倾泻到自己身上的攻击，战场上到处都是枪声、爆炸声，中间还掺杂着士兵疯狂的吼叫声和中弹负伤者痛苦的哀号声。

就是区区不到五十名日军别动队，他们在身陷重围的情况下，和中国军队交战七个小时，他们打光了所有子弹，就算是这样，他们依然用刺刀打退了中国军队四次进攻，直至他们最后一个士兵被已经彻底杀红了眼的中国士兵一刀劈飞了脑袋，整个战场才终于安静下来。

就是从那一天开始，老人不再与人好勇斗狠，因为他知道，面对战场上的职业军人，他的这点勇与狠根本不值一提。也就是从那一天开始，老人对职业军人有了一种发自内心的敬畏。

这个年轻男人，并没有色厉内荏地吼叫，也没有亮出什么家伙彰显自己的威风。他就是静静地站在那里，一股大漠风起般的杀气就那么扑面而来，在瞬间就让老人感受到了几十年前，那场疯狂野蛮到极限，更将人类彼此间的残忍发挥到极限的战斗。

不对，这个年轻人身上透出来的杀气，竟然比那支从身经百战老兵中挑选出来的日军别动队更浓烈，也更放肆。

这个年轻男人是吃公家饭的，但他并不是公差，他是一个军人，一个受过最严格训练的特种兵！

当政府派出特种部队来抓捕马魁的时候，就再也没有任何人或者任何组织还能、还敢去保护他。这个魁伢子，这次是踢中铁板，真的是死定了。

老人的脑海中思绪万千，燕破岳猛地提高了声音：“让开！”

老人的意识还没反应过来，身体已经自动做出反应，侧开身体，给燕破岳让开了一条通路。

看着燕破岳扛着马魁、拉着薇薇的手，大踏步向前走，老人的嘴皮子一动，最终却欲言又止。

从这里到村口，有近两百米的路，路上挤满了闻讯而来的村民。就算是特种部队，他们也是中国的特种部队，是人民子弟兵，只要村民不主动亮出枪械做出过激行为，这些特种兵就绝不会动用枪械。

面对挤满整条长巷的村民，想要在不动用枪械的情况下硬生生挤出一条通路，绝不是一件容易的事情，只要那个扛着马魁的年轻特种兵气势一顿，不复身上那股一以贯之的绝对锐气，他就无法再突破人群，真这样的话，马魁还有一线生机。

挤在路上的人群，仿佛随着老人的让开，被劈出了一条无形却真实存在的路，燕破岳走到哪里，哪里的人就会不由自主地让开，眼睁睁地看着燕破岳一步、一步又一步地向前、向村外走着。

老人在心中低语着：“我就不信你的气有这么长，能一路坚持到最后！有句话叫什么来着，对，千夫所视，无疾自终！”

面前是一张张陌生却对他充满排斥与敌意的脸，在这种要命的时候，不要说是有人登高一呼必将应者如云，哪怕是有人向他吐出一口口水，都可能形成表率，让四周现在还没有动手的村民一拥而上，真到了那个时候，就算他燕破岳长着三头六臂，也会被人海淹没。

燕破岳甚至可以清楚地感受到，自己的勇气和意志，正在这种以寡敌众的意志对抗中快速消耗。

燕破岳在这个时候，真正明白了“千夫所视，无疾自终”这句话背后那无比深刻的含意。但是旋即，一股不屈不甘的火焰却猛然在他心底扬起。燕破岳深深地吸了一口气，突然放声喝道：“我知道，甘肃穷，这里地势好的地方干得要命，雨多的地方又都是大山，风不调雨不顺，没有跟上改革开放的步伐，别的地方都富了，甘肃依然穷得要命，就连路都没有修上几条，拿着锄头从地里刨食吃，能塞饱肚子就不错了。想赚钱，让家里人吃上好的喝上好的，这没错。但是，穷，就可以种罂粟卖鸦片，穷，就可以去坑得别人妻离子散家破人亡吗？！”

没有人能回答燕破岳的问题，拦在燕破岳面前的村民，没有人敢面对燕破岳那双因为讲心中所想，言心中所言，坦坦荡荡中，自然而然扬起了一股大气概的眼睛。

面对燕破岳的步步进逼，那些心中有愧的村民，不由自主地向两侧退让，竟然就这样硬生生给燕破岳让出了一条通往村外的路。

燕破岳的声音在人群中继续回荡着：“你们可以抱怨老天不长眼，把自己生到了这么穷的地方，但是别忘了，树挪死，人挪活！你们可以举家搬迁，大家都有手有脚，两个肩膀上顶颗脑袋，我就不信走到外面去，只要肯吃苦耐劳勤俭持家，就不能搏出一个柳暗花明！”

人群中传来了一个低低的声音：“怎么说，这也是我们的家，我们的祖宗可都埋在这里。”

没错，故土难离落叶归根，这是中国人流传了几千年的根族文化，也就是因为这样，才有那么多人，明明有更好的出路，却守着自己出生的那片贫瘠的土地，眷恋得不舍得离弃，就这么一代代地繁衍生息。也就是因为这样，中华民族才会有着吃苦耐劳，无论走到哪里，都能用自己双手改变世界的优良品质。

“不想走，没关系。”

燕破岳停下了脚步，他环视全场，放声吼道：“制毒贩毒，放在哪朝哪代，都是砍脑袋的死罪。我不知道你们中有多少人参与了制毒贩毒，我就是想问上你们一句，你们连死都不怕了，把这股不要命的狠劲用到正途上，还有什么你们不能做、做不到的？！”

四周一片寂静，所有村民都闭紧了嘴巴，只剩下燕破岳那轰轰烈烈的吼声，猛烈冲击着他们每一个人的耳膜：“做正经生意是要吃苦的，当然没有种鸦片、卖鸦片来钱快，但是赚这种断子绝孙的钱，你们能吃得香睡得好吗？如果赚了钱，却不能快乐起来，每天都要提心吊胆，唯恐哪一天自己就被送上死刑场，这样的钱你们赚得再多，又有什么用？！”

乖巧地紧跟在燕破岳身后，一声不吭，一步步向外走的薇薇在这个时候已经痴了。

她大概永远也不会忘记这一天，不会忘记这个拉着她的手、昂首挺胸向前走的叔叔。

他只有一个人，可是他的气势，却比在场几百名村民加起来的气势更强，更狂野，更嚣张！他一边慢慢向前走着，一边放声痛斥身边的每一个人，把他们骂得狗血淋头，竟然没有一个人敢站出来和他理论，明明有那么多人手里拿着棍棒之类的武器，明明只要他们一拥而上就能稳操胜券，可是直到最后，愣是没有一个人敢站出来先动手。就那么眼睁睁地看着燕破岳扛着马魁，带着薇薇，分开人群一直走到了村外。

过了很多很多年，已经长大的薇薇，终于明白了这一刻燕破岳以一敌百依然咄咄逼人的道理……人间自有正气在！

第六章 - **最后一份礼物**

外面阳光明媚，万里无云，一派和平景象，正是举家出游、共享天伦的好时节。

在“始皇”特战小队办公室却是一片阴霾，风雨欲来，中间还可能夹杂着十四级大风暴。

权许雷一拍桌子，发出一声愤怒地狂吼：“燕破岳！”

燕破岳霍然挺直身体，用可以和权许雷一较高低的大嗓门放声回应：“到！”

“你是谈判专家吗？”

“报告队长，不是！”

“你可以徒手接下子弹吗？”

“报告队长，没试过！”

“你能一个打三百个吗？！”

“报告队长，不好说！”

权许雷再愤怒，面对这个答案也不由得瞪大了眼睛，这小子的脸皮也太厚了吧？！

权许雷从牙缝中挤出声音：“那你说说看，怎么做，才能一个打三百个。”

只要这小子说不出一个能让人信服的理由，只能在那里胡吹什么小宇宙爆发，权许雷不介意直接喊三百名夜鹰突击队的特种兵，和燕破岳来上场一对三百的超级大群殴，有过一年多前那场演习打底，权许雷相信，在夜鹰突击队有的是人愿意参加这场决斗。

“如果一天打一个，分成三百天打，我有信心把他们全部放趴下。如果他们三百号人一拥而上，那我肯定扑街。规则不明，有多种可能性，并会随之出现多种结果，所以，无法做出准确判断！”

好吧，这就是燕破岳，放眼整个夜鹰突击队，最精通偷奸耍滑，利用规则漏洞给自己制造机会，平时是大错不犯小错不断的超级混账小子！

“你不是谈判专家，没有试过徒手接子弹，也无法一个同时打三百个。”

权许雷望着燕破岳，森然问道：“你凭什么一个人大模大样走到马魁和他的保镖面前；又凭什么认为自己可以带走马魁，再捎上一个只有六岁大的小女孩？！”

说到这里，权许雷的怒气更加勃发：“几百名村民挡在你面前，他们手中有木棍、锄头，更不知道有多少马魁精心培养的‘别动队’成员混杂在其中，只要有人稍加煽动，哪怕只是向你吐出一口口水，形势就会彻底失控！你喜欢逞英雄，把自己的命弄丢了没有关系，一旦爆发混战，你怎么去保护一个六岁大的小女孩，让她不会在混乱中被人活活踩死？！”

“报告队长，我当时并不是赤手空拳，我有从马魁那里缴获的炸弹，如果当时形势有失控危险，我会立刻亮出炸弹，高声告诉所有人，这是一枚定时炸弹，倒计时装置已经被马魁引发，就连我都不知道它什么时候就会爆炸！如果他们不介意炸弹在自家门前爆了，只管动手，身为一名光荣的人民子弟兵，我保证打不还手，骂不还口！”

权许雷厉声问道：“你在私自行动前，又怎么确定能从马魁或者其他人身上搜到炸弹，如果没有，当时形势失控，你又如何处理？！”

这并不是权许雷非要较真挑刺，马魁在小女孩身上放置遥控炸弹，这只是一个概率事件，身为一名特种兵，在从掩体后面走出来站到公众面前时，他就必须考虑到各种可能，否则的话，这种盲目行动，很可能就会对全队造成致命威胁。

“就算马魁没有准备炸弹，我有啊。”

燕破岳一伸手，一枚炸弹凭空出现在他手中，炸弹的主体，是用三根绑在一起的长筒状炸药绑在一起组成，在职业军人眼里，这种爆炸物绝不专业，但是却非常符合影视作品中的炸弹形象。在绑成三角形的炸弹包正中央，还固定着一个巴掌大小的电路板，上面虽然没有液晶显示器来提醒大家倒计时已经开始，但是在电路板上，却有左右两排红绿交杂的十几只晶体管灯泡，在忽明忽暗地不停跳动。

不把剩余时间显示在明面上，只是任由晶体管灯泡在那忽明忽暗、忽红忽绿地跳动，就是这样，一枚不知道什么时候爆炸，但是如果得不到处理，就必然会爆炸的炸弹，它对周围的人，就形成了步步紧逼，让人无法喘气的死亡压迫感。

权许雷完全可以想象得出来，燕破岳要真是拿出这么一个玩意儿，在几十秒钟内，整个村子的街道上，就再也看不到一个活人。

“队长，我这个道具炸弹，可是在看了美国恐怖片后产生的艺术灵感。”

燕破岳敏锐地察觉到权许雷的怒气值在下降，他立刻跟进一步，开始猴子献宝：“恐怖片有三大要素：封闭的空间；如过山般前期缓慢推进，在到达一个点后瞬间爆发，让人心脏都要为之停顿的节奏变换；外加可以感受到步步逼近，却无法真正看到危险来临形成的心理压迫。而我这颗道具炸弹，就同时融入了恐怖电影最精彩也是最基本的恐怖三要素！如果咱们‘始皇’特战小队需要的话，我愿意把这颗凝聚了我所有聪明才智的炸弹奉献出来，献给国家，献给党，献给军队，保证一分钱也不收！”

权许雷已经无语了，就这么一个用三根纸管放一起，绑一个用纽扣电池和十几个晶体管小灯泡组合出来的电路板，外加一通忽悠死人不偿命的自吹自擂，就成了专利产品，你丫的还想着恬不知耻地收取专利费？！

退一万步讲，你这东西即便真的有用，但是除了您这位钻空子的宗师、玩规则的活宝，又有谁能在执行任务的时候，拿这样一件魔术道具可以达到目的？！

“就算你已经做好了准备，能够解决问题，但是依然不能百分之百排除突发事件影响，更不应该把平民卷入这场冲突当中！”

“您是说薇薇吧，”一提起那个只有六岁大的小姑娘，燕破岳下意识地伸手摸了摸被她亲吻过的地方，脸上的笑容那叫个春光灿烂，“队长您想啊，她被马魁当成保护符，天天带在身边，这怎么着也接触到了一些黑色内幕，如果我不能把她一起带出来，那些毒贩担心拔出萝卜带出泥，就算是不杀人灭口，肯定也会立刻把薇薇转移，到了那个时候，再想解救这么一个天真善良可爱的小公主，那可就难上加难了。”

说到这里，已经交代完毕，又成功平息了权许雷一部分怒火，燕破岳竟然还有下文：“再说了，队长您想想看，薇薇现在小还好说，要是继续待在毒贩窝里，等到她十六七八九岁的时候，那一定是倾国倾城，人见人爱花见花开，那些毒犯头子，无论是为了保密，还是混账加八代，一旦向她伸出了魔爪，薇薇喊天天不应，吼地地不灵，一朵小白莲插到了牛粪堆上，鲜嫩嫩的好白菜被猪拱了……这是多么让人心生愤慨，多么不协调、不自然、不道德的事情啊？！”

看着燕破岳那张笑得春风灿烂，让人怎么都无法真正生起气来的脸，权许雷脸上的笑意一闪而过，虽然他笑得隐秘，但是又怎么能逃得过燕破岳那双贼眼？

看到队长笑了，燕破岳咧开嘴巴，笑得更加没皮没脸没羞没臊。

权许雷没好气地坐回原位，放弃了对燕破岳的思想再教育，直接对燕破岳下达了处分命令：“燕破岳你无视上级命令，恣意妄为，这是一错；违反特种部队行动准则，故意暴露行踪，连累全队处于高风险状态，这是二错；自以为是，将无辜平民卷入危机，这是三错。一次行动，你就连犯三个不可原谅的错误，禁闭两周，自己去禁闭室报到！”

处分已经下达，看着面前这个屡教不改，当真是大错不犯小错不断，在战场上更是能用钻空子偷奸耍滑，把死人再气活的无赖小子，权许雷只觉得郁闷未消，又当场增加处罚力度：“好好反省错误，出禁闭室后，给我上交不少于五千字的检讨书！”

燕破岳微微一呆：“五千字？！”

嘿，原来这小子怕写检讨书啊？！

权许雷神色不变，他冷哼一声：“一万。”

燕破岳彻底麻爪了：“队长，我认㞞了行不，这一万字的检讨书光写到稿纸上就得三十多页，顶上一个初中生的作业本了。”

“是挺多。”

权许雷点头，认可了燕破岳的求饶式抗议：“那就写一万五千字吧。”

呃……

燕破岳彻底傻眼了，他还想说些什么，但是看着权许雷那张平时总是板成扑克的脸上，在这个时候竟然露出了似笑非笑的表情，甚至还包含着一分期待，他立刻拼尽全力闭上了自己的嘴巴。

燕破岳敢用自己的脑袋和任何人打赌，他要是敢继续油嘴滑舌，权许雷队长就会这么五千五千地一直累积叠加下去，搞不好最后他就得用两周时间，在禁闭室里写出一本小说了。

带着绝对郁闷，燕破岳一脸苦闷地离开了。天可见怜，他老人家在上学时，作文从来没及格过。

在办公室房门被燕破岳关闭的那一刻，权许雷一向古板无波的脸上，露出了一抹复杂难明的情绪。坐在另外一张办公桌前，自燕破岳进门开始，就一直保持沉默状态，把自己放到龙套位置的新任指导员突然开口了：“对燕破岳这样的兵，老权你是不是又爱又恨，又有些遗憾？”

权许雷：“遗憾？”

“一支部队的作风传统，往往取决于它的首任指挥官，一旦定型就会被一代代薪火相传，除非是成建制被歼灭后重新组建，否则的话很难更改。就是因为这样，部队的继任者，也很少会去试图改变已经成型的传统。”

指导员说的这种现象，在中国军队尤其明显。那些拥有“英雄连”“尖刀排”“猛虎团”之类称号的部队，一开始也许和其他部队并没有什么不同，只是有一个或者一批或骁勇善战或其智若妖的军官。当风云际会，这些部队在战场上打出名号，创造出非凡奇迹，并被载入军史之后，他们就成了别人眼中的王牌部队。

这些王牌部队，最早的习惯甚至是禀性，就是来源于他们的指挥官。也就是因为这样，这些王牌部队，有些擅长正面攻坚，有些擅长阵地防守，有些擅长迂回突击，还有些擅长背后阴人……这些特质，像能传染一般，会无声无息地感染着每一个进入部队的人，几十年过去了，明明里面的军人换了一茬又一茬，但是首任指挥官留下的作战风格，却依然一代代薪火相传下来，直至形成了属于他们自己的环境和习惯。

任何一个进入这种王牌部队的人，哪怕是新任的指挥官，都要先接受这种哲学和理念，也只有这样，才能和团队融为一体。

“老权你接手‘始皇’作战小队时，这支部队才成立了区区三个月，前任队长郭嵩然，只是勉强画出一个轮廓，里面的颜色都是你填充进去的。只可惜……后娘就是后娘，你再努力，再强势，也无法取代他们心中亲娘的位置。”

权许雷慢慢嘘出一口长气，指导员说的这些东西，他其实都懂的。

但他就是心有不甘，他的前任只是在队长这个位置上待了区区三个月而已，他却已经在这支部队整整投入了十五个月的时间与心血。他干着亲娘的活，换来的却是后娘的回报，他权许雷也是肉体凡胎，也有七情六欲，又怎么可能做到无怨无悔？！

也就是因为心有不甘，权许雷在面对许阳时，总是下意识地选择最强势的态度面对，使他们两位正副队长，经过了十五个月的磨合，依然尿不到一个壶里。

还有燕破岳，虽然能在他面前嬉笑怒骂没个正形，但权许雷就是能感觉到，在他们中间，有着一层若有若无的无形隔膜，让他们无法真正亲密起来。在燕破岳的内心深处，有着一块只会留给郭嵩然的位置，权许雷真的不知道，自己需要付出多少努力、用多少时间，才能在那块只属于郭嵩然的领域，插上自己的旗帜。

“别光说我，那你呢？”

“当然是不甘心，”新任指导员在这个问题上，倒是够光棍，“但是不甘心又能怎么着，和一个躺在病床上，已经成为植物人的对手去争风吃醋？这样做，只会让大家觉得我心胸狭窄，连个活死人都不肯放过。”

权许雷心中再郁闷难解，听到这里依然是哑然失笑，一个人倒霉时，如果能遇到一个比自己更倒霉的人，就不会那么难过了。这个道理，真是屡试不爽，万用万灵。

“再说了，就算他没有躺在病床上成为植物人，我也没有任何机会。”

新任指导员自然是能猜到权许雷心中的想法，他耸着肩膀，洒然道：“郭嵩然是很优秀，但他至少还是一个正常范畴级的对手，如果不是‘始皇’特战小队这些兵王，本身就一个个桀骜不驯，你又不太擅长和人推心置腹，否则真的可能会成功；可是再看看我的对手，左手拎机关枪，右手拿博士帽，能文能武能屈能伸，有这么一个太过强势耀眼的大神坐镇，任何一个继任者都只能沦落成绿叶，反正怎么挣扎都是必输无疑，我为什么还要和自己较劲？”

新任指导员说得坦然，脸上却依然露出了一丝遗憾。

谁不想在一支虽然刚刚成立不久，却注定会在中国特种作战史上留下浓墨重彩一笔的最精锐部队身上，留下属于自己的印记？

无论是在战争岁月还是和平年代，这对一个指挥官来说，都是梦寐以求的最大荣誉。

一开始新任指导员真的有明知山有虎偏向虎山行的勇气，他甚至有着将“特种部队首位博士指导员”拉下神坛、用这位前辈的肩膀抬起自己的野心。

可是当他拿到赵志刚留下的训练计划书时，只是翻了几页，他就被震惊了。争不过，争不过，他真的争不过。

在训练计划书里，赵志刚将每一个士兵的身高、体重、血型、性格特点、家庭成员结构都记录在案，并对他们的职业走向进行了综合分析，最终组出二十七对最容易产生默契的搭档名单。

这份训练计划，至今已经有了十五个月的时间，就是在十五个月前，赵志刚就用他的智慧以及数字分析，看穿了层层迷雾，锁定了“始皇”小队最终成员名单和搭档组合。这其中，没有一丝误差。

千万不要以为这很容易。别忘了，“始皇”特战小队每隔三个月就会有一次内部淘汰，会有三名综合成绩最差的士兵离开“始皇”特战小队，而夜鹰突击队成绩最好的三名队员，则会顺利进阶，顶替他们的位置。如果被淘汰者知耻而后勇，奋发图强，等到下一次淘汰战时，只要他们能冲进夜鹰突击队训练成绩前三甲，他们依然可以返回“始皇”特战小队。

十五个月，五次内部淘汰，从道理上来说，谁也不敢确定有哪些人最终会留下、有哪些人会被真正淘汰。

可是赵志刚，他硬生生用数据管理把最终的结果推测出来了！他甚至推测出了未来五次内部淘汰，会有哪些人被淘汰却能重新返回、有哪些人在被淘汰后就再无重新回归的可能，一次次、一回回，每一个名字都写得清清楚楚。

把赵志刚推测的名单和“始皇”特战小队真正的训练日志放在一起，就可以看到，这两者仿佛经过上帝之手的配对，几乎没有一丝偏差。

面对这样一个其智若妖的大神级前辈，现任指导员除了苦笑着放弃竞争，老老实实当好后娘之外，他还能怎么做？！

就是因为能放稳心态摆正立场，跑龙套般的指导员在“始皇”特战小队的受欢迎程度，反而比权许雷还要高那么一两分。其实不只是新任指导员，就连权许雷都受到赵志刚留下的诸多影响。

比如这次行动任务，就是他们根据赵志刚留下的计划书，精心挑选出来的。这也是赵志刚在陷入沉睡前，给“始皇”特战小队留下的最后一份礼物。

“我的大神前辈认为，一支训练有素、值得信赖的特种部队，从气质和行事手段上来看，应该是一群习惯与黑暗为伍的刺客。潜伏，渗透，侦察，直至捕捉到破绽，再骤然发力，打出致命一击，一击之后立刻远遁，绝不给敌人反击的机会。如若无法找到合适战机，选择撤退，保存自己，也是一种胜利。”

赵志刚在第一次淘汰战时，他用一封信，展开了一场赌上双方国家与民族命运的大战略对决，他逼得“始皇”特战小队爆发出最疯狂斗志。就是在这场淘汰赛时，他让“始皇”特战小队，拥有了一往无前的杀气。

当真正的战争来临，站到了国家与民族命运的临界点，“始皇”特战小队的军人，真的会像演习中一样，以燃烧生命为代价，打出破釜沉舟与敌皆亡的最灿烂进攻。

而这最后一次考核，赵志刚要教会“始皇”特战小队成员的，却是放弃。

并不是哪一场行动都会影响到整个国家与民族命运，并不是哪一场行动都重要得无可放弃。身为“始皇”特战小队的战地指挥官，四名班长，他们必须学会审时度势，绝不能因为一时头脑发热，就在没有必要拼死一战的任务中冒险进击，让“始皇”特战队小队付出原本没有必要付出的代价。

美国军人，在身陷绝境无法突围时，可以选择投降，当美国政府用交换俘虏或者其他方式，把这些在战场上尽了力最终投降的士兵换回来，这些士兵在重新踏上自己国家土地的时候，会得到英雄回归式的对待，而且他们的确会被美国公民视为英雄。

而在中国，历来有文死谏武死战的传统。在中国人的意识中，军人到了战场上就应该有着战死沙场马革裹尸的觉悟，身为一名职业军人，给自己留下最后一发光荣弹，宁死不做俘虏，这似乎已经不是一种英雄气概勃发的产物，而成为这个职业的基本道德。

赵志刚无法改变这种传统思想，但是他至少要让“始皇”特战小队在面对无法顺利完成又无关大局的任务时，可以选择撤退以保存实力！

也就是因为这样，权许雷和新任指导员为始“皇特”战小队挑选的首战目标，都没有和特种部队一较长短的实力，似乎可以手到擒来，但是这些混迹江湖，早就把脑袋别到裤腰带上的人，却有着小人物式的狡猾和与之相匹配的生存伎俩。

“始皇”特战小队以班为单位，分开行动，他们是狮子扑兔，竭尽全力，但是兔子也可以狡兔三窟，让你扑朔迷离有劲也没地方使！

面对这种狡猾得要命，早就在和缉毒公安的“斗智斗勇”中积累下大量反侦察经验的老江湖，“始皇”特战小队千里奔袭，无地利缺人和，想要在一天时间内找到对方漏洞实施行动，这种可能性几乎为零。

这是“始皇”特战小队的第一次真正军事行动，也是赵志刚设置的最后一次考核。考核的目标，就是四名军事骨干级的班长。如果他们无法克制自己对建功立业的渴望，选择了不必要的冒险或者武力强攻，无论他们在这个过程中表现有多么精彩，他们最后都会被淘汰出局。哪怕是淘汰班长，即便会在相当长时间内对“始皇”特战小队战斗力形成影响，也绝不能姑息妥协。

新任指导员打开了赵志刚留下的工作笔记本，翻到了最后一页，把它递给了权许雷。权许雷接过来，在工作笔记的最后一页写着这样一段话：我预计，除了三班会因为燕破岳找到解决目标的方法，另外三个班，他们的班长深思熟虑后，都会选择放弃。该拼命的时候能拼命，该放弃的时候能放弃，有勇有谋，到了这个时候，“始皇”特战小队才算是一支真正意义上的特种部队，可以让他们去面对真正的敌人，肩负起保家卫国的重任了。

新任指导员轻声道：“老权，在三个月前，我就已经向上级递交了转职申请，并且已经得到批准，调令这几天就会下来。”

权许雷霍然转头，望着这个和他一起调入“始皇”特战小队，已经一起工作了一年零三个月的搭档，权许雷脸上的惊诧慢慢变成了理解与同情。

“始皇”特战小队有赵志刚这位指导员，是他们所有人的幸运，但是对赵志刚的继任者来说，却是最大的不幸。

赵志刚在医院里已经整整躺了十五个月，一直沉睡不醒，但是“始皇”特战小队走出的每一步，依然有着赵志刚的影子。他的继任者接受也好，排斥也罢，都无法跳出赵志刚精心布置的计划，几次三番的对抗都以惨败告终，最后只能捏着鼻子按照赵志刚制订的计划，一步步去推进“始皇”特战小队的训练与考核。

如果只是庸庸碌碌之辈，还能乐得偷懒享清闲；如果是生性好强，想要在“始皇”特战小队建功立业的强者，就会被赵志刚留下的这些东西勒得透不过气来。被一个躺在医院病床上，已经成为植物人的前辈牵着鼻子行动，这种“死诸葛吓跑活司马”的滋味，绝不好受！

“我其实早就想走了，但我就是不服气，想看看他是不是真的这么神。”

新任也即将卸任的指导员，脸上既有发自内心的尊敬，又有成为绿叶的萧瑟。他站起来长长地舒展着身体，似乎借着这个动作，将一直压在他身上、让他喘不过气来的什么东西给放开了，连带着他的声音都轻快起来：“结果就是，他真的很神，不服不行。”

这位和自己一起进入“始皇”特战小队的指导员，像是这十五个月以来第一次有心情开玩笑吧，赵志刚给他的压力可想而知。

“我也是够倒霉的，也不探探水深水浅，就一头硬撞进来，撞得头破血流，可是等到第三位指导员走马上任，有了我这个失败者做缓冲，赵志刚对他的影响就会小上很多，老权你说，这算不算是前人种树后人乘凉？”

这个问题，权许雷真的不知道应该如何回答。

指导员却已经自我开导起来：“他大概一开始，就抱着补偿我这个接任者的想法，工作笔记中的内容，详细得几乎成了课堂讲义，也就是因为这样我才明白他的神，是因为他把统筹学、行为心理学、生理学、项目管理学这些学科全部读懂吃透，建立了一套属于他自己的人才评估、团队优化组合公式，虽然我是个函授生、只学了一点皮毛，在将来的路上，也会受益匪浅。从这一点上来说，我又是特别幸运，我和他算是扯平了。”

指导员将自己的私人物品收集起来，放进了一只硕大的行军背囊中，他明天就要离开了。

权许雷没有去质问，也没有去挽留，在这一年多时间里，他看得清清楚楚，自己这位搭档在“始皇”特战小队被磨掉了锐气，他必须离开这里，才可能重新振作起来。

权许雷只是对指导员伸出了右手，两只同样有力的大手，在空中紧紧握到了一起，指导员轻声道：“抱歉，我要中途退场了。在新指导员接任之前，你一定要板好那张招牌式的扑克脸，盯住那帮小子，尤其是要盯住燕破岳，那小子是属猴子的，三天不打上房揭瓦，如果实在精力不够，就找艾千雪帮忙。她可是能揪着燕破岳的耳朵，把已经打红眼的燕破岳硬从演习场上揪下来的强人。归根结底，燕破岳是吃软不吃硬，你得先成为他的良师益友，再成为他的上司。这一点上，你做得还不错。”

权许雷用力点头，在这个时候他唯一能做的，就是将指导员的每一句叮嘱都深深记在心里，绝不能忘记。

“我已经把手中的文件档案全部分类归整，放进了档案柜里，下一任指导员，只需要对着清单，就能找到需要的任何资料。我还写了一份工作笔记，就在办公桌中间的抽屉里，我虽然没有赵志刚那么神，但是用十五个月时间总结出来的东西，对下任指导员总还能起到点建议作用。”

指导员对着权许雷道：“老权，你走运了，他们是一群能让任何指挥官为之骄傲的好兵。”

权许雷用力点头。

“还有，”指导员轻声道，“没有性格，只知道服从命令的士兵，用起来是很顺手，但是在冲击世界巅峰的道路上，他们迟早会被最残酷的强者竞争所淘汰。如果你想让“始皇”特战小队有资格和世界老牌特种劲旅一较长短，你就必须让自己真正喜欢燕破岳。他的缺点和优点同样鲜明，就是因为这样，他的前方才有无限的发展可能。你要监督他、引导他，但不要束缚他……这可是我用了十五个月时间才从赵志刚身上学到的智慧。”

第七章 - **情书一封**

燕破岳进禁闭室写小说，不，写检讨书的第十二天，初晨，天气晴朗。

第二任指导员走了。

他走得很安静，对“始皇”特战小队来说，他就像一个过客，在的时候不会留下太多痕迹，走的时候也不会掀起太多波澜。

坐在汽车上，回首看着越来越远的军营，还有站在军营大门前遥遥眺望着他的权许雷，第二任指导员脸上露出了复杂难辨的神色。他在心里喃喃自语着：“别了，‘始皇’特战小队；别了，夜鹰突击队；别了，老权；别了，我十五个月的人生。”

指导员的手，用看似不经意的动作从自己的额前掠过，他永远也不会告诉别人，就是在刚才，他的眼角渗出了委屈的泪水，一个已经三十多岁还是军官的男人，到了这个份儿上还会掉马尿，这真是太丢人、太丢份了。

权许雷站在大门前，就算是汽车已经驶出他的视野他也没有动，过了很久很久，他才折身返回了军营。

推开禁闭室的房门，权许雷就看到坐在桌子前的燕破岳正在那儿抓耳挠腮，在他周围的地板上，丢满了揉成一团的废纸，猛地看上去，他仿佛就是坐在了一个垃圾堆里。

禁闭时间已经过了大半，但是一万五千字的检讨书，燕破岳竟然连一页“成品”都没有写出来。

发现队长走进禁闭室，燕破岳猛地跳起来，对着权许雷敬了一个军礼。权许雷没有理会他，弯腰从地上拾起一个纸团，纸团上只有一个开头的检讨书，是这样写的：

我在第一眼看到马魁时，就发现这小子太狂了！你丫的就是一个卖鸦片的，赚断子绝孙的黑心钱也就算了，还弄了四五亩地，盖上了一座比村委会办公楼更高、更大、更漂亮的私人别墅，买了一辆红色法拉利还是保时捷跑车，你装啥逼啊？！国外的毒贩，哪个不是小心翼翼的，怎么到了中国，你们这些龟孙子就这么狂？！不收拾你，还真不知道马王爷有三只眼了……

这份检讨书写到这里就中断了，显然燕破岳自己也知道，真敢把这样的东西交到权许雷手中只会挨削。

笑意从权许雷眼中一闪而过，他弯下腰，又从地上拾起第二个纸团，展开再读：

我错了，我错了，我真的错了。

看到马魁抱着薇薇走出房间，一股邪火就从我心中涌起。这是多么漂亮可爱的小妹妹啊，马魁每天无论走到哪里都要把她带在身边，摆明就是把她当成了对抗政府的工具和肉盾！我当时就想了，马魁这个龟孙子，每天都带着薇薇，薇薇虽然小，但是肯定也把马魁做的犯罪勾当看在了眼里，随着她一天天长大，知道的东西肯定会越来越多，她又不是马魁的亲生闺女，最后马魁会怎么处理她？是杀人灭口，再换一个小女孩来当肉盾，还是把她变成自己的情妇，这样就安心了？

这样的罪犯，这样的禽兽，这样的浑蛋，当真是不杀不行。俗话说得好，善有善报，恶有恶报，不是不报，时候未到，既然我燕破岳来了，那时候自然就到了……

写到这里，这份检讨书也中断了，权许雷真的想问问燕破岳，你丫的写的这份东西，究竟是检讨书啊，还是立功受奖后接受采访时的立功感言？！

连续捡起四五个纸团看完上面的内容，权许雷终于知道，为什么燕破岳现在都没有写出几页完整的检讨书了，这小子根本就认为自己没有错，写着写着就忍不住开始吹嘘他当时的义气当先，他为完成任务可以寒风萧萧兮易水寒，壮士一去兮要复还的大无畏精神，更会大力抨击马魁身为犯罪分子的嚣张气焰。

权许雷从口袋里摸出一封信，丢给燕破岳，轻哼道：“薇薇写给你的。”

惊喜的笑容从燕破岳脸上绽放：“帮薇薇找到妈妈了？”

权许雷点头，马魁身边的小女孩从不离手，就是为了在遭到公安抓捕，甚至是武警围剿时，手边有人质可以使用，更要让狙击手能够投鼠忌器。所以他对小女孩的“质量”要求非常高，不敢说人见人爱花见花开，最起码也要让人一看就心生怜爱。

这样的小女孩，需要从小就接受良好教育，最好能出自书香世家，所以年龄不能太小。否则的话，跟着马魁时间长了，一看就是一脸贼相，又怎么可能达到“不战而屈人兵”的效果？

就比如薇薇，她是杭州人，从三岁开始就被送进学前班，学习琴棋书画，四岁半就参加过地方电视台的才艺表演节目，以乖巧可爱如洋娃娃般的面容，还有一手相当娴熟的古筝表演，赢得了所有评委的青睐，获得了才艺表演第一名。也就是因为这样，薇薇才会被人贩子盯上，用麻醉药麻翻后，送到了万里之外的马魁手中。

展开信纸，上面的第一句话就让燕破岳看愣了：“我现在还不知X你的名字，我不X你叔叔了，我X你哥哥好吗？”

尤其是“我不X你叔叔了，我X你哥哥好吗”这两句，更是在燕破岳心里一石激起千层浪，以他成年人的眼光来看，怎么看都有骂你没商量的架势。

写检讨书写了五六天，早已经写得晕头转向的燕破岳，足足愣神了一分钟才终于反应过来，马魁懂得“知识就是力量”这句话，所以从来不会让薇薇学习什么，已经六岁大的薇薇，能写的字依然很有限，而且肯定有很多字不会写，这个频频用到的“X”，大概就是用来代替她不会写的字吧。

所以，这一句话填补后，它的原意应该是这样的：“我现在还不知道你的名字，我不喊你叔叔了，我喊你哥哥好吗？”

嘿嘿……

燕破岳笑了起来，自言自语道：“我就说嘛，你以后千万别X我叔叔，就应该是X我哥哥才对嘛！”

权许雷在一边，脸色精彩得有若见鬼。

燕破岳笑眯眯地继续往下读，由于心情大好，这一次他没有再默念，把信上的内容都读出了声：“哥哥，你那天好X气，薇薇真的好XX你，等薇薇X大X后，X你， X你的X娘好吗？”

这一句话，意思是更加晦涩难懂，更加扑朔迷离。

燕破岳索性把这句话直接抄到本子上，并把带着“X”字的内容空了出来，然后当着权许雷的面，玩起了填字游戏。

“哥哥，你那天好X气。”

这句话很容易填写，脸皮绝对和城墙拐角有得一拼的燕破岳，毫不羞涩地加了一个“帅”字，这样，这句话就成了——哥哥，你那天好帅气。

站在一边静观其变的权许雷，嘴角不由得一抽。

“薇薇真的好XX你。”

这句话，一下子就是两个连续的XX，歧义就比较多了。比如，她可以说，薇薇真的好讨厌你，也可能说，薇薇真的好鄙视你，当然了，考虑到自己是她的救命恩人，她第一句话又是夸自己够帅气，那么这个XX，燕破岳就理所当然地填了“喜欢”两个字。

所以，这句话翻译过来是这样的……薇薇真的好喜欢你。

“等薇薇X大X后，X你，X你的X娘好吗？”

这几句话连起来，就连燕破岳也傻了眼，因为“X你的X娘好吗”这最后一句，燕破岳怎么看，大脑都不由自主地向“X你的老娘好吗”这样一句话的方向发展，就算是心知不对，这脑袋一旦钻了牛角尖，那真是一时间怎么拔都没有拔出来。

就在这个时候，身边传来了一个熟悉的声音：“等薇薇长大以后，嫁你，做你的新娘好吗？”

“对啊！”

燕破岳猛地一拍桌子，得到这个提示，他的眼前是豁然开朗，这才对，这才是他美丽的小公主殿下该说的话嘛！

这样，这封信的全文就正式翻译完成，它的意义如下：

哥哥，你那天好帅气，薇薇真的好喜欢你。等薇薇长大以后，嫁你，做你的新娘好吗？

将填字完成的信读了一遍又一遍，回想着薇薇那天印在自己脸颊上的轻吻，燕破岳当真是眉开眼笑，回了一句：“好啊。”

“啪！”

一只巴掌重重抽到燕破岳的后脑勺上，燕破岳猝不及防之下，那张笑得犹如狗尿菊般灿烂的脸，以泰山压顶之势，直直拍到了桌面上。

瞪着燕破岳，权许雷真想丢下一句“不写足两万字的检讨书，你就别出禁闭室”的命令，可是最终他却指着信纸，生硬地道：“回信，告诉她，这事再议……写得婉转点！”

燕破岳瞪大了眼睛，满脸的难以置信，这位扑克脸队长刚才说啥了，说啥了，说啥了，他没听错吧？！

看到燕破岳这种样子，权许雷嘴角直抽，却认真地点了点头。

燕破岳却收起了笑容：“薇薇怎么了？”

马魁当了十年毒贩，薇薇并不是马魁第一个买的“肉盾”，为了让买到的小女孩乖巧听话不乱跑乱动，前面两个小女孩一买到手，马魁在露面之前，就指使人下毒弄瞎了小女孩的眼睛，在小女孩最绝望无助的时候，马魁再声音温和地出现在小女孩面前，自然会让小女孩对他心生依恋。等到小女孩长得稍大，马魁觉得每天抱着她们太过沉重的时候，就会再找人贩子把女孩处理掉。

薇薇和前面两个小女孩相比，运气还算是好的，她长得太漂亮，乖巧可爱，就连马魁都无法再狠下心让人下毒弄瞎她的眼睛。但是对马魁来说，想要一个乖巧听话的“肉盾”，就必须对薇薇进行训练。他让人把薇薇丢进了没有灯光也听不到任何声音的黑室，任由薇薇在里面因为恐惧不停地哭喊，这样暗无天日的日子一直持续了三天，直到薇薇哭哑了嗓子，精神已经处于崩溃边缘的时候，马魁才出现了。

马魁陪着薇薇做游戏，给她讲故事，陪她吃饭，在陪着薇薇一天后，马魁离开了，迎接薇薇的，又是没有灯光、没有声音的绝对黑暗。

每隔三天，马魁就会出现一次，如此周而复始，每次马魁一走，薇薇就开始想念他，拼命地想，要命地想，直至他成为薇薇心中最重要，甚至比妈妈还重要的人。有着这样一段不堪回首的最黑暗记忆，终于离开暗室，回归正常生活的薇薇，她再也不是原来那个无忧无虑的女孩。她必须看到马魁才会安静，必须有马魁陪着她才能睡着，在马魁面前，她比那些瞎了眼睛的女孩更加乖巧，也更加听话。

马魁用的这个办法并不高明，却非常有效，那些清朝后期天天在北平城遛鸟斗狗的八旗子弟，就擅长用类似的方法去驯服最野性难驯的鹰。

在跟着燕破岳走出村子时，薇薇还乖巧可人得人见人爱，就算是马魁被公安人员带走，她都能继续站在燕破岳的身边一声不吭，但是当燕破岳也离开之后，她立刻就放声大哭，无论怎么哄、怎么劝，她的哭声都是越来越大，直至哭得因为无法喘气而生生昏迷。

医生没有办法，只能用镇定类药物来帮助薇薇，虽然谁都知道，这种药物对一个只有六岁大的小女孩有着相当强的副作用。

原本所有人都以为，薇薇在回到家，有了妈妈可以依靠后，就会恢复正常，可是他们错了。虽然冲进妈妈的怀抱，让薇薇的紧张情绪得到了一部分缓解，可是她依然在哭泣。

直至带着女儿去看了心理医生，薇薇的妈妈才知道，自己的女儿得病了，而且病得很重很重。心理医生一眼就发现了一个细节……薇薇无论什么时候，手里都紧紧抱着一只考拉熊，就算是那只考拉熊因为某种原因被人暴力撕破过，重新缝合起来，显得丑陋不堪，她也绝不肯松手。从那粗陋不堪的缝合手工上来看，把这只考拉熊重新缝好的，也许就是薇薇自己。

心理医生通过循循善诱的交谈，确定现在只有两个人能让薇薇真正安静下来。一个当然就是马魁，另外一个，则是和薇薇只正式相处了十几分钟，却因为带着她突破重重封锁，一起走出了那个在薇薇幼小心灵中留下太沉重阴影村落的燕破岳！

想要治疗薇薇的心理疾病，就必须先找到让她安静下来的方法。马魁这个罪魁祸首当然不行，剩下的也只剩下燕破岳一人。无论是打电话也好，写信沟通也罢，只要能和燕破岳再次取得联络，薇薇的内心和外界就会保留一条通道。

心理医生做出了最严厉警告，要薇薇的母亲绝对不要试图找人冒充燕破岳，一个有了心理疾病，如果得不到适当疏导，很可能会把自己内心彻底封闭的小女孩，有着远超成年人的敏感，哪怕是写信，只要有一个词使用不当，或者是和当天发生的事情信息不符，就会被薇薇发现。

真到了那个时候，薇薇内心一封闭，再想治疗只怕就难如登天。

薇薇的妈妈真的被吓坏了，她拿着薇薇给燕破岳写的“情书”，找到了公安局，再由公安局联络了当地武装部，再由武装部层层向上反映。也许是一个小女孩的经历太过让人揪心，也许是薇薇的相片杀伤力惊人，也许是两者兼而有之，终于，这封具有特殊意义的“情书”一层层地上报，直至送进了夜鹰突击队。

面对这样一个特例中的特例，由夜鹰突击队大队长秦锋亲自做出批示：军人，本来就是为了保护我们的兄弟姐妹而拿起了枪。如果拿起笔，做一个小姑娘的笔友，能帮助她走出困境，对我们来说，同样是责无旁贷！

燕破岳扫掉桌子上的垃圾，铺开了一张新的稿纸。权许雷就站在他身后，目光严肃地监督着。燕破岳回过头：“队长，您知道不知道，您往我身后这么一站，我特别有压迫感。”

“平时你胡闹也就罢了，现在一定要记住自己的身份，有些话可以说，有些话绝不能胡说。”

丢下这些语重心长的警告，权许雷板着脸走掉了。

燕破岳拿着笔，在落笔之前，先自言自语地组织内容："薇薇小同学，你好。来信已经收到，作为一个六岁的孩子，你应该好好学习天天向上，做一个对社会有用的人，将来全心全意参加到建设祖国四个现代化大业中，这才是你的当务之急……"

说到这里，燕破岳"啪"的一声，在自己脸上打了一巴掌，他这是作会议报告呢，还是咋了，说的都是啥玩意儿啊。

来来回回，整整磨叽了一天时间，燕破岳终于还是按照自己的本心写出了回信。至于那些谁都能板着脸说出一堆的套话场面话官面话，让它们去死吧，同样有过心理封闭经历的燕破岳清楚地明白，那种东西，是不可能帮助薇薇走出内心封闭世界的。

这封回信，内容如下：

亲爱的小薇薇，信已经收到了。

嘿嘿，我看完之后，一边傻笑，一边擦着口水，可惜不能把我当时的样子拍下来，否则的话，你看到了一定会喷饭无数。没办法啊，我都是一个二十岁的老头子了，还是头一次被人求婚呢，再说了，向我主动求婚的，还是一个年芳六岁，长得乖巧可人，十年后一定会美丽得花见花开人见人爱，车见就撞电线杆的超级美女呢？！

你说以后不喊我叔叔，要喊我哥哥，这一点我是举起双手双脚赞同的。嗯，你可以买一只小乌龟，把它翻转得肚皮朝天，四脚乱蹬，那就是我现在的样子了。至于你想嫁给我，这个嘛，原则上我是同意滴，但是有一点，你现在也太小了吧，如果我们现在就确定男女朋友关系，你老娘脾气再好，也会拿着菜刀找我拼命；而你老爹，则会同样手持菜刀，配合你老娘，胡同里捉驴两头堵。你说说看，到时候我是拼命反抗好呢，还是站在那里，坦然挨刀好呢？

所以，这个太过危险的问题，咱们挪后十二年，那个时候你十八岁了，我也才刚刚三十二岁，咦……这么一算还真合适啊，如果你还坚持要嫁我，我们再坐到一起，认真地讨论一下，怎么样？

对了对了，我最喜欢第一次见面时你对着我甜甜笑起来的模样，听说分手后，你动不动就哭鼻子，要是再见时，你哭成红鼻头了，那我可是会掉头就走的。我喜欢的是比洋娃娃还漂亮，笑起来还有两个小酒窝的小薇薇，而不是红鼻头的圣诞老公公。

还有一件事，要和你说道说道，看看你一封信才几句话，就标了多少个“X”，我两眼看得都直泛“X”。你以后写信，少写点“X”，否则的话，再“X”下去，我可就要变成“X”了。为了避免此类情况，小薇薇你应该尽快背起书包去上学去，否则的话，哥哥写给你的信，你自己读不懂，还得找妈妈帮你读，咱们两个之间连小秘密都没有了，那怎么行呢？

信，写到这里，就算是写完了。

燕破岳略一犹豫，在信的尾端，端端正正写上了“白起”这个名字。

反正这封“情书”一定会先被权许雷检查，再被秦锋大队长阅读，最后还要被薇薇的妈妈反复用白眼珠扫荡，估计最后还是咬牙切齿地送到自家宝贝女儿面前。

也许是不够端庄，也许是不符合人民解放军战士应该保持的形象，但是在这封信中，燕破岳把一个原汁原味的自己，通过文字真实展现在了想要见他的薇薇面前，如果连真话都不能说，他又怎么能帮助那个女孩走出心底那片最黑暗的世界，重新接触到外面的阳光与快乐？！

燕破岳将情书塞到信封里，也懒得粘住信封，走到门前伸手敲了两下，伸直了脖子，对着外面一通鬼哭狼嚎：“喂，有人没有，来个活的，哥哥奉权队长兼秦大队长令，给漂亮乖巧又可爱，绝对是人见人爱花见花开的小女朋友回信喽！”

第八章 - **大地最强生物（上）**

李添儿他们一行人都呆住了。

李添儿是北京大学新闻系的一名大四学生，同时也是一名极限探险爱好者。

极限探险，从理论上来说，拥有超过两百年历史，但是在李添儿看来，人类自出生以来，就不断在进行极限探险，用来了解身边的世界，尤其是大航海时代，那些心怀梦想，冲向蔚蓝大海深处，开辟出一条条新航线，发现一个个新大陆的航海家，无一不是人类历史上最出色的极限探险大师。

李添儿给自己定了一个目标，她希望自己在十年内，能够攀上最起码一座海拔在六千五百米以上的雪山；能够去雅鲁藏布大峡谷转一转，再越过雅鲁藏布江，到中国最地广人稀的墨脱，看一看那边直到二十世纪五十年代还依然处于母系氏族社会，擅长使蛊毒的门巴氏族人；横穿一次号称“生命绝壁”的塔克拉玛干沙漠；再沿着茶马古道的分支，到中缅交界的原始丛林中，去探索当年中国远征军远征缅甸却败退野人山时，留在那里的十万军魂。

马上就要写毕业论文，李添儿给自己定的探险目标，就是中缅交界的原始丛林，从她查到的资料上显示，在野人山大溃败时，中国军队平均每隔三十米就会留下一具尸体。现在还可能在原始丛林中，找到被绿色山藤覆盖的士兵尸体，如果运气够好，甚至能够在同样被树枝与山藤挡住的山洞里，找到已经陷入长眠的士兵，还有他们当时使用过的武器。采集到这些珍贵的资料，估计就连她的毕业论文都有着落了。

但是李添儿他们这些由学生组成的探险队真的没有想到，他们在原始丛林里，竟然遇到了这样一批人……走在最前面的，是两个手持开山刀的男人，他们面无表情，一看到李添儿他们，第一反应就是摘下了背上的什么东西。李添儿定睛一看，不由得倒吸了一口凉气，那是两支货真价实的AK自动步枪。

顺着这两个人的肩膀往后眺望，在阳光几乎透不进来所以光线偏暗的原始丛林中，李添儿看到了一个由二十多人组成的马队。这些人清一色穿着迷彩服，人手一支自动步枪，十几匹个头不高但是胜在力量持久的“滇马”排成了长长的一列马队，这些“滇马”身上都背着筐子，里面也不知道装了什么货物，但是其中有一头“滇马”身上背的却是两门小口径迫击炮！

看到这样一支全副武装、沉默不语、出现在中缅交界原始丛林中的马队，一个名词突然从李添儿的心中跳出：“毒贩！”

李添儿曾经听说过，缅甸毒贩在原始丛林中开辟出秘密运毒路线，将毒品通过中缅交界的原始丛林，运送进中国云南，再以云南为中枢向全国辐射。中缅边境漫长而充满危险的原始丛林，就是他们最好的掩护，这群把脑袋挂在裤腰带上的毒贩，就算是遇到中国边防军或者缉毒警察，都会立刻发起进攻，如果在秘密运毒路线上遇到人，为了保密，无一例外都会开枪杀人灭口……

“咔嚓！”

在一片死一样的寂静中，照相机快门闪动的声音，显得如此惊心动魄。李添儿下意识地低头，看了一眼自己不知道什么时候，竟然已经拿到手中，并将毒贩护卫队的雇佣兵印刻进胶片的照相机，她当真是欲哭无泪、欲语还休。难怪老爸说，不要学新闻，不要老想着当记者，原来这当记者，是真的会死人的！

在这个要命的时候，李添儿对着两名眼睛危险地眯起，已经露出不加掩饰杀机的毒贩，露出一个姑且可以称之为笑容的表情，做出一个让人哭笑不得到了极点的解释：“不好意思，我是一个见习记者，这只是……职业习惯。”

一句话说完，李添儿就想抬手给自己两个耳光。也不是所有毒贩都穷凶极恶地非要杀人灭口，就算他们出门没翻皇历遇到杀神，只要小心翼翼摆出一副我什么也不知道、回去什么也不说的面孔，说不定还有百分之一的生存概率；可是她老人家下意识地拿起照相机那么一拍，就变成了万分之一的生存概率；“我是记者”这句话一说，这万分之一的生存概率，就变成了让人彻底绝望的零。

要不然，有很多单位企业领导，喊出了防火防盗防记者这样的话。

果然，回应李添儿这句话的，是对方直接拉动枪栓发出的可怕声响。

几乎连成一线的自动步枪的扫射声突然响起。

“完蛋了！”

脑海中浮现出这个想法，李添儿下意识地闭上了眼睛，可是她并没有感受到子弹打进身体的疼痛，当她疑惑地睁开眼睛时，就看到二十多名全副武装的毒贩全部趴到了地上。身后传来一个熟悉的喊声，这个声音因为紧张已经走形，远远地听上去就像歇斯底里的嘶吼：“李添儿你还愣着干什么，快跑啊！”

直到这个时候李添儿才如梦初醒，这所谓的枪声，其实就是他们走进原始丛林探险时，为了防止在夜晚遇到狼群，而听一些老鸟的建议，提前准备的鞭炮！这整串鞭炮点燃丢进铁皮饼干桶里，猛地听上去，真的像是机关枪在扫射。

李添儿把身上的背包甩开，掉头就跑，他们已经深入原始丛林，就算是原路返回也至少需要三天时间，没有了食物、清水、手电和药品，未来的三天时间会非常难熬，但是从这批武装毒贩那远超常人的反应速度来看，他们大半都是在缅甸那边有过实战经验的老兵，用不了多久他们就会发现“枪声”不对。如果她在这个时候还不肯丢掉背包，她根本就不会再有用到里面东西的机会！

心脏在胸膛里像脱缰的野马一样乱蹦乱撞，汗水不停地从毛孔里喷涌出来，作为一个极限探险运动爱好者，她明明可以连续跑上十千米而不需要休息，可也许是太过紧张的缘故，在这个要命的时候，才跑出区区几十步远，李添儿竟然双腿发软，就连她的呼吸都变得剧烈急促起来。

一个身影迎着李添儿跑过来，精神极度紧张的李添儿差一点失声尖叫，直到对方一把抓住她的手，她才勉强认出，这个面对生命危险没有立刻逃命，反而迎着她冲来的大男孩，就是和她来自同一所学校的同学杨凯心。杨凯心抓住李添儿的手，带着她转身就往回飞逃，两个人的手紧紧握在一起，彼此感受到了对方手心里渗出的冷汗。

“哒哒哒……”

背后传来了自动武器的枪声，紧接着李添儿听到了一声惨叫，和他们一起来丛林探险的一个同伴，被子弹打中倒在了血泊当中。在到处都是树木为掩体的原始丛林，那发步枪子弹，先是打穿了一根七八寸粗的树桩，再打入人体。子弹的动能降低，虽然命中背部要害，李添儿的同学却没有立刻死亡，虽然明明知道没有什么意义，可是生命在面对死亡迫近时的本能，还是让他发出了求救：“李添儿，杨凯心，救救我……”

听着背后的求救声，李添儿的身体猛然一僵，可是拉着她不断飞逃的杨凯心却没有半点犹豫，拉着李添儿继续头也不回地向前猛跑。李添儿忍不住回头，就是在这个时候，她看到了生活在和平环境中的人也许一辈子都看不到的一幕：那些手持AK自动步枪、身穿迷彩服的毒贩，一边射击一边在丛林中快速穿行，他们的动作敏捷有效，更隐隐排成了一个“雁”字阵形，从左右两翼同时向他们包抄过来。而其中一名毒贩跑到中枪倒地的同伴身边时，停下了脚步，擎起了自动步枪上加装的刺刀，无视同伴的哀求与眼泪，手起枪落。

眼睁睁看着刺刀直直贯进同伴的身体，李添儿的心脏在瞬间就几乎停止跳动了。虽然那个一起探险的同伴，她前前后后只相处了几天，并没有多么铁的关系，但那也是一个活生生的人，就是在今天还和他们有说有笑，还在做着成为世界顶级探险家，将来写上一本人物传记，甚至要拍上一部电影的梦。

他还那么年轻，他那么喜欢叽叽喳喳，才被大家封了一个“布谷鸟”的绰号，怎么就这么死了？！

在这些毒贩的眼里，难道人命就这么不值一提，杀死一个素不相识，当然更没有私人仇怨的人，就可以这么轻松自然？！

最重要的是，他们明显能够听懂李添儿的话，他们应该和李添儿一样，是吃着中国的米、喝着中国的水长大，作为同胞，就算不能守望互助，最起码也可以做到落下屠刀前手下留情吧？！

“哒哒哒……哒哒哒……”

自动步枪的点射声，在这片人迹罕至，仿佛把人类文明、法律甚至是人性都隔绝在外的原始丛林上空不断回荡。那些毒贩护卫队，显然都是精通丛林山地作战的职业高手，他们动作敏捷而高效，和他们相比，李添儿他们这一群喜好刺激和探险，因为兴趣爱好相同而聚集到一起，进入原始丛林的探险队，在体力上也许相差并不大，但是面对子弹在身边划过，他们的心脏在一次次骤然收缩又扩张后，他们的精神、意志和体力，都在以远超平时十倍甚至是几十倍的速度在消耗，不知道有多少人没跑出多远，就像李添儿刚才那样气喘如牛、双腿发软。

身后每传来一声惨叫或者哀号，就代表着有一条鲜活的生命在毒贩护卫队的枪口或者刺刀下消失。无论是哭泣求饶，还是大声诅咒，哪怕是说自己家里如何有钱，提醒对方可以向家里索要赎金，他们无一例外换来的都是血淋淋的刺刀……这些毒贩，在屠杀失去行动能力的目标时，仿佛更喜欢使用刺刀。

一直拉着李添儿拼命向前跑的杨凯心突然停下了脚步，他一把拽下李添儿现在还挂在脖子上的那部照相机，李添儿的脖根部位传来一阵火辣辣的疼痛。杨凯心将李添儿推进一个树洞，他把什么东西塞进了李添儿的手中，然后立刻抓起旁边的几根山藤，用它们挡在了树洞前。

“你就躲在这里，除非是听到我喊你的绰号，否则千万不要出来。”

留下这句话，杨凯心略一犹豫，欲言又止，他最后又深深看了一眼李添儿，低声道：“小心！”

没有时间再犹豫，杨凯心跳起来继续飞跑，就在身后的毒贩追到李添儿躲藏的位置时，杨凯心猛地回身，举起了从李添儿那儿抢来的照相机，对着毒贩按下了快门键。

杨凯心将闪光灯装到了照相机上，在快门闪动的瞬间，闪光灯曝出了一片犹如十颗太阳同时升起的刺眼白光，就算是在几百米外，都能看得清清楚楚。

李添儿已经是一名见习记者，她使用的照相机相当专业，闪光灯的充电时间差几乎可以忽略不计，就是在杨凯心连续按动快门间，闪光灯的白光一波波曝出，在短短十几秒钟时间里，杨凯心就将七八名毒贩的模样拍进了胶片。

杨凯心一边拍摄，一边放声嘶吼道："我拍下你们了，拍下你们了，我一定会带着胶片逃回去，我一定会让你们这些杀人凶手恶有恶报！"

杨凯心的行动和他说的话，无异于一石激起千层浪，因为绝大多数同伴已经死在刺刀和子弹之下，而渐渐消失的枪声，猛地再次变得激烈起来，躲在树洞中的李添儿用手捂住了嘴巴，只有这样，她才能让自己没有痛哭出声，但是眼泪早已经像开了闸的洪水般奔涌而出。

其实她早就知道的，她知道杨凯心喜欢自己，他就是因为她，才会喜欢上探险，才会出现在这里。但是她一直没有给杨凯心机会，在她眼里，这个长得其貌不扬，既不高大也不帅气，甚至不懂得浪漫，平时看到她，一张口就是复习，再张口就是考试，枯燥乏味得让人绝望的男生，就是一个白面馒头，是不让人讨厌，但是一辈子相伴的话，就太无趣了一些。

所以她就算是知道杨凯心对自己的心意，也在确实享受着他对自己的照顾，却硬是把两个人的关系拉到了"好哥们儿"范畴。在大学四年时间里，她也曾经被人追过，也曾经接受过其中两个男生，每一次杨凯心一开始都会显得有些黯然，变得沉默不语，但是很快他就会再次振奋起来，继续带着温和的笑容出现在李添儿的身边。

"也许，真正的好哥们儿就是这么相处的吧？！"

就是抱着这样一个想法，李添儿一直把杨凯心当成自己最要好的朋友，她还时常和杨凯心打趣，说这样的关系，比男女朋友更好，因为如果是情侣一旦分手了就会成为冤家，很可能会老死不相往来，可是他们这样，她却可以做杨凯心一辈子的红颜知己。

直到今天，李添儿蓦然回首，她才回想起，每一次杨凯心笑着伸手在她额头上轻轻一弹时，隐藏在笑容中的那一抹苦涩。

往日种种，平淡得无波无折，但是当李添儿真的慢慢寻找着曾经的印记，一点点、一滴滴地回忆时，她才懂得了爱情并不仅仅需要狂风骤雨，更需峰回路转、荡气回肠，很多时候，平平淡淡才是真。只是，她还太年轻，生活在与世隔绝的象牙塔中，更让她缺乏社会的历练，使得她对身边这份平淡而真挚的感情视而不见。直到也许即将失去时，才终于回想过来。

“杨凯心，你一定要跑掉，你一定要活下去。只要你还活着，哪怕你瞎了瘫了，我都做你的女朋友，不，我都嫁给你，做你的妻子……可好？”

李添儿就这样呆呆地坐着，痴痴地想着，直到树洞外面再也没有了枪声。杨凯心是跑掉了，还是已经死在乱枪之下，倒在了血泊当中，甚至是被人追上，像杀鸡宰牛一般，把刺刀捅进了他的胸膛？

李添儿不敢想，也不愿意思考这个问题，她只觉得自己的心很沉很沉，沉得让她一根手指也不想动，就连她的大脑都像灌了铅一般，无法去思考。

空气凝重似水，每一次呼气吸气都显得这样压抑。一声凄厉的惨叫，突然从不远处的丛林中传来，刺得李添儿全身都狠狠一颤，眼泪再一次奔涌而出，她当然听得出来，那是杨凯心的声音，他还是没有逃出那些人的魔爪。

杨凯心被人用绳子绑得结结实实并被丢在地上，一柄已经拥有相当历史的苏联伊热夫斯克军工厂出产的AKM刺刀，慢慢从杨凯心的大腿上拔出来，殷红的鲜血随之流淌，转眼间就浸透了杨凯心身下的土地。

在刺刀入体的时候，忍不住放声惨叫的杨凯心，他绝不是笨蛋，惨叫声一出口，他就醒悟过来……这些毒贩在追上他之后，并没有当场杀掉，而是又浪费体力地把他带回来，唯一的目的，就是要用他为诱饵，吸引李添儿出来。

第九章 - **大地最强生物（中）**

就是因为这样，当第二记刺刀捅进大腿并缓缓拔出来的时候，明明已经疼得全身每一块肌肉都死死绷紧，他更是差一点咬碎了自己的牙齿，却硬生生没有再发出一点声音。

左脚踏在杨凯心身上、右手拎着刺刀的男人，看到这一幕，轻“咦”了一声，似乎略有诧异，旋即他就醒悟过来，脸上露出一丝猫戏老鼠式的残虐，他弯下腰将一根树枝送到杨凯心嘴边：“咬住，可以止疼。”

杨凯心知道对方根本就是没安好心，但是如果没有那根树枝，他稍不留意，就会把自己的舌头咬碎……身上受一些皮外伤没有关系，哪怕只有万分之一的希望能够活下去，要是成为一哑巴，他一定不会再出现在李添儿的身边。

他还想要活下去，他还想要和李添儿一起活下去，哪怕这个希望小得几乎可以忽略不计。

似乎是看出了这一点，男人脸上嘲讽混合着残虐的微笑更加明显，他倒转手中的AKM刺刀，用刺刀背部那一排锋利的锯齿，慢慢地在杨凯心的大腿上来回拖动。这款AK自动步枪最早期配的刺刀，虽然拥有相当的年代，但它由特种高碳钢制成，和刀鞘配合可以直接剪断电网，其坚固锋利程度可想而知，只是拖动了几下，杨凯心的大腿上就被锯出一条两三厘米深、血肉模糊、正常人只要一看就会恶心反胃的可怕伤口。

杨凯心的身体弓成了大虾的形状，他疼得眼珠子都几乎夺眶而出，在他身体皮肤表面，血管更一根根像老树树皮上的青筋般炸起，说不出来的凄厉与恐怖。

“啪！”

由于咬得太过用力，杨凯心嘴里那根足足有三四厘米粗的树枝，竟然被他生生咬断。

男人停止了这种不亚于十大酷刑的折磨，望着杨凯心，声音平淡地问道：“人呢？”

杨凯心疼得脸上肌肉都在轻颤，他迎着男人的目光，颤声道：“什么人？”

话音未落，男人又将一根树枝塞进杨凯心的嘴里，手中刺刀背部的锯齿就再次落到杨凯心的伤口上开始反复拖动。

“我心情很不好。”

男人一边拖动刀子，带得伤口血肉模糊，一边慢慢地道：“我们在到处都是危险的原始丛林中开出新的运输路线非常困难，不但要劈树开路，弄出一条可以让驼马通行的小道，还得面对脚下随时可能出现的地雷。每开出一条新的路线，对我们来说，失去的都是大把大把的钞票。你说，你们这些公子哥儿、大小姐，吃饱了没事干上哪儿不好，非要往原始丛林里钻？”

说到这里，男人停止了动作，看着已经疼晕过去的杨凯心，他淡然对身后的人命令道：“酒精。”

一小瓶医用酒精送到了男人手中，男人将酒精全部倒到了杨凯心的伤口上，酒精带来的刺激，在这一刻无异于剥皮抽筋，疼得杨凯心猛地一跃，他全身四肢都被绳子死死绑住，可就是这样，他依然硬生生在空中弹起半尺多高，又像一只麻袋般重重摔落到地上。

眼泪、鼻涕同时从杨凯心的脸上呛出来，混合着鲜血看着说不出来的可怜。

杨凯心哭了，他说到底，也不过就是一个今年才刚刚年满二十二周岁的大男孩罢了。他不停地哭着，嘴里在叫着些什么。

男人回头，望着身后那些全副武装的毒贩，模仿着杨凯心的声音道：“他在喊‘妈妈，妈妈，救我，妈妈，妈妈，我好疼啊’。”

一群毒贩哄然大笑，有人更是把手指放进嘴里，打出一声响亮至极的口哨。

一个扛着班用轻机枪的毒贩走过来，他解开了裤子，一边对着杨凯心撒尿，一边笑叫道：“妈妈没有，爸爸在这儿呢，乖儿子别哭，爸爸请你喝啤酒，还是热的，酒壮夙人胆嘛！”

撒尿的毒贩打了一个冷战，心满意足地转身而去。

看着全身都是尿液的杨凯心，一开始审讯问话的男人略略皱眉，他一脚踏在杨凯心的身上，放冷了声音：“人呢？”

已经疼得一边在地上不断抽搐一边哭泣着喊起了“妈妈”的杨凯心，在这个要命的时候，竟然用带着哭腔的颤抖声音回了一句：“什么人？”

男人真的惊诧了，眼前这个小子都被折腾成这样了，竟然还要护着那个敢当面用照相机向他们拍照的女生？！

“我有些生气了。”

男人轻抚着匕首那锋利的刀刃，沉声道：“干我们这一行，忌节外生枝，办事时意外遇到目击者，为了自保才会开枪杀人，绝不会干什么奸淫掠劫的事。对我们来说，越简单就越安全，可是你却把一件简单的事情，变得越来越复杂。”

男人望着杨凯心，认真地问道：“你真要逼着我们在开枪后，冒着巨大危险停在原地，搜索你那个喜欢拍照的女朋友？你真的以为，匆忙间找到的藏身地点，就能让她逃过我们的搜索？或者这么说，你认为，我们在冒了巨大危险，每一个人都因为紧张和焦急变得愤怒起来，需要找途径发泄的时候，会做出什么事情？！”

杨凯心的身体再次颤抖起来，他听得出来，面前这个男人说的是实话。他们虽然在远离人烟的原始丛林，为了安全起见，既然已经开枪，他们这批携带了大量武器和毒品的运毒队，就必须立刻远离这里。可是他们在大开杀戒后，也绝不可能留下一个目击证人，无论如何，做出这样的惊天血案后，他们都不敢也不想面对中国政府的反击！

所以就算是留在这里再危险，他们也一定会留下，把躲藏起来的李添儿揪出来。如果真的让他们冒了巨大风险才将李添儿找出来，这些根本不把别人的命放在眼里的亡命之徒，又有什么不能做、不敢做的？！

说出李添儿隐藏的位置，她就必死无疑；如果坚持不说，她活下来的概率也非常小，而且在临死之前，一定会受到对一个女孩来说最惨无人道的对待。

面对这个选择题，杨凯心痛苦得全身都在不停地颤抖。

“你是她男朋友吧，说出她在哪儿，至少她可以干干净净地走。”男人的声音，在这一刻犹如魔鬼的咒语，在杨凯心的耳边回响，“就算退一万步讲，我们真的没有找到她，她活下来了，她是会记你的好。但是会记多久？一年，两年，还是十年？她终归还会再找新的男朋友，你为她连命都不要了，就是为了让她投进别的男人怀抱，成为别的男人身下的女人？！”

听着男人的话，杨凯心“呵呵”惨笑起来，在他的脸上，鲜血、眼泪、鼻涕还有毒贩撒在上面的尿液混合在一起，已经狼狈到无以复加，可是在这一刻，他脸上流露出来的，分明是一种浓浓的不屑，深深吸了一口气，杨凯心放声嘶叫道：“添儿，你听好了，不要管我，一定要藏好，怎么也不要出来！如果真的被他们发现了，你身上不是还有一把我送你的工具刀吗，千万不要犹豫，一刀刺死自己……”

杨凯心的话还没有喊完，男人一脚重重踏在他的脑袋上，将杨凯心后面的话全部硬生生踏碎踏没。瞪着脚下这个连一条蛆虫都不如的男孩，男人举起了手中的刺刀，已经到了这一步，他不想在这个男孩身上再浪费时间。

就在刺刀扬起即将刺下的瞬间，一个微微发颤的女音突然在不远处响起：

“等等！”

男人笑了，他没有从男孩的嘴里逼问出女孩的下落，但是男孩最终那番话却把女孩给激出来了。

他们倒是一对有情有义的同命鸳鸯，只可惜，这样的人在人命如狗的混乱环境中，注定活不长。

男人一边转身，一边抬起了挂在身上的AK自动步枪，他一拉枪栓，对着那个从隐藏位置走出来、脸上挂满泪水的清秀女孩，毫不犹豫地扣动扳机，一股钻心的疼却突然从他的小腿部位传来，让他手一抖，将几发子弹打到了空中。

男人低下头观看，竟然是杨凯心一口咬到了他的腿上。杨凯心全身都被绳子绑得结结实实，他根本无法用双手撑起身子，他这一口只咬到了男人穿着高腰皮靴的脚跟部位，在这个要命的时候，他拼尽全力咬下去，竟然用牙齿生生咬破了皮靴上那坚韧的牛皮，把他的牙齿深深咬入男人脚跟部位的肌肉里。

杨凯心就像一条彻底发了疯的疯狗，他拼命撕着咬着，用尽他吃奶的劲儿，不停地对着对方倾泄着他最后的进攻手段。男人倒转手中的自动步枪，对着杨凯心的脑袋狠狠砸下去，枪托砸在杨凯心的头上，皮开肉绽、鲜血飞溅，杨凯心的眼前猛然炸起一片火星，耳朵中传来“嗡嗡嗡嗡”犹如几百只苍蝇一起在空中飞舞的声响，他的大脑中更是一片阴沉，可是杨凯心却咬得更加用力、更加疯狂。

“你小子找死！”

男人真的愤怒了，他抬起自动步枪，用枪托对着杨凯心的头部一下接着一下地狠狠砸下去。

李添儿猛地用手捂住了嘴，可是她仍然发出了一声悲鸣：“我的天哪！”

她眼睁睁看着步枪枪托一次次砸在杨凯心的头上，发出“啪”“啪”“啪”的可怕声响，她眼睁睁看着鲜血从杨凯心的耳朵里、鼻子里、眼睛里、嘴里一起渗出，可就是这样，杨凯心依然死死咬着对方没有松口。就算是知道几乎没有了希望，他依然用一个男孩，不，是用一个男人的生命，燃烧起最后的火焰，试图保护自己最心爱的女孩。

平时说得天花乱坠，仿佛遇到危险他就必然会挺身而出成为英雄的人物，在真正面对死亡时，也许会立刻变得畏首畏尾；平时看起来老实巴交，仿佛三棍子都打不出来一个屁的人，在死亡来临时，却会挺身而出在瞬间爆发出最耀眼的光芒。

死亡，就是人性和勇气最好的“试金石”！

“不要打了，不要打了，求求你不要打他了！”

在这片原始丛林的空中，回荡着女孩绝望而悲伤的哭泣：“求求你不要打了，他真的要被你活活打死了！”

男人竟然真的停止了攻击，他望着全身都是血，如果不能得到治疗根本不可能再活下去的杨凯心：“你想拼了命保护女朋友是吗？好，我就让你知道，你越是勇敢、越是想保护她，就越是害了她！”

杨凯心在这一刻，大概什么也听不到了，他的眼前蒙上了一层血一样的红色，他只能勉强看到男人脸上扬起的狰狞与疯狂。他松开了牙齿，扭头望着泪如雨下的那个女孩，嘴唇翕动着，想要说什么，但是他一张嘴，血沫子就从他的嘴里涌出，让他再也说不出一个字来，但是熟悉如李添儿，仍然“读”懂了他说出来的话：“添儿……快……跑……他们……不是人……”

眼泪疯狂地不停涌出，他就算变成了这个样子，依然想着她、念着她，想要保护她。

李添儿取出了在进入这片原始丛林之前杨凯心送给她的工具刀，那是一把瑞士生产的多功能工具刀，上面的刀子并不长，但是如果把它捅进自己的胸膛，也足够致命了。

知道自己已经跑不掉，再也看不到明天的太阳，但是有杨凯心陪着，她似乎到哪儿都不用怕了，抱着这样的想法，李添儿的心里涌起了一种痛苦的快乐，在这一刻她反而没有了懦弱，嘶声叫道："你们有什么了不起的，不就是一群为了躲避边防军，只敢在阴暗角落出没的地沟老鼠？！你们为什么见人就杀，不就是因为你们害怕中国政府的反击？！你们会遭报应的，迟早有一天，你们会被中国军队逮到，把你们杀得干干净净，就算你们想要举手投降，他们也不会接受，因为你们根本就不是人！等你们被中国军队消灭的那一刻，你们一定要回想起我说的这句话……天是有眼的！"

喊完这些话，看着男人朝着自己越走越近，在泪眼模糊中，再次深深看了一眼倒在血泊当中，依然痴痴地望着她的那个男孩，李添儿再不敢迟疑，举起那把工具刀，对着自己的胸膛狠狠刺了下去。

工具刀在刺入李添儿胸膛之前，突然……断了。

一名不知道在什么时候出现在李添儿左侧、手拿一支狙击步枪的狙击手，在灌木丛中站了起来，对着李添儿露出一个诡异的笑脸。这群被李添儿说中内心最软弱一面，已经彻底愤怒起来的毒贩，他们已经打定主意，要让这个牙尖嘴利的女孩后悔，为什么要在这个世界上走过一遭。

李添儿呆呆地坐在地上，她脸上扬起了一片苍白，男人的声音传了过来："你刚才说，天是有眼的？那你就向天求救，看老天能不能在你最需要帮助的时候，伸手拉你一把啊。"

嗅着空气中那浓重得几乎无法化开的血腥和硝烟气息，看着倒在血泊当中的杨凯心，还有那些和毒贩无冤无仇，仅仅是因为撞到他们运毒，就被血腥屠杀的同伴，绝望的情绪涌遍了李添儿的心头，她抬起头，透过树梢的缝隙，看着头顶那片阴霾的天空，猛地发出了一声绝望的悲泣："老天爷，你睁开眼睛，救救我们，救救杨凯心，好人要有好报啊！"

一群毒贩就像听到了天大的笑话，一起疯笑起来，他们中有些人甚至笑出了眼泪，真的，“好人要有好报”这句话，真的是他们这一辈子听到过的最好笑的笑话了。

“哒哒哒哒哒……”

班用轻机枪扫射声突然从左右两翼同时响起，刚才还仿佛就是上帝就是主宰，能够用居高临下的态度决定所有人生死的毒贩们，猝不及防之下，三四个人直接被轻机枪扫射形成的弹幕打中，一头栽倒在地上。

轰！轰！轰！轰……

35毫米口径高爆榴弹，以平均两秒钟一发的速度劈头盖脸地砸下来，一团团冲击波夹杂着被火焰烧红的弹片向四周飞溅，那飞扬而起的尘土和硝烟，那随着爆炸而被带着微微颤动的大地，组成了血与铁的死亡圣歌。

那个潜伏到李添儿附近，一枪打断工具刀的狙击手，迅速掉转枪口，通过狙击步枪上的瞄准镜寻找目标，他看到在原始丛林中，一批国籍不明、身份不明、使用着他从来没有见过的自动步枪的军人，正在向他们展开突击战。其中冲在最前面的，赫然是一个手持自动榴弹发射器的士兵。

榴弹发射器，可是步兵支援武器，从效果上来说，应该和重机枪归为同等类型，在作战时就应该躲在其他步兵后面进行火力支援，可是这名士兵，却拿着支援武器冲到了最前面，他拿的武器和背负的弹药，加起来最起码也应该有五十千克，可是他冲锋的速度，却让狙击手不由自主地想到了正在捕杀猎物的黑豹。

敏捷，高速，带着一击必杀的自信。

别的自动步枪狙击手不认识，但是他却知道，冲在最前面的那名士兵，手里拿着中国制造的87式自动榴弹发射器，这支只有十几人编制的部队，中国军人，确切地说，他们是一支受过最严格训练的中国特种兵！

中国特种兵！

在心里念着这个词，狙击手只觉得嘴里发苦。

他们这支毒贩护卫队，基本上都是雇佣兵，他们要么是在缅甸地区身经百战的老兵，要么是东南亚诸国特种部队退役成员，战斗力绝不容小觑，就算是遇到普通中国边防军，在这种根本不适合大规模部队行动的原始丛林，他们纵然无法战胜，也有信心在给予中国边防军一定创伤后撤出战场。

可是现在，他们遇到的，是比他们更精锐、更善战，一旦拼起命来也更疯狂的中国特种部队！

狙击手想要向自己的队友发出警告，可就在这个时候，他突然听到了自己的额头上传来“咔嚓”一声骨骼碎裂的脆响，旋即无边的黑暗就将他彻底笼罩覆盖。这名狙击手到死都没有发现，中国特种部队中，将他一枪击毙的狙击手潜伏在什么位置。

坐在地上满眼是泪的李添儿，看着毒贩一个个倒在枪下，她瞪大了眼睛，看着看着，她放声大笑，笑声中透着说不出来的凄厉惨然和痛快，可是只笑了几声她就猛然醒悟过来，飞跑到杨凯心身边，抱起这个全身是血，已经疼得不行，却瞪大眼睛坚持不肯闭上的大男孩，小心翼翼地把他的头放到自己的腿上枕好，低声道：“你看，我们的军队来了，他们好厉害，把那些毒贩打得好惨。”

就算是军事方面的绝对外行，李添儿都能看出这批中国军人的强悍凌厉，他们以两人为一组，在原始丛林中左冲右突如入无人之境，那些毒贩猝不及防之下，连最基本的防守队形都没有来得及展开，就和中国特种兵进入混战状态。

附近的丛林中，到处都是枪声爆炸声和嘶吼呐喊声。

拎着自动榴弹发射器的燕破岳和萧云杰一前一后冲到李添儿身边，燕破岳猛地停下脚步，根本不需要语言或者手势提醒，几年的朝夕相处，让燕破岳和萧云杰拥有了近乎心灵感应般的默契，就在燕破岳停止冲锋的同时，萧云杰也开始减速。

燕破岳拔出格斗军刀，割断杨凯心身上的绳索，在这个时候，杨凯心的眼皮子越来越沉，已经闭上了双眼。燕破岳取出身上的急救包，从里面取出注射器将一支吗啡打进了杨凯心的身体。在这个过程中，萧云杰手持自动榴弹发射器，警惕地注视着四周。

看着燕破岳的样子，李添儿已经变得失神的双眼中又恢复了几分神采，这名精锐得不像话，身上杀气腾腾，让她全身鸡皮疙瘩在瞬间同时爆起的中国军人，竟然肯在战场上停下脚步，还给他打针，这就说明身上到处都是伤，看起来几乎没有人样的杨凯心可能还有救。

看着嘴里不停流出血沫子的杨凯心，燕破岳一皱眉头，就这样一个表情，就又让李添儿的心猛地一沉，旋即她就看到燕破岳一伸手，反反正正在杨凯心的脸上猛扇了几个耳光，硬是将杨凯心已经闭上的双眼，硬生生给扇得重新睁开。

“醒一醒，我知道你能听到我的声音！”

燕破岳拎着杨凯心的衣领，放声吼道：“为了喜欢的女人拼命，最终抱着美人一起滚床单，那才是爷们儿，是汉子；如果为喜欢的女人拼命，最终自己挂了，到死都没和喜欢的女孩上过床，那就是天下第一号大傻逼，你是想当让人羡慕的爷们儿，还是想当傻逼？！”

这话……真他妈的够糙的！

但是被这么糙的几句话一刺激，杨凯心的脸上却露出了不甘的挣扎。其实想想看也是，哪个男生对喜欢的女生，在心底里没有过“不干净不纯洁不正派”的念头？！

燕破岳指着李添儿满是泪痕的脸，对着杨凯心继续狂吼：“看看，你睁大眼睛看清楚，这妞已经被你彻底折服了，她就是你盘子里的肉，别人抢都抢不走！你现在全身都是伤，但是一个零件也没丢，只要能挺过去，休养上半年就又是生龙活虎的一条好汉，到了那个时候，盘子里的肉你想咋吃就咋吃，想吃多久就吃多久！如果你还想活，还想和她XXOO，那就给我点头，让我知道你还没放弃！”

四周的原始丛林中，枪声越来越激烈，那些毒贩护卫队，毕竟是由身经百战的老兵和退伍特种兵组成，他们经过初期的慌乱后，终于恢复正常，依托地形开始和中国特种部队展开对射。

就是在这一片枪声此起彼伏、手雷爆炸声穿插其中的战场上，李添儿的眼中却只剩下杨凯心一人。就是在她瞪大眼睛的注视下，刚才已经闭上眼睛，差不多已经被牛头马面吊走大半条命的杨凯心，竟然真的对着燕破岳点了点头。

燕破岳明明身上还杀气腾腾，透着让万物为之震惶的锋利，但是在这一刻他却对着杨凯心露出一个温和的笑容。李添儿看到这一幕，就算她再悲伤焦急，也有了片刻的失神，她真的无法想象，一个人为什么能将温柔与杀伐果决这两种绝对矛盾的特质同时糅合到一起，形成了一个如此另类、如此鲜明，让人一见就终生难忘的他。

“呃……”

杨凯心突然抽搐起来，他脸上露出了难过到极点的表情，他颈部的肌肉紧绷，他的喉结上下涌动，可是他却硬是呼不出或吸不进一口空气，他的嘴唇、耳朵等部位更是在迅速变得青紫。

燕破岳捏住杨凯心的鼻子，低下头向他的嘴里连续吹了三四次气，可是在吹气时，燕破岳可以清楚地感受到，他吹进杨凯心嘴里的气受到了阻碍，根本没有进入杨凯心的肺叶。燕破岳再次观察杨凯心的喉咙部位，那里并没有受到伤害，所以也没有红肿等症状。

再次掰开杨凯心的嘴看了一眼，看到杨凯心的嘴里少了六七颗牙。燕破岳立刻伸出右手食指，手指贴着杨凯心的舌根滑进气管，可是燕破岳的手指却没有够到那一颗或者几颗卡在杨凯心气管里让他无法呼吸的牙齿。

燕破岳把杨凯心抱到自己的怀里，在杨凯心的肩胛骨之间用力拍打，只打了几下，就发现杨凯心的身体受伤实在过于严重，只怕用这种拍打法还没有把牙齿给拍出来，杨凯心就要先被他给活活拍死了。既然连拍打法都不敢用，那么更加激烈的腹部挤推法，自然也不能使用。

燕破岳只是略一犹豫就做出决定，他放声吼道："队长，这里有重伤员，必须要做战地手术，帮我一把！"

正在带着"始皇"特战小队第三班，对毒贩发起最猛烈进攻的三班长霍然停下脚步，他看了一眼被他们打得猝不及防，乱了阵脚，只要继续猛攻，也许几分钟就能被全歼的毒贩，却没有任何犹豫，放声喝道："萧云杰，你负责就近防守！"

"是！"

三班长右手持枪，左手向左右两侧挥动。在这个简单的手势下，原本以单箭阵形在原始丛林中快速突进的"始皇"特战小队第三班，就像在天空飞行的雁群，左右分开。如果在这个时候有人能够居高临下观望，就会看到这批训练有素、配合默契到了极点的特种兵，在原始丛林中由单兵直入的"I"字队形变成了"Y"字形，在短短的几十秒钟后，展成了"V"字双箭作战队形。

很快就发现中国特种部队战术变化的毒贩护卫队队长，倾听着枪声，猛地发出一声愤怒的狂吼："狂妄！"

所谓的双箭队形，就是将特战小队第三班分成了四个作战单位，其中队伍最前面的两个尖兵被称为斥候兵，他们两个人彼此左右交替掩护前进，是队伍最锋利的刺刀，必须由军事技术最过硬、最擅长面对突发事件的士兵来担任，如果不是燕破岳背的榴弹发射器太过夸张，他绝对是斥候尖兵的不二人选。

第一火力小组，是在队伍右侧，也就是"V"字形右翼斜向前进，三班长和他的传讯兵紧跟在第一火力小组身后，而第二火力小组则在队伍的左翼，和第一火力小组互成掎角之势，形成了一个扇面火力层。

这种队形，按常规来说，最适合在开阔地带对敌人发起进攻，敢在原始丛林这种特殊地形中使用双箭队形参战的部队，不是对自己的山地丛林特种作战有了只能用“狂妄”来形容的自信，就是根本不懂什么叫特种作战，以为拿本教科书学了几天就是特种兵的傻逼！

但是不管怎么说，区区十几人，面对数量比自己更多的敌军，摆出这种作战队形，就是在告诉对方，我们吃定你了！

这么狂妄，这么咄咄逼人，这么甫一出手就摆出决一死战姿态，不把你们全部干光就绝不罢休的部队，毒贩护卫队队长还真是头次得睹。

但是很快，毒贩护卫队队长的脸色就由愤怒变成了震惊。

别的队员可能还不明白，为什么他们觉得，对面中国部队的火力压制突然猛烈了很多，但是身为一名身经百战的老兵，毒贩护卫队队长还是敏锐地发现了这支中国部队的与众不同。

很多人都知道，自动武器射击时，凭借枪口的摆动，会形成一个火力打击扇面，每一个手持自动步枪或者班用轻机枪的人，都有一个特定的火力扇面，随着他们的奔跑、瞄准和射击，外加侦察和突击变量，这个扇面会做出小幅度的改变，就像一堆挂在同一根木棍上的小钢珠会随之摆动。有时候会错开，有时候会产生交集，这样就组成了一支特种部队在快速冲锋时的火力覆盖区。

而这一个个的火力扇面，又组成了特战小组进攻时以组为单位的有效猎杀区。简单地说，在高速行动时，一支特种部队由一个个扇面组成的猎杀区越大，他们的攻击与防守就越无懈可击。

而面前这支由区区十几名中国特种兵组成的部队，进攻的时候，给毒贩护卫队队长的感觉，简直就是一台武装到牙齿的坦克在丛林里对他们发起碾轧式进攻！

究竟发生了什么，让刚才还采用单线突进式进攻的中国特种部队，突然变成了不顾一切、全线推进的作战机器?

毒贩护卫队队长大脑中迅速回想着中国特种部队产生变化的时间与地点，他的眼睛里闪过了一丝明悟，旋即，一个狰狞的微笑就在他的脸上浮现。“如果我没有记错，中国军人，喜欢以人民子弟兵自居，我倒要看看，你们这些子弟兵面对死亡，究竟是什么样子。”

在十八个月训练后，体能远远没有燕破岳那么变态的萧云杰，已经换上了更正常一些的95突击步枪。他守在燕破岳身边，警惕地注视着周围，问道：“他已经大量失血，还能撑得住不?”

“撑不住就死，撑得住就活。看他自己了!”

燕破岳望着李添儿，沉声道：“我需要一个助手，如果你希望他活，就擦干眼泪，帮我完成环状甲状软骨切开手术!”

一听这个手术名字，李添儿就觉得双手发软。她为了参加丛林探险，是学习过一点点紧急医疗知识，但是她怎么可能会做手术?再说了，周围枪声不断，敌我双方正在舍生忘死地惨烈搏杀，她心脏狂跳，吓得手脚冰凉，在这种情况下，她怎么可能去帮助眼前这个特种兵做手术?!

燕破岳已经开始用生理盐水清洗双手，把手上的硝烟全部洗掉，然后甩动双手，加速手上的水渍风干。他一边甩手一边沉声道：“首先，你要帮我确定环状甲状软骨膜的位置，甲状软骨就是我们平时说的喉结；环状软骨，它的形状是环形的，它就在喉结的下方，你用手指按下去，会在喉结和环状软骨之间，找到一个能同时容纳三根手指的凹陷点。”

看到李添儿还愣在那里，燕破岳眉角一挑：“快点，他的时间不多了。”

手，抖得厉害，根本停不下来。李添儿伸手在杨凯心脖子上摸索着，就连这么一个简单的动作，她都没有办法做好，硬是用了几十秒钟，都没有找到燕破岳所说的位置。

燕破岳举起已经消毒完毕的双手，望着李添儿：“害怕？”

李添儿用力点头，怕，当然怕，近在咫尺的枪声，让她全身的汗毛都在倒竖，身上的肌肉更是在不停地轻跳，手榴弹爆炸的声响，更会让她的心脏都会跟着猛颤。作为一个普通人，面对这种原本只会出现在电视里的场景，她一个小女子，又怎么可能不怕？！

“谁都是爹生娘养的，子弹嗖嗖乱飞，钻进肉里就是一个碗大的窟窿，谁要说不怕，那肯定是骗人。”

听着燕破岳的话，李添儿霍然抬头，她的眼睛里满是浓浓的惊诧。她还是头一次听军人说他们也怕死，更何况眼前这个军人，明显是一个受过最严格训练的特种兵！

“但是怕，有用吗？再害怕，子弹也不会同情你；再害怕，你男朋友也不会恢复正常。既然是没有用的东西，你就要学会忘记它！”

燕破岳放柔了声音：“再去试试，找到它的位置！”

在燕破岳的注视下，李添儿终于用她颤抖的手找到了环甲膜的位置。

燕破岳手一伸，李添儿的眼睛猛然瞪圆了，燕破岳拿出来的可不是在医院里最常见的手术刀，而是半截刀片，那赫然是刚才李添儿想要自尽，却被狙击手一枪打断的工具刀刀片！

燕破岳提醒道：“还愣着干什么，给手术部位消毒！”

李添儿这才如梦初醒，手忙脚乱地将盐水涂抹到杨凯心的脖子上。

轰！

一发迫击炮炮弹呼啸而至，落在距离他们不足三十米的位置上，炮弹炸起的尘土飞溅，簌簌而落。燕破岳在炮弹落下的同时，就将双手护在身下，他甩掉头上的泥土，望着李添儿沉声道：“重新消毒！”

燕破岳他们的“始皇”特战小队第三班，并没有携带迫击炮，这发炮弹落下来说明，毒贩已经彻底反应过来，架起迫击炮向中国特种兵展开轰击。而他们第一发炮弹直接砸到附近，这说明，对方似乎已经明白了“始皇”特战小队进攻突然变得猛烈的原因。

“李斯，报告队长，请他们继续保持攻势，不要理会我们这里，否则的话，会被敌军指挥官判定战术意图。”

萧云杰点头，开始通过步话机向三班长报告。

而燕破岳在这个时候，已经将全部注意力都集中到杨凯心的身上。

炮弹掀起的泥土撒下来，就连杨凯心的脖子上都倾撒了一部分，在李添儿再次消毒后，燕破岳伸手捏起杨凯心环甲膜上方的皮肤，用手中半截工具刀割开了杨凯心脖子上的皮肤，切出一条半寸多长的口子。

看到这一幕，李添儿真的是要晕倒了，但是李添儿连大口喘气都不敢，她的任务是在这个时候，拿着燕破岳刚才交给她的两只战术手电筒，站在燕破岳身后，寻找最好的角度照明，力求让燕破岳在手术过程中几乎没有灯影，起到无影灯的效果。

轰！

又有一发炮弹呼啸着落到了他们不远处。李添儿的双手不由得一颤，燕破岳身体前倾，用自己的脊背护住了杨凯心脖子上的伤口，用手背挡在手术伤口前。等到炸起的泥土都纷纷落地，燕破岳抬头看了一眼李添儿，道：“李斯，我的助手不够镇定，这样下去不行，你唱首歌，帮她压压惊。”

负责在四周警惕、防止毒贩冲过来向他们开枪的萧云杰，闻言瞪大了眼睛。燕破岳可能也知道，在战场上唱流行歌曲对自己的这位兄弟来说也太为难了点，他主动放低要求：“不行的话，吟首战意昂扬、能够驱散紧张的诗，也是可以的嘛。”

萧云杰勉强地点了点头，他一边瞪大了眼睛，小心警惕四周，一边用平稳而有力的声调，读出了他和燕破岳两个人联手写就，代表着他们心中无悔誓言的诗篇：

当往日的硝烟已经成为历史

当远方的风中不再传来哭泣

请继续握紧手中的武器，我的战友

因为在和平时代，依然有战火的阴霾

也许，我们注定会鲜为人知

也许，我们将埋骨他乡

母亲，请不要为我们而哭泣

因为我们在用自己的双手，

支撑起一片人间沃土

战斗吧，咆哮吧，呐喊吧

我们誓将用鲜血与死亡，迎接任何敌人

准备好了吗，我的战友

准备好了吗，我的兄弟

为了我们的朋友，我们的家人，我们所爱的人

战斗吧，咆哮吧，呐喊吧

用我们无悔的青春

挺起中华民族曾经被打折的脊梁

用我们无悔的青春

昂起我们曾经的荣光与骄傲

直至

灵魂的永恒

第十章 - **大地最强生物（下）**

枪声、炮击声、爆炸声依然在原始丛林中四处回响，萧云杰低沉而富有磁性魅力的声音，却依然清晰无比地传进了李添儿的耳中。

李添儿望着双手稳定得无懈可击，用手指翻开切开的皮肤，露出那些被称之为“环甲膜”的物质，又横向切出一个口子，露出气管内壁的燕破岳，她整个人都怔住了。今天，这个象牙塔中的女孩，终于明白了“共和国守卫者”这个词的真正含义。

轰！

第三发炮弹又落在了他们附近，而且着弹点又近了五米。毒贩护卫队，他们已经向燕破岳所在位置连续开了三炮，显然对方已经认定这里就是三班的致命弱点，想要用持续打击逼迫三班收敛攻势，给他们喘息之机。

啪！

一块不知道从哪儿飞过来的弹片，打到了他们附近的大树上，居高临下打着手电的李添儿清楚地看到，在燕破岳的额头上，一丝血痕慢慢流出，可就算是这样，手术做到最关键时刻的燕破岳，却依然镇定得无懈可击，他这个人的神经，仿佛就是用钢丝制成的。

萧云杰开口了：“白起，队长要我们立刻转移。”

李添儿在这一刻，呼吸都几乎停止了，她太明白在这个时候转移代表什么了。她张开了嘴，想要说什么，可是她却什么也说不出来，就算她是一个外行都看得出来，对方已经将他们列入打击目标，很快第四发、第五发、第六发炮弹就会落下来，她又有什么权利要求眼前这个士兵，顶着炮击给她男朋友做完手术？！

可是燕破岳却没有任何反应，他取出一支圆珠笔，手起刀落，将圆珠笔的前端砍掉，只留下一根通透的塑料管，他将这根塑料管小心翼翼地插进杨凯心脖子部位开出的创口上，就在塑料管插入的同时，李添儿清楚地听到了空气顺着塑料管一进一出发出的哨音。

也许是中国部队一直没有改变攻势，让毒贩护卫队队长对自己的判断产生了怀疑，也许是中国特种部队的攻击实在太猛，必须调动迫击炮来压制他们，第四发炮弹并没有落到他们身边，而是打到了枪声最激烈的位置。

但是这一切，似乎都和燕破岳没有半点关系，他打开急救包，拿出止血绷带，将杨凯心脖子上的切口和塑料管小心包好，让塑料管一直竖在杨凯心的脖子上，轻易不会脱落，整个过程他双手稳定得无懈可击，包扎的力度更是恰到好处。

当这个并不复杂的手术终于做完，燕破岳站起来，他突然就像热锅上的蚂蚁，在十几米范围内快步来回打转，他一边走一边用力甩着双手，似乎正在用力把什么东西从自己身上甩开。他这样的动作，看得李添儿莫名其妙。连走了十好几圈，燕破岳猛地停下脚步，叫道："吓死我了，这炮弹越打越近，越打越准……差一点就以为真的要完蛋了！"

"呃……"

李添儿彻底呆中，她终于明白燕破岳同学为什么要一边走一边用力甩着双手，敢情他老人家也被吓坏了，只是把双手颤抖之类的工作，挪到了最后来了个集中总爆发？！

轰！

远方再次传来了迫击炮炮弹爆炸的声音，燕破岳一把抄起放在地上的榴弹发射器，作为一个被炮击了半天，还非要摆出一副不动如山姿态，实际上被吓个不轻的家伙，在这一刻，燕破岳彻底爆发了，他瞪着眼睛猛然发出一声嘶吼："就你们有炮？老子也有啊！"

话音未落，燕破岳已经像一头看到目标的猎豹般疾冲而出，他一边飞冲一边放声喝道：“老萧，你留下保护他们，别我们在前面打得痛快，回来一看这小两口被人干掉，那可就丢人丢到喜马拉雅山去了！”

萧云杰轻轻摇头，燕破岳的行为，显然不符合特种作战中搭档相距不能超过十米的铁律，但是他依然留在了原地，或者说，萧云杰明白，自己就算是使出吃奶的劲儿，也绝不可能追上彻底发了疯的燕破岳。

看到李添儿双腿一软跪在地上望着杨凯心怔怔出神，脸色苍白得让人心疼，萧云杰低声道：“放心吧，白起的技术不错，你男朋友流的血看起来不少，但还在安全范围之内。一会儿战斗结束，用镊子把他卡在喉咙里的牙齿取出来，再把塑料管拔掉，他就能恢复正常呼吸。就连脖子上的伤口都能自然愈合。只要没有被枪托砸成脑震荡，这小子在医院躺上两三个月，基本上就没啥大事，到时候你们想做什么、爱做的事，悉听尊便。”

一开始李添儿还在认真地倾听，听到最后两句，一直紧绷的精神终于放松，又是猝不及防，没想到人民解放军这种不要脸的话也能张口就来，李添儿的脸上猛地扬起了一片灿烂的红霞。看得就连萧云杰都微觉惊艳，旋即嘴角一撇，恨恨嘀咕了一句：“又有一棵好白菜被猪拱了！”

轰!

轰!

轰!

在丛林深处，连续传来35毫米高爆榴弹爆炸发出的声响。

“白起你小子抽什么疯？”

三班长对着步话机放声狂吼：“你是榴弹手，是步兵支援火力，你丫的拎着自动榴弹发射器冲到战场最前面想干什么？！”

步话机里没有燕破岳的回应，熟悉他的人都知道，无辜者被屠杀的这一幕，尤其是杨凯心和李添儿差一点遭遇的事情，把燕破岳给彻底激怒了。可是为了抢救杨凯心，燕破岳却必须压住内心深处疯狂翻涌的愤怒杀意，用看似最平静的态度，给杨凯心进行了一场战地急救手术。当他终于摆脱束缚，再也不必压抑愤怒时，他彻底爆发了。

那些毒贩现在已经发现，他们正在面对的中国特种兵当中，突然出现了一台已经彻底失去控制，正在对他们展开最疯狂进攻与屠杀的杀人机器！

没错，就是杀人机器，如果不是一台机器，你什么时候见过一个人可以拎着一门自动榴弹发射器，背着上百发榴弹，在原始丛林中还能跑得那么快，那么疯？！

“那小子冲过来了，打死他，快打死他！”

在毒贩护卫队队长的吼叫声中，机枪手掉转枪口对着燕破岳开始扫射。就在枪声响起的瞬间，燕破岳猛然向前方扑倒，就在他肩膀接触到地面重新找到撑点的同时，燕破岳一边做出战术翻滚动作，一边扣动了自动榴弹发射器的扳机。一发榴弹被他射向空中，从准头上来看，所有人都在第一时间认为，燕破岳是为了自救才这么胡乱打出一炮。

一枚表面用小儿涂鸦般的笔法画了一支长箭的榴弹，飞到半空中轰然炸响。爆炸的声音并不大，但是如果谁在这个时候恰好抬头的话，就一定会看到，以那枚榴弹爆炸的位置为圆点，天空中突然出现了一片密密麻麻、细细小小的黑色钢箭！

天知道有多少支三厘米长、细得要命的微型钢箭，在空中拉出一道五十多米长的扇形覆盖面，居高临下密密麻麻地飞射下来，它们打穿头顶的树叶时，那噼噼啪啪的声音，听起来像极了暴雨来临。

机枪手听到声音不对，下意识地抬头，正好看到钢箭密密麻麻劈头盖脸地射过来，他的双眼瞳孔在瞬间收缩，发出了一声绝望的吼叫：“箭弹？！”

声音刚刚从喉咙中吼出，那些带着惊人高速的微型钢箭就劈头盖脸地飞射下来，有四五支钢箭同时刺入机枪手的身体，带着四五条放血槽，犹如缩小版中国56式三棱刺刀的微型钢箭，在机枪手的身体上钉出一个个三棱形伤口，鲜血随之汩汩喷溅。

机枪手伸手按住自己身上的伤口，可是他只有两只手，又怎么可能同时按住四五道伤口？他只是挣扎了三十几秒钟，就因为失血过多一头栽倒在地上，进入了休克状态。除非在这个时候，他的伤口能够得到有效处理外加输血，否则他的名字就已经录进了死亡名单。

燕破岳射出那发由老杨帮他特制的“箭弹”之后，连续几个翻滚，躲到了一棵大树后面。几名毒贩同时锁定了燕破岳隐藏的位置，旋即他们就看到在燕破岳翻滚而过的草丛中，突然炸起两团比十颗太阳同时升起更刺眼的光芒。

虽然现在是白天，但是天空一片阴霾，再加上身处原始丛林中，光线远远比外界要阴暗得多，几名毒贩目不转睛地盯着同一个位置，这突如其来的强烈闪光，让他们的眼前齐齐腾起一片惨白，眼泪更是不由自主地一起被生生呛出。

燕破岳从大树后面猛地探出身体，他这一次并没有使用87式自动榴弹发射器，而是半跪于地，用两只手同时握住一支手枪，连续扣动扳机。燕破岳使用的这支手枪，明显经过特殊改装，甚至可能就是纯粹私人定制，这支手枪以远超正常状态的惊人速度不断射击，在弹壳飞跳中，三名双眼暂时失明的毒贩，被手枪子弹迎面打中，一头栽倒在地上。

天空中突然传出迫击炮炮弹高速飞行时拉起的哨音，在心中迅速判断出这枚炮弹的着弹点，燕破岳猛地跳起来向前飞蹿，才冲出十几米远，一发炮弹就呼啸着落到了他刚才躲藏的大树后面，对方玩迫击炮的人，绝对是身经百战的神炮手，否则的话，他打出的炮弹就不会这么快、这么准、这么狠。

躲开这要命的一发炮弹，燕破岳的心却在瞬间沉到了谷底，在对面不足三十米位置的草丛中，一名就像最狡猾的狐狸潜伏起来，从头到尾都没有开上一枪、静静等待机会的老兵，瞄准了燕破岳。燕破岳为了躲避炮击，已经用尽全力冲刺，他现在正处于旧力已尽新力未生的最致命时刻，又遇到了一个最要命的老兵，踏进了一个必死无疑的陷阱。

同样发现情况不对的三班长瞪圆了眼睛，嘶声狂叫：“白起，小心！”

但是已经来不及了，三班长眼睁睁地看着七八蓬鲜血同时从燕破岳的胸膛上炸起，燕破岳被打得像触电般身体抖动，直到子弹全部钉进他的身体，他才一头扑倒在地上。

“我操你祖宗十八代！”

眼睁睁地看着自己班里最刺头，原本也应该是最讨厌的燕破岳倒在了血泊当中，一股酸酸楚楚的滋味猛然涌上心头，三班长对着步话机嘶声吼道：“三班，飓风攻击！”

飓风攻击，并不是标准战术用语，而是“始皇”特战小队的发明。这个词的起源，是春秋战国时秦国军队在鼓舞士气时，总会喊出“大风”这样的词语，意思就是说，秦国军队在战场上，面对敌人就会像秋风扫落叶一样荡平任何敢于挡在他们面前的敌人。

当三班长喊出“飓风攻击”的作战命令时，刚才还配合默契，依托团队作战的“始皇”特战小队士兵轰然而散，变成了两人为一组的作战小组。刚才还泾渭分明的战场，在瞬间就变成了犬牙交错的混战。

这时候，双方拼的不再是团队作战和默契，而是单兵素质，是勇气，是疯狂，谁能在最短的时间内打出更多有效攻击，让对方因为快速伤亡而陷入混乱。

简单地说，当指挥官下达这样的命令时，就代表着“始皇”特战小队要拼命了！

下达了这样一个作战命令，再也不需要指挥全局，三班长掉转枪口，对着那名将燕破岳枪毙的老兵一边嘶声狂吼一边拼命扫射，他要对方死，他要把子弹全部钉在对方身上，让他死得比燕破岳更惨十倍！

“白起，你不是很牛逼吗，你不是在一年半前就能单枪匹马，打得整个突击队都疲于奔命吗？你不是要成为世界上最强的特种兵吗？你他妈的怎么能死，怎么敢死！”

打完了一个弹匣，三班长又换了一个新的弹匣，他在继续不停地扫射，继续向前冲锋，他嘶哑带着哭意的声音，在丛林上空狠狠回荡：“你可是白起，春秋战国时期，从小兵做起一直成长为推动整个战国格局的战神白起，你怎么能死了？你怎么敢死了？你他妈不配这个名字，让你嘚瑟，让你张扬，明明有搭档，却不和搭档一起行动，在要命的时候，连个掩护你的人都没有，你他妈的……就是天下第一号大浑蛋！”

第二个弹匣打完了，三班长又换上了第三个弹匣，他再次发疯似的将弹匣内所有子弹都倾泄到那片灌木丛中，对付一个目标，整整用了三个弹匣九十发子弹。当三班长走到灌木丛前不到十米的位置，看着那片被打得支离破碎的灌木丛，还有那具倒在血泊中的老兵尸体，三班长喘着粗气，换上了第四个弹匣，他猛地一拉枪栓，看他的样子，竟然要将第四个弹匣内的子弹都打到尸体上。

就在这个时候，三班长身后，燕破岳阵亡的位置，传来了什么声音，紧跟在三班长身边，同时担任搭档与传达命令任务的传令兵，脸上的表情更是精彩得犹如见鬼。

难道说……

三班长心里涌起一个难以置信的念头，可是，中弹身亡的可是燕破岳，那个花样百出、坑死人不偿命的燕破岳，也许，可能，万一，他真的……

三班长在战场上慢慢地转身，他这一辈子都没有这么对一件事如此期待过。当三班长转过身，把目光投过去时，就看到燕破岳从地上坐起来，顺手扒拉着他那件战术背心，迎着三班长复杂到极点的目光，燕破岳脸上露出一个近乎谄媚的表情：“谢谢班长大哥，我差点以为自己就死定了。”

伸出颤抖的手，指着燕破岳战术背心上那一团团血渍，三班长都结巴了：“你……你……你……你小子……”

燕破岳一脸灿烂，但是看着三班长眼眶子里隐隐泛起的泪花，他的声音中透着小心翼翼：“这个，都是假的，是我自制的血包。我上战场前就想过，不怕正面对决，就怕暗处冷枪，所以我就给自己弄了些用炸点引爆的血包，这效果……嘿嘿……这都是我自己调出来的糖浆……”

为了证明自己并没有受伤，燕破岳还伸出手指，蘸起一点糖浆，把它放进自己的嘴里，咂巴了两下：“班长您要不要尝尝，很甜。”

甜，甜，甜，甜你妹啊！

这个时候，三班长只觉得心头一股无名火起，不把眼前这个混账小子揍得鼻青脸肿得就连自家老娘都认不出来，他就无法缓解心中的郁闷愤怒。可是看着这个小子活蹦乱跳的模样，三班长又觉得心花怒放，恨不得在地上连翻三个跟头。

身为一名特种兵，他妈的不想着如何在战场上奋勇杀敌，先在自己身上弄了一堆血包……如果隐藏在丛林中的并不是一个如狐狸般隐忍，绝不轻易开枪暴露自己的老兵，而是一个新兵蛋子，人家才不管你中没中弹，先扣动扳机打上一梭子再说，你燕破岳不就是弄巧成拙，死得不能再死了？！

燕破岳立刻做出自我检讨：“班长放心，我以后再也不会在战场上和搭档分开了。您不知道，刚才看着人家的枪口对准了我，我连闪避的余地都没有，那可真是全身汗毛都一起跳起来在狂跳霹雳舞，这种刺激，再经历上两回，就算是没有被打死，也要被吓死了。”

空中再次传来迫击炮炮弹高速飞行时发出的啃音，燕破岳、三班长和传令兵一起扑倒。爆炸过后，燕破岳甩掉身上的泥土，跳起来放声叫道：“敢炸我们敬爱的班长大哥，班长您等等，我现在就去把他们的迫击炮端掉！”

不等三班长回话，燕破岳跳起来，对着毒贩架起迫击炮的位置再次发起了冲锋。看他冲锋的样子，当真是杀气腾腾、气盖云天，三班长在后面是瞠目结舌，想要教训燕破岳的话，已经冲到了嘴边，却因为目标消失，又被迫硬生生地咽了回去。

咬牙切齿了半天，三班长却突然笑了，他对身边的传令兵道：“记得提醒我，回去之后，让燕破岳把这套血包战术内部推广一下，虽然不是万试万灵的护身符，但是用对时候再加上适当的演技，也可以救人一命。”

传令兵深有同感地用力点头。

你的敌人潜伏在深处，已经悄悄瞄准了你，却突然看到你被不知道从哪儿射出来的子弹打得全身鲜血飞溅，百分之百是活不成了，只要是个擅长潜伏隐忍的老兵就不会轻易开枪，因为在战场上每一次开枪，都代表着要冒一次被人反击的危险。最重要的是，试想一下吧，在战场上又有几个人会像演电影一样，在身上装几个血包，随时准备装死挺尸？！

一想到“始皇”特战小队五十多名号称“特种兵中的特种兵”的兵王，一个个站在操场上，随着燕破岳这位装死的教官一声令下，突然一起像抽筋触电般抽动身体，鲜血在他们胸前炸开，然后形态各异倒在地面上的训练场景，三班长就不由自主地打了一个寒战。

这个画面，实在是太冷了。

当枪声和爆炸声终于消停下来，丛林的空气中四处飘散着硝烟特有的刺鼻气息，到处躺着一具具身穿丛林迷彩服、手持自动步枪的毒贩护卫队成员。

成员数量为十三人的“始皇”特战小队第三班成员，慢慢从战场各个位置站了起来。燕破岳把那门外形夸张、口径更是惊人的自动榴弹发射器挂到身后，拔出了自卫手枪，他沿着敌对双方在丛林中展开运动突击战时一路散落下来的弹壳和血迹慢慢地走着，只要看到倒在地上的尸体，除非是脑袋被子弹打爆，他都会对着尸体的头部补上一枪。

看到这一幕，三班长微微一皱眉头，却没有说话。在战场上有一个铁律，如果你想俘虏一名手持武器的敌人，纵然是占据绝对优势，你和身边的战友，也要冒着比击毙对方高出三倍的风险，才能做到。

同样的道理，在打扫战场的时候，燕破岳的这种手段，固然有过于残忍之嫌，却能让“始皇”特战小队的士兵，几倍地避免在战后付出鲜血代价。更何况他们的对手并不是职业军人，而是危害到整个人类社会，在运毒时遇到普通人都会毫不犹豫痛下杀手的毒贩！

世界上任何一个国家的军队，面对这个群体，都会展开最直接围剿。对待他们，不会有谈判，也不会有宽恕。《日内瓦公约》不会保护他们，国际舆论不会保护他们，社会道德伦理也不会保护他们，法律更不会保护他们。也就是因为这样，这些毒贩才会越发地丧心病狂。

两个小时后，杨凯心和李添儿搭乘军用直升机，离开了那片让他们终生都不可能忘怀的原始丛林。

一辆军用救护车已经停在丛林外面的公路上，燕破岳和萧云杰帮着将一直躺在担架上的杨凯心抬上了救护车。李添儿望着燕破岳和萧云杰，还有那些在直升机上没有下来的中国军人，她连他们的名字都不知道，也许她这辈子都不会再见到他们。面对救命之恩，她唯一能做的，就是对着这群共和国守护者，认真地、深深地弯下了自己天之骄子的腰。

目送着燕破岳和萧云杰相携离开，李添儿尝试着喊了一声：“白起！”

燕破岳停下了脚步，却并没有回头：“怎么？”

“那样的毒贩，他们有很多吗？”

燕破岳思索了一下：“看样子，应该不少。”

李添儿轻轻吸着气，吐字清晰：“你们是想要练兵，还是想要缉毒？”

燕破岳回过了头。

“如果你们只是想要拿毒贩练兵，那就当我什么也没有说。如果你们真心想要缉毒……”

李添儿这个才二十岁出头、一直生活在象牙塔中的女孩，脸上扬起了一股和她的年龄并不相符的气息，那是经过死亡洗礼的人才会拥有的煞气：“贩毒，对他们来说，是一种生意。作为生意人，那些毒贩会在心中衡量风险与收益是否成正比。如果他们有十支队伍在走私贩毒，你们只打掉了一支，对他们来说成功率是百分之九十，却能赚到几倍甚至十几倍的利润，收益远大于风险，他们自然愿意铤而走险；可是反过来，如果有十支队伍，被你们打掉了九支，只有百分之十的成功率，只赚到区区十几倍利润，对他们来说，风险高过收益，那么他们在做这种事之前，自然会三思而后行。没有了这些运毒队伍，就算是他们在后面种再多的毒品，又有什么用？！

“就拿你来说，你代号白起，白起是什么人？他是战神，更是杀神，他长平一战，就坑杀四十万赵卒，看起来当真是凶暴无道，可是在我看来，白起才是救人无数。当年他用这种方法，让秦国最强大的敌人赵国受到致命重创，再无力和秦国抗衡。就凭这一战，白起让秦之统一不知道提早了多少年，否则的话，说不定七国还没统一，秦始皇就已经挂了。那么请问，中国什么时候才能真正统一，又有谁知道，两千年后的今天，中国是什么样子？！”

李添儿凝视着燕破岳的眼睛，她的声音并不大，但是她说的每一句话，都犹如重鼓狂擂，狠狠撞进燕破岳的心脏：“以杀止杀，用杀伐来创造和平盛世，我想这就是白起身为一代名将必杀的仁慈，如果他只是一个嗜杀如命的屠夫，没有大义和属于自己的哲学支撑，他根本不可能在历史上留下战神的名号。”

听到这里，不要说是燕破岳，就连萧云杰都开始为之动容。这个丫头亲眼看到燕破岳在丛林中对着毒贩的尸体补枪，再加上“白起”这个绰号，就让她摸清了燕破岳的性格，她正在用营销学、哲学和史学融合出来的知识奉劝燕破岳，对毒贩要更加心狠手辣，更加斩尽杀绝，可怕的是，燕破岳竟然真的被她给说动了。

“还有，你们不能像放羊一样，东一榔头西一棒子粗放式打击毒贩。你们必须建立一个系统化的流程，打造一个属于自己的品牌和标志。打个比方，一提起金庸，你们就会知道这部片子拍的是古装武侠；一提起琼瑶，你们就知道这部电视剧里的女主角就是擅长一哭二闹三上吊，一个个吼得歇斯底里，不如此不足以表达她们感情的充沛。而你们，就要努力做到，一亮出自己的标志名号，就能让那些毒贩知道，他们撞到了大地最强生物，怎么挣扎今天都死定了，这样不但能不战而屈人之兵，只要你们出现，那就是一尊大神镇压百邪，形成一个运毒真空带！”

燕破岳和萧云杰面面相觑，进入原始丛林伏击毒贩，原本一个干脆利落，打完就可以收队走人，尸体自然有其他兄弟部队去处理的简单工作，怎么都打出系统化流程，外加品牌标志了？！

李添儿回头看了一眼已经被送上救护车的杨凯心，她反复默念了几遍救护车车身上的电话，确定不会忘记，便挥挥手示意救护车可以离开。

当救护车呼啸着驶离，李添儿指了指稍远一些的位置，那里远离直升机，双方沟通交流至少会方便一些。萧云杰转身走向武装直升机去报告，燕破岳和李添儿走到了安静的位置。

第十一章 – 侠之大者

李添儿席地而坐，她采用的是中国汉式跪坐，动作优雅，透着一种难以言喻的风姿雅然，显然是沉浸此道已久。她指着对面的草坪：“请坐。”

望着这一刻脸色严肃而认真的女孩，燕破岳也认真起来，他盘膝坐到了李添儿对面。

“首先，自我介绍一下，我叫李添儿，学的新闻传媒专业，打造舆论领袖，塑造品牌形象，增加品牌价值，是我的专长。你们虽然是特种部队，以保家卫国为天职，但是我认为，你们参加战斗，对敌作战，也是在向雇主，也就是国家与人民提供一种服务，服务就是商品，有了标志和品牌效应，会让你们在以后的服务中，获得事半功倍的效果。”

燕破岳席地而坐，认真思索，想了大概有一分钟，也许是李添儿跪坐的姿势影响了他，也许是看多了《三国演义》之类的影片，燕破岳也变得文质彬彬、古风古气起来：“闻君一席话，胜读十年书，请，请继续。某，洗耳恭听。”

面前这台杀人机器突然开始掉书包，李添儿微微一笑：“首先，你们要业精于专，方显卓越。而这个‘专’字，本身就代表了坚韧执着与持续付出。既然要打毒贩，就绝不能蜻蜓点水点到即止，你们要努力宣扬出一个只要通过原始丛林向中国边境城镇运送货物，就会遇到中国特种部队伏击的信息。一开始，那些毒贩会不以为然，用他们的心里话来说，大概就是常在河边走，哪有不湿鞋。可是当一支、两支、三支，甚至是十支、百支运毒队伍被你们歼灭，那些毒贩就再也不能忽视你们的存在。在他们的群体中，会互相警告，提醒彼此在运货时要小心中国特种部队。这样，你们就达到了最初级的宣传效果，走到这一步，那些运毒队伍，在行动前就会三思而后行。”

燕破岳在点头，却提出了异议：“原始丛林太大，我们无论如何也不可能封住所有秘密通道，过十支队伍，我们能打掉两三支就已经是情报部门相当努力的结果。也就是因为这样，在边防军和缉毒警的双重联合打击下，那些毒贩却依然活跃。想要达到你提出的百分之九十消灭率，这是一个不可能完成的目标。”

在燕破岳眼里看来，这是一个无解的死结，除非天天派无人机在原始丛林上空扫荡，再驻上一两个师的正规军，全部化整为零四处游荡巡逻，才可能对毒贩形成足够的打击面，否则的话，根本无法形成有效心理震慑。

但是李添儿的脸上却挂着自信的笑容，作为一个传媒专业的高才生，她的目光和职业军人不同。或者说，她更擅长利用种种环境来打动人心。只不过这一次，她的目标，由普通读者观众变成了毒贩。

“如果不能形成高死亡率也没有关系。一个人，很难用自己的行为思想影响一百个人；可是一百个人抱团，他们却能影响到一万个没有组织和信仰的人，形成一个公认的强大团体。都是百分之一的比例，但是拥有庞大的基数之后，就从量变产生质变。”

燕破岳在思索消化着李添儿的质变理论。

一百个人到湖里游泳，结果淹死了一个人，虽然这件事很不幸，但是大家也能接受，甚至还会说上一句“善泳者溺于水”之类的话。但是把这个比例放大，一万个人跑进同一个湖里游泳，最终淹死了一百个……这绝对是惊天地泣鬼神的超级惨剧！

保证二十年内，再没有一个人敢跑进湖里游泳洗澡，估计什么神仙鬼怪之类光怪陆离的传说都会随之出现，而且很可能在一群八婆与碎嘴汉子的传播下愈演愈烈，直至在人们心中形成一层挥之不去，绝不敢轻易去触碰的死亡阴影。

李添儿的理论是，既然无法保证百分之九十的命中率，那就扩大基数，燕破岳他们天天在原始丛林中打转，见到就杀，哪怕只干掉了十分之一，甚至是二十分之一，杀上个一年半载，干掉十七八支运毒队，就会从量变产生质变，让那些毒贩再提起中国特种部队，就会一个个闻名如见鬼。

想透了这一点的关键，燕破岳正视李添儿，他在心中默默念着“一言可兴邦，一言可祸国”这两句话。同时，他也在暗中反复提醒甚至是警告自己，天下何其大，能者何其多，绝不要再小看任何人，哪怕这个人是在战场上吓得全身发颤的小女生。

眼前这位险死还生的女大学生，正在用她的新闻传媒专长，为“始皇”特战小队出谋划策。她就是想要为自己和杨凯心以及那些死掉的同伴报仇，她想让毒贩们付出更多的代价。一旦“始皇”特战小队接受了她通过燕破岳传递出来的信息与建议，可以预见，在未来相当长一段时间内，这片原始丛林中将会激战不断，不知道有多少毒贩甚至是中国特种兵的鲜血倾洒在上面。

“下面，我们再谈谈品牌和标志。你们肯定已经有自己的名号，那就是你们的品牌，我不便多说，我更关注的是标志。”

燕破岳指了指自己手臂上挂的“夜鹰突击队”臂标，意思是他们已经有标志了，李添儿摇了摇头：“在蒙古大草原上，牧民把狼皮完整地剥下来，挂到蒙古包前的木杆上，狼皮会被风吹得随风飘舞，这就是针对狼群而设立的标志。那些活着的狼，如果不是快饿死了再没有选择，它们绝不会轻易靠近悬挂着它们同类毛皮的生物。我说的标志，是一种精神上的震撼，而不是你们挂在胳膊上的布片。”

燕破岳瞪大了眼睛：“你不会是要我们把毒贩的尸体挂得林子里到处都是，来进行所谓的精神震撼吧？！”

李添儿抓起树枝，在两人之间的地面上画出了一个骷髅标志：“如果你在战场上突然看到一块牌子上画着这东西，你还会不顾一切硬往前冲吗？”

燕破岳摇头。有这种骷髅标志的地区，代表着死亡禁区，要么有高温，要么有剧毒，要么有地雷，总之里面肯定有着什么致命的玩意儿。他燕破岳又不是三头六臂金身不坏，除非是被人逼急眼了不得不事急马走田，否则谁会嫌命太长了往里面硬撞？！

李添儿又在地上画了一个核辐射标志：“如果在战场上你看到这个标志，又会怎么样？”

燕破岳老老实实回答：“看到骷髅标志，我也许还敢冒险一搏，但是看到核辐射标志，我会有多远闪多远，除非是穿着防护服，否则的话谁进去谁完蛋。”

“这就是标志在战场上的意义，就算竖这些标志的是敌人，看到它们你也必须三思而后行。它们的含义已经尽人皆知，对敌方心理威慑，远远大于悬挂什么尸体。”

在燕破岳睁大眼睛的注视下，李添儿将一面小白旗插到了他们中间的土地上，和骷髅标志、辐射标志形成了三足鼎立局势。

“白旗在战场上，一旦举起就代表着其中一方想要投降认输，但是你拿着白旗，却可以例外。”

李添儿轻点着插在地面的小白旗，眼睛中闪动着阴沉智慧，她的声音中透着一丝冰冷的肃杀：“你是白起，用白旗作标志，取其谐音，不但可以消除歧义，丝毫不落气势，反其道而行更会让人印象深刻。只要你们能连续出击打响名号，保证一个毒贩也无法逃掉，而每次战场上总会留下这样一面白旗，就会在毒贩心中和骷髅标志、辐射标志一样，直接和死亡画上等号，甚至是尤有过之。要知道，死亡、失踪、未知的神秘，这些都是促生恐惧谣言的摇篮。也许不出一年，再进入原始丛林作战，在作战开始前就打出你的旗号，纵然不能让毒贩放弃抵抗转身逃跑，在气势上也会先弱三分！”

说到这里，李添儿那双漂亮的眼眸慢慢眯起，她的话也随之变得锋利如刀：“中国进入了高速发展时期，看这个形势，和平会持续很多很多年，对国家、对我们这些平民来说，这是一种幸福，对那些普通的士兵来说，是一种幸运；但是对你们这种受过最严格训练，一旦战争爆发，就可能脱颖而出建功立业，甚至能够史册留名的特种兵来说，却是一种不幸。你们生错了时代。你们就像国家战略终武库中的核弹头，最大的意义不是派你们走出国门参战，而是告诉别人，我们也拥有可以转战千里，在千万军中取上将首级的特种部队。而这样的部队，对成员必然有着近乎苛刻的要求，你现在还年轻，但是你能在这样的部队待多久，五年，十年，还是二十年？”

这些道理，燕破岳他们都懂，长江后浪推前浪，这是千古不变的真理。迟早有一天，他们这些人会成为老兵，被新的、更优秀的士兵所替代。

“你们是最锋利的剑，与其每天在训练场上对着木头枪靶来展现自己的枪法，或者在演戏多过实战的演习中去向普通部队逞威风，还不如踏踏实实把自己钉在这片原始丛林，卡住毒之通路，做一些真正利国利民的事情，将来当你们脱掉军装、重新变回一个平民时，你们至少可以告诉自己，身为一名特种兵，你们对得起身上的军装和国家人民的供养！”

李添儿坐直了身体：“剑，要常常磨，时时砺！是要当一把干将发硎的杀人之剑，还是当一把包金镶玉，看起来美轮美奂，挂于书房墙头，可以引来客人赞美无数的装饰之剑，你们要想透了，选好了。”

燕破岳站了起来，他双手抱拳，对着面前这个女孩诚心诚意地弯下了腰，深深地敬了一个古礼，他的动作和真正的古礼有着明显差异，显得不伦不类，但是他却严肃而认真，只说了六个字：“精彩，佩服，谢谢！”

李添儿双手合十，对着燕破岳回拜下去，她的动作犹如那些士为知己者死的无双国士，透着一种中华民族繁衍五千年，已经刻进骨子里的执着：“添儿只是一小女子，平日喜好与同学以舌为剑，各抒已见激辩不休，也知嘴上威风，键盘英雄，冷嘲热讽自诩高明，于事无补。为国为民挺身而出，方为侠之大者；恳请，拜托，勿让毒祸之耻，在我泱泱中华，锦绣大地，再次兴起。”

一个连军官都不是的特种兵、一个还没有走出校门的大学生，他们两个人相距三米，彼此对拜，他们行的古礼仪，让人看了就想捧腹而笑；而他们忧天下之忧，烦天下之烦的态度，更会让一些自诩为举世皆醉我独醒，就是喜欢用抨击时势、抨击国家，甚至是抨击整个中华民族，来表现自己优秀与超然的嘴上英雄键盘大侠们感到滑天下之大稽！

但是他们两个人，却认真而严肃。

他们虽然并不是那些登高一呼就可应者如云的强者，也许百年之后，他们都无法让后人记住自己的名字，就犹如历史长河中两颗小小的水珠，惊不起任何波澜，也不会留下任何颜色。但是，他们只是在说出自己的心声，要努力去做自己能做的事！

李添儿不知道的是，他们之间的对话，通过燕破岳身上的步话机，传送到了武装直升机上每一个特种兵的耳机中，又通过武装直升机上的大功率通信设备，传送回了“始皇”特战小队队部；再由权许雷下令，把它传送到了夜鹰突击队指挥部，最后由秦锋批准，将他们的对话，通过军营内的喇叭播放出来，在整个军营的上空回荡。

正在训练场上摸爬滚打、挥汗如雨的士兵，从地上爬了起来；正在和面蒸馒头的炊事员，擦着手走出了厨房；正在办公室写训练计划的军官，推开了窗户……

整个夜鹰突击队，两千多名官兵，都在他们的岗位上，静静聆听着，没有一个人说话，就连那些在训练场上，如包黑子般严厉的教官，面对这一幕，也没有放声呵斥。

燕破岳和李添儿的话说完了，高音喇叭里传来了一阵轻微的电流声，可是很快，就又被大队长秦锋的话声所替代：“同志们，我们在鲜为人知的大山中磨砺自己的杀人技术，可是就像那个女孩所说的一样，也许我们一生都没有利剑出鞘为国而战的机会。也许直到我们脱下军装，也没有拿到一枚军功章，当别人问起我们当兵几年，究竟有什么成绩，我们会无言以对，因为，在训练场上挥汗如雨，这是一个士兵的本分；在演习场上取得胜利，这只能说明，我们训练得不错。”

秦锋的话，无疑是道出了所有人的心声，大家都昂起了头，在静静地听着。

“但是，请问，核武器我们一直放在武器库中，绝不会主动使用，那些已经封存了几十年，会被逐一销毁的核武器，就没有了存在的价值与意义了吗？就是因为有了几百万军人，拱卫在边防线，无论谁敢入侵，都会遭到共和国守卫者的全力反击，我们的祖国，才赢来了最宝贵的和平与发展。”

说到这里，秦锋对着话筒，猛然放声狂喝道：“我可以断言，到了今时今日，再也没有哪个国家敢于轻易对中国宣战！开上一艘战舰，对着中国打上几发炮弹就能让中国屈膝的时代，已经一去不复返！在我看来，在大厦将倾时力挽狂澜是英雄；用自己无悔的青春，用训练场上的摸爬滚打，用演习时的胜利与成长，支撑起了共和国的脊梁，将危险和死亡拒之门外，让自己的亲人和朋友，可在一片和平的沃土上，平凡而幸福地活着，这更是英雄！”

秦锋的话说完了，喇叭里再也没有了声音，整个军营依然一片寂静。

山风吹拂而过，带来阵阵的清凉，可是再多的山风，也无法吹开每一个人身上不断升腾而起、正在不断凝聚的火热。

不知道过了多久，一个孤零零的掌声，在训练场的某个角落响起，旋即，整个训练场就被潮水般的掌声给覆盖。李添儿也许永远都不会知道，她和燕破岳的一席话，再加上秦锋的最后总结，给了夜鹰突击队两千多名官兵多么大的震撼。

谁都知道，防火的功劳没有救火的大，但是……

“嘴上威风，键盘英雄，冷嘲热讽自诩高明，于事无补。为国为民挺身而出，方为侠之大者。”

就凭这两句话，夜鹰突击队的士兵们就已经觉得，自己所有的辛苦，将来可能要去冒的危险，都不枉了。

第十二章 - **生死战（上）**

一年半之后，千禧年的钟声已经渐渐接近，人类即将跨入二十一世纪。

二十一世纪，已经在好莱坞电影中不知道被多少次展望蓝图，至于人类在这一百年时间里，是不是真的能制造出和自己一样拥有情绪和感情，从外表上来看都分辨不出真伪的机器人；能不能用太空飞船，展开轰轰烈烈的星际殖民；能不能找到外星人，和对方建立友好同盟……

但是这些人类未来的事情，在孙富强看来，都纯属扯淡，要是连今天都管不好，还说什么一百年后？！

“来了！”

不知道是谁发出一声低叫，孙富强立刻跳下汽车，把手搭在额头上，眯起眼睛向远方的天空眺望，果然，四架直升机出现在远方天与地连成一线的接缝处。

孙富强一直紧绷着的脸上，总算露出了一丝释然的微笑，这支素未谋面却闻名已久的部队终于来了。

孙富强今年四十二岁，正处于一个男人巅峰状态，他在一九八二年就加入了中国首批缉毒培训班，并在缉毒战线上一直奋战到现在。

近二十年过去了，全班七十多名学员，死的死，残的残，走的走，依然并肩作战的同学，到现在为止，只剩下三分之一，还有几个已经打过招呼，可能今年就会离开缉毒部队。到底有多少人能够坚守当年进入培训班时的誓言，一直坚持到最后，孙富强不知道，他也不想去思考这个问题。

缉毒警察，绝对是中国最危险的工种之一。在孙富强脸上有一道伤疤，那是毒贩被发现后，向他们丢掷手榴弹，弹片留下的划痕。他被送进医院手术室后，光是弹片就整整摘出来十二片；孙富强的腹部还有两个触目惊心的伤口，那是他们在抓捕毒贩时，毒贩用冲锋枪向他们扫射，两发子弹打中孙富强腹部留下的印记。

最重要的是，做缉毒警察，他们很可能会得罪一批有钱有势的暴徒，奋战在云南边防第一线的缉毒警，他们平时根本不敢和自己的家人一起出门，唯恐让自己的亲人曝光，引来毒贩报复。他们在执行任务时，经常会遇到持枪悍匪拼死反抗，为了保护他们，上级也给他们调配了一批防弹衣，但是在执行任务时，他们却很少穿防弹衣……想要缉毒，隐蔽性很重要，如果大模大样穿着防弹衣出去，毒贩不跑掉才叫有鬼。

至于进入贯穿中缅边境的热带雨林，对孙富强他们来说，更是半只脚踏进了棺材。

在热带雨林里待上一天，孙富强都会觉得难以忍受，他简直无法想象，那些在武装直升机里的特种兵，竟然能在那种非人环境中生存超过两周时间。最让孙富强佩服得五体投地，甚至让这个四十二岁的缉毒警察都有了追星心态的是，这支代号“始皇”的特种部队，凭区区几十人，竟然能在一年半时间里，在绝不适合人类生存的热带雨林中频频出击，打得缅甸金三角那边大大小小的毒贩一提起他们的名字，脸色就诡异得犹如见鬼。

据云南缉毒警方不完全统计，他们在一年半时间里，全歼或击溃运毒队伍三十四支，以每一支运毒队的平均运毒规模来计算，被他们成功销毁的毒品超过了六吨，因为他们的活跃表现，被迫减少运输的毒品数量，更应该以十倍来计量。

至于这支“始皇”特种部队究竟来自哪里，他们为什么突然和毒贩死磕上，连续一年半时间在热带雨林里频频出击，他们还能或者说还肯坚持多久，在这一年半时间里，他们自身有没有伤亡……这些情报，孙富强都不知道，对他来说，只需要知道因为有这批特种兵在热带雨林中的活跃表现，自己手下的缉毒警在执行任务时的伤亡率降到了两年前的百分之三十，这就足以让他把这批军人当成最可亲的兄弟。

就在所有人的翘首以待中，四架米17“河马”武装直升机终于降落下来，宽大的螺旋桨桨叶高速旋转，吹得地面沙石飞溅，每一个人的衣衫都倒卷而起，发动机的隆隆声响，更让每一个人必须扯开嗓门去吼去叫，才能勉强让身边的人听明白自己的意思。

武装直升机的舱门打开，身穿数字丛林迷彩服的士兵，排成四列从直升机里走了出来。

他们装备的制式主武器，是一九九七年香港回归时，正式出现在国人面前的95突击步枪，但是他们装备的95突击步枪，似乎又和孙富强见过的略有不同，仔细看了几眼，孙富强才发现，这些突击步枪，每一支都经过了改装，而且在改装方面又各有不同。

在这些突击步枪上，最常见的内容是去掉了95突击步枪最让人诟病的提把，改成了安装了国际通用皮卡汀尼导轨，并在上面加装了瞄准器具；有三四个人加长了突击步枪的握把，并在前部加了一个防滑手托，这几名士兵很明显是擅长丛林运动突击战，对射击速度要求高过一切的突击手。至于其他人，则是按照自己的喜好加装了战术灯、激光指示器、反射式瞄准镜之类的战术配件。

除了95突击步枪，这支有五十多人编制的特种部队，还配备了八挺班用轻机枪，以及榴弹炮和无后坐力炮。这样的武器装备，对孙富强他们这些装备了64式手枪，就连防弹衣都不能穿，最犀利的“重火力”就是几支79式国产冲锋枪的缉毒警来说，简直就是能去打第三次世界大战的火力强度。

也难怪那些毒贩护卫队会被他们打得死伤惨重，狼狈不堪。

不对！

孙富强旋即就推翻了自己刚刚浮上心头的武器论观点。

这五十多名特种兵，从四架武装直升机上走下来，没有交头接耳，走在最前面的指挥官也没有做出任何战术手语指令，他们就自然而然展开作战队形。孙富强虽然并不懂得特种部队的小组作战，但是他仍然可以看出来，一旦遭遇攻击，这些身经百战的特种兵，就会在瞬间各就各位，对攻击之敌展开最凌厉反击。

不是他们不信任孙富强这些缉毒警察，也不是他们缺乏安全感，认为在中国的土地上都会随时遭遇袭击，这是一种难以言喻的团队默契，是长期处于生死线上，只相信手中的武器和身边的战友，对其他事物都抱着警惕与怀疑，早融入骨子里的防卫本能。

五十多个人一言不发，可是当他们展开队形、静静而立时，一股身经百战铁血劲旅的杀气，就那么悄无声息地扑面而来，让孙富强这个老警察都要为之呼吸不畅。

真正厉害的，并不是武器，而是这批人！

就算给他们64式手枪和冲锋枪，他们一样能在丛林中成为那些毒贩的死敌，也是直到亲眼看到他们，孙富强才算是有些明白，为什么他们奋战在云南缉毒第一线的警察加起来有两千多人，对金三角毒贩的震慑力，都没有区区几十个人高。

那些打入毒贩内部的公安兄弟，在传送回信息时，字里行间都透着浓浓的兴奋。

“他们怕了，他们现在一提起原来给他们提供了太多保护的原始丛林，脸上的表情就犹如涂了二斤面粉，因为运毒线路风险大大增加，他们被迫减少了运毒次数，希望等到‘始皇’离开，可是他们太低估了‘始皇’的决心，一年时间，在整整一年时间里，他们通过原始丛林运毒通道输送进中国的毒品，整整少了百分之六十！”

“‘布谷鸟’身份暴露，牺牲了。他在临死之前，对毒贩只说了一句话：别嘚瑟，‘白起’会帮我报仇的！”

“如果我能活着回去，一定要去见一见‘白起’，现在这个名字，在金三角已经成为一个绝对禁忌，到处都有人私下流传着这个人的故事。我不止一次地想象着，扛着榴弹炮，还能在原始丛林中跑得比豹子更快的人，究竟是什么模样！”

……

能打入毒贩内部的缉毒警，他们都受过严格训练，意志力坚定，就算是内心黄河决堤、长江倒灌，外表依然可以冷静如常，像他们这样的人，绝不会轻易佩服谁，更不会在送情报时，浪费笔墨去抒发个人感想，可是“始皇”特种部队的活跃，尤其是这个已经被打造成标志性人物的白起，却让他们所有人都兴奋起来，成为他们所有人都在谈论和追捧的明星。

那么，请问，这批人当中，谁是白起？！

孙富强迎着走上去，他的目光在面前的特种兵当中迅速寻找着，很快就定格在一名年轻的特种兵身上。

这个特种兵，看起来也就是二十二三岁，对加入缉毒工作已经近二十年的孙富强来说，他真的是太年轻了。但就是在沉默而压抑，显得杀气腾腾的“始皇”当中，他都犹如鹤立鸡群般醒目得让人无法忽视。

他将一门87式自动榴弹发射器挂在胸前，不要说这门榴弹发射器带给别人的视觉冲击力，单说战术背心上那一枚枚35毫米口径榴弹，弹头被漆成了绝对危险的各种暗色调，就可以让人明白它们主人的可怕。

除了这门已经足够夸张，也足够沉重的榴弹发射器，在他的身上，还背着一支短突击步枪，这种短突击步枪，去掉了枪托，让枪身变得更加短小精干，受过严格训练的士兵，可以像使用冲锋枪一样单手发射。它的重量和冲锋枪几乎相等，但是和冲锋枪不同的是，采用无托结构的短95突击步枪，它的枪管要比冲锋枪长，而且使用的是步枪弹，无论是有效射程还是杀伤力，都要比冲锋枪强得多。

这种从95突击步枪上衍生出来的无托式短突击步枪，还没有被公之于众，很可能还处于小批量测试阶段，但是从它的结构和特性上来看，非常适合特种部队在丛林或者城市反恐时使用。相信只要各项性能参数在实战中得到印证，很快就会成为中国特种部队眼中的新宠。

但是孙富强并没有在这名年轻特种兵的身上找到自卫手枪这种几乎必备的武器，他略一思索就想明白了其中的道理：如果说那门口径大得吓人，在战场上使用起来效果也绝对不会太差的自动榴弹发射器是这名特种兵的主武器，那支挂在背后，还处于小批量试用阶段的无托短突击步枪，就算是他的“自卫手枪”了。

感受到孙富强的目光，那个年轻的特种兵转头望向了孙富强。这个年轻特种兵明明什么都没有做，更没有展露敌意，他只是淡淡地回望着孙富强，那平静眼眸深处隐藏着的某种东西，在瞬间就刺痛了孙富强的双眼，让他的心脏都为之狠狠一顿。

沉静如水，却又侵略如火；面容严肃认真，在他的灵魂深处，却自内而外洋溢着目空一切的洒脱与张扬；一次次品尝胜利这杯芬芳的美酒，更让他全身散发着一股一以贯之的强大，像他这样的人，已经骄傲得再不可能屈下双膝。只要敢成为他的敌人，哪怕对方是神是仙是圣是上帝是人类传说中的英雄，他都会毫不犹豫地扣动扳机，直至将对方击毙，或者自己倒在对方的武器之下！

根本不需要再去确认对方的身份，一个名字，在孙富强的心里反复默念，几欲脱口而出：“白起！”

他肯定就是白起！让金三角那些武装毒贩闻名如见鬼的白起，杀人无数的白起，在丛林中代表着死神到来的白起！

至于走在这支队伍最前方，那个看起来有四十多岁，唇线紧紧抿起，显得严肃而认真的中校，当然就是这支特种部队的现任最高指挥官。

孙富强对着这位中校伸出了右手：“缉毒大队队长孙富强。”

对方的回答很简短：“权许雷。”

两个人的右手在空中握到一起，孙富强感觉自己右手握到的就是一把铁钳。他敢用脑袋和任何人打赌，如果是生死相搏，眼前这名全身透着碾轧性力量的中校，能轻而易举地将他当场击毙，而且不会眨半下眼睛！

对于这种无限接近于杀人机器的职业军人，客套根本没有意义，对方出现在这里的唯一原因，就是他们接到缉毒大队报告，金三角那边的毒贩，在一年半时间里不断遭到伏击损失惨重，积压了太多货物急于出手，为了突破眼前这支“始皇”特战小队的封锁，已经团结起来，集结了数量不详但是绝对不容小觑的联合运毒队，打算运一批狠的，对中国内地“市场”进行一次毒品大倾销。

从种种迹象上可以判断，这一次金三角毒贩试图通过原始丛林，向中国境内输送的毒品，很可能会以“吨”为单位计算，如果放任这批毒品流入中国境内，无论是缉毒部队，还是“始皇”特战小队，他们过去一年半时间的所有辛苦积累，将会被这一次倾销抵消殆尽。

这一次缉毒阻击战绝不容有半点失误，“始皇”特战小队才会在队长的带领下倾巢而出，只剩一个指导员坐镇大本营；云南缉毒大队方面，孙富强这位队长，同样是倾巢而出，连他自己在内，所有缉毒警无一缺岗。从战斗力上来说，这些只装备了64式手枪和79式冲锋枪的缉毒警，连给“始皇”特战小队打下手都不够格，但是他们无一例外，都是在缉毒战线上工作了几年的老鸟，其中有一部分人还曾经在毒贩内部担任过卧底，对毒贩的习性和手段了如指掌，有他们协助，毒贩休想用小花招从“始皇”特战小队的眼皮子底下溜走。

用“江湖”的道话来说，他们就是地头蛇与过江龙的强强联手。

除了地头蛇与过江龙之外，还有一支堪称“本土龙”的武警特勤中队，会配合他们一起参与行动。

这支武警特勤中队，是一支肩负着城市反恐任务的特警部队。他们也许并不像“始皇”特战小队那样擅长山地丛林作战，但是他们精通擒拿格斗和枪械使用，更擅长攀岩走壁和突击行动，孙富强在和这支部队联合行动时，曾经亲眼看到过一名特勤中队的尖兵，徒手扒着墙壁和水泥转角，在没有任何安全保障的情况下，硬生生爬上一幢四层高小楼，再从窗户一跃而入，里面的持枪暴徒还在发呆，就被这名尖兵一枪打爆了脑袋。

“始皇”特战小队成员，在和武警特勤中队的特警们相互对视。他们彼此打量着对方的武器装备和神情气度，属于兵王的骄傲和自信，在两个团队之间暗暗腾起，反复对撞，几乎溅起无形的火花。

而权许雷和武警特勤中队中队长，身为两支部队的领袖，他们的相处模式更是简单粗暴到了极点……身为中校的权许雷，目光在武警特勤中队队长的军装上打了一个转儿，就抿着嘴唇昂然而立，直到武警特勤中队的队长主动向他敬礼：“宁远。”

权许雷认真地还礼：“权许雷。”

千万不要小看其中的区别，只是这样一个简单的顺序，就决定了这两位指挥官他们在联合作战时的上下级关系。

特警，缉毒警，野战军特种部队……

看着身边这些岗位不同，却因为相同的使命和信仰而集结到一起的战友，一股难以言喻的自豪和骄傲，在孙富强的心里，就像燎原烈火般雄雄腾起。

就是他们一起手挽手，心连心，守护着中国实质和心灵上的双重边防线。无论那些毒枭如何努力，如何垂死挣扎，他们都绝不会让对方得逞！只要他们这次能够顺利完成任务，就会成功销毁几吨毒品，这样虽然无法对金三角那颗世界毒瘤造成致命重创，但是至少也会让盘踞在那里的大大小小的“将军”们，以后再想对中国输出大单毒品时要三思而后行！

他们不需要军功章，不需要功成名就，不需要对着电视台的摄像机露出灿烂的笑脸，当毒品被销毁的那一刻，千千万万因为毒品而濒临破灭的家庭，就会获得破镜重圆的机会，那些因为毒瘾发作而辗转反侧的人，也许会因此而改过自新！

对孙富强而言，他们即将面对的，是一场在缉毒领域不想输，不能输，也不敢输的生死之战！

第十三章 - **生死战（中）**

毒贩也不是傻子，缉毒警在毒贩内部打入内线，同样，毒贩也在中缅边境的村镇里插满了眼线，而他们插眼线，注定要比缉毒警打入毒贩内部容易得多。

这是一场猫与鼠之间的斗智游戏，老鼠为了生存，自然会绞尽脑汁小心翼翼，猫儿为了逮住老鼠，也要学会躲在暗处一动不动，直到时机来临才猛然发起致命一击，否则的话只会打草惊蛇一无所获。

孙富强带领的缉毒大队，加上“始皇”特战小队和武警特勤中队，两百号人集体行动，想要避开毒贩的眼线，他们就必须在还没有得到毒贩具体行动时间和地点的时候，就提前进入深山老林把自己隐藏起来。

而他们这一藏，就是整整七天。

直到第七天夜间凌晨一点钟，被蚊子骚扰得根本无法入睡的孙富强，才终于接到上级发来的情报……二婶会在这几天去家里探亲，请注意天气预报。

内线发送情报，肯定是冒着生命危险，不能把话全部挑明，否则的话一旦暴露，就必死无疑。

二婶自然就是指那些试图抱团闯关的毒贩，但是真正最具内涵的，还是“注意天气预报”这几个字。

这提醒了孙富强，联合运毒队早已经进入中缅交界处，却一直没有进入。运毒队之所以停滞不前，就是在等待雨季的第一场大雨来临，当大雨倾盆而下，是会让道路变得泥泞，不便于通行，同时，也最大化地束缚住了中国边防军和缉毒警的脚步，让运毒队有了腾挪转折浑水摸鱼的空间。

而运毒队选择在雨季来临时才进入中国境内，这说明他们虽然运货量惊人，却不会选择汽车之类的交通工具，而是会继续使用最原始的马队穿越原始丛林。

综合以上情报，孙富强看着摊在面前的地图，手中的铅笔已经直接落到中缅交界处的一个点上。

这个地图上的点，是云南省临沧地区的紫阳山。

权许雷和宁远就站在孙富强身边，权许雷沉声问道：“多大把握？！”

孙富强回答道：“八成！”

权许雷微微点头，他清楚地明白，对一名缉毒大队队长而言，能说出“八成”这个数字，就代表着孙富强在心中已经确定无疑。如果毒贩真的要冒着大雨，用马队将以“吨”为单位的毒品运进内地，他们就要走已经拥有上千年历史，贯穿澜沧江和西南西丝绸之路的茶马古道支线，而走茶马古道，紫阳山就是他们的必经之地！

已经在原始丛林中潜伏七天之久的联合部队，在第二天天刚亮，就在原始丛林中展开行军，用最隐蔽的方式，摸到了紫阳山附近。

茶马古道，起源于公元六世纪，到现在已经有一千五百多年的历史，听过它名字的人很多，但是也许绝大多数人并不知道，茶马古道并不仅仅是一条路，而是用无数支线形成的庞大交通网络，直接跨越中国的四川、云南、青海以及西藏，向外延伸到南亚、中亚和东南亚地区，更远达欧洲，形成了以云南马帮为载体的民间国际贸易通道。

这条贸易通道，就算是在日本侵略者攻入云南，将中国陆地彻底封锁后，依然保持畅通，源源不断地将抗日战场最稀缺的各种物资运送回来，由此可见茶马古道的险峻与生命力。随着时间推移，往日抗击侵略者的战场硝烟已经消散，就连马队也因为时代变迁而渐渐退出历史的舞台，又有谁能想到，到了今时今日，曾经在中国抗日战争最危急阶段，支撑起最后一条陆上运输线的茶马古道，竟然为境外毒贩所青睐，所以重新焕发生机的毒之通路？！

权许雷架起望远镜，以一名特种部队指挥官的眼光，仔细观察着周遭地形。这一段茶马古道分支，位于两座高山之间，坡顶就是紫阳山，在山的顶部还有一块拥有相当悠久历史的石制门楼。在紫阳山正面，是一片因为下雨反复冲击，所以没有长出什么植被的开阔坡地，除此之外，四周全是茂密的原始丛林。

由于地势险峻、与世隔绝，在紫阳山方圆几十千米之内都无人居住。这代表着他们在和毒贩交战时，不用担心误伤，更不用担心出现打着打着，毒贩抓到几个人质和他们对峙的局面，是一片可以打大仗、硬仗的战场。

但是在这一片区域，由于四周全是原始丛林，山高树多气温变化剧烈，一旦下雨就会起雾，到了夜间能见度会受到极大影响。在这样的环境中，特种兵最赖以自豪的精准枪法就再无用武之地。一旦演变成混战，双方都是睁眼瞎式的互相对射，“始皇”特战小队必然会因此出现远超预计的伤亡。

权许雷略一思索，沉声道：“老宁，这一次阻击战，你们特勤中队担任主力。”

宁远没有推拒，用力点头接受了这个任命。

权许雷绝不是那种把其他人推出去当炮灰，用来保存自己实力的军人，他之所以请武警特勤中队在这场伏击战中担任主要作战力量，最大的原因还是在于这支武警特勤中队的武器适合应付可能爆发的混战。

在只有六十七人的武警特勤中队，他们配备了两挺使用三脚架支撑的89式12.7毫米口径重机枪。

这玩意儿在三百米距离内，就连装甲车的钢板都能直接打穿；把枪口一抬，就可以打空中的武装直升机和低空飞行的战斗机。这种武器的射速并不快，但是威力太过惊人，不管你是躲在树后面、墙后面，还是沙包麻袋后面，只要子弹打过来，就会直接打穿掩体，打中人类身体，更是打哪儿碎哪儿，谁中谁死，而且是死得惨不可言。就是因为这样，身经百战的老兵，只要一听到敌人阵地上传来大口径重机枪那沉闷而缓慢的扫射声，就会不顾一切地立刻卧倒。

在大家都成为睁眼瞎，只能比拼火力强度的时候，这两挺89式大口径重机枪居高临下不断扫射，简直就是“二战”期间海上战列舰般的无敌存在。

最让权许雷一开始有些不以为然，现在却必须寄予厚望的是，这支只有六十七人的武警特勤中队，竟然还带了一门十二联装107毫米口径集束火箭炮！

看清楚了，他们带的是一门……十！二！联！装！107毫米口径！火箭炮！

这种火箭炮，由十二根发射管组成，能够连续发射十二枚有效射程八千米的107毫米火箭弹，对敌方阵地形成覆盖式轰炸。而它最厉害的地方在于它并不重，真的不重，平时只需要一辆吉普车就可以安装上去。而宁远指挥的这支武警特勤中队，更是直接将十二根火箭发射管拆开，交给十二名步兵分开携带，这样做几乎不占作战编制也就算了，更令人拍案称奇的是，如果在战场上爆发遭遇战，十二名背着炮管的士兵无法立刻集结，也没有什么了不起的，十一根火箭筒凑在一起可以用，十根可以用，单根也能用……

这样的武器，凭着简单耐用、威力强悍、价格低廉的诸多优势，在国际市场上成为游击队的最爱，被称为“火箭炮中的AK-47”！

别看“始皇”特战小队装备精良，训练有素，但是如果和眼前这支特勤中队在原始丛林中狭路相逢，没有在最短时间内将对方一举击溃，让特勤中队组装起多管火箭炮，冷不丁地来上一阵排炮轰击，搞不好就会吃上一记大亏。

宁远上前一步，低声对权许雷报告道：“我们队伍里还带着一件更犀利的武器，但是担心拿出来会引起不必要的误会，所以我让他们一直装箱携带，现在看来，似乎有用武之地了。”

两名士兵手脚麻利地打开了一个军绿色塑料箱，并开始整理放在里面的武器，看到那件武器的真容，就连权许雷都有了片刻的呆滞，那赫然是一门……拥有三个瓶体、全重二十千克，只要一扣动扳机，面前一百米扇形范围内，所有敌人都会彻底进入地狱的74式火焰喷射器。

看着面前这种就连坦克都能烧爆，对付机枪碉堡之类的工事掩体，更是一烧一个准的非常规杀伤性武器，再看看四周那连绵不绝的原始丛林，权许雷沉默了半晌，才沉声道：“你们辛苦了。”

权许雷的一句话，让宁远的鼻子突然有些发酸。

在别人的眼里看来，一群武警在原始丛林中携带火焰喷射器，无疑是脑袋被河马先踢再踩，智商无限接近于零的结果。谁要是敢在原始丛林中使用火焰喷射器，百分之百会引发一场规模绝对不会太小的丛林大火，到了那个时候，谁也扛不住纵火犯的名头。

谁也不想背着几十千克重，如一颗炸弹般存在，也许拿出来几十次都没有使用机会的武器，在到处都是灌木和枯叶，一脚踏到地上都可能陷进半脚泥的原始丛林里跑来跑去；谁都想像“始皇”特战小队那样，拿着装备了各种战术配件，怎么看怎么拉风、怎么看怎么牛逼的新式突击步枪，穿着携行具、戴着墨镜在那里摆足特种兵的范儿。

明明知道看起来很傻，做起来很累，宁远依然不敢稍有松懈，每次需要整个中队倾巢而出执行任务时，他都会摆出最严厉面孔，命令士兵们扛起那些太过沉重的武器跑来跑去，就算是清楚地知道，这样会把手下的士兵累得够呛，他也绝不会对部下有半点放水。不是他喜欢用虐待部下来彰显自己的权威，也不是他不想获得更多的爱戴，而是他们面对的毒贩武器装备太精良，面对必死绝境爆发出来的反抗又太疯狂，如果没有绝对优势重火力压制，他们在围剿毒贩、打击恐怖分子的战斗中，就可能要付出血的代价！

他们是特警，而不是特种部队，却因为驻扎在这里，往往要肩负起特种部队的职责，干特种部队才能干的活，在这种情况下，宁远身为指挥官，就必须狠下心来，让部下们扛起重型武器，来弥补和真正特种部队之间的战力差距。

也只有权许雷这样的指挥官，才能一眼就看明白宁远的选择背后，那抹虽千万人吾独矣的坚持。也就是因为看懂了，骄傲如权许雷才会对宁远有了认可。或者说，他们都是那种平时总是板个脸，把内心的温柔深深埋藏，宁可让士兵们在背后骂、在心里恨，也要让部下多流汗少流血的指挥官。

至于火焰喷射器……看着它，权许雷的心中都涌起一份强烈的期待。火焰喷射器在暴雨中都可以正常使用，在这种两面都是山坡，山沟中是通道的半封闭地形中，会形成最可怕的区域覆盖杀伤效果。一旦让火焰喷射兵成功将气罐里的汽油全部喷出去，毒贩护卫队必然会遭到致命打击，甚至可能会因此而彻底瓦解。宁远是将不怕一万、就怕万一这个道理，应用到了极限，并且终于让火焰喷射器等到了“万一”的机会。

“孤狼！”

听到指挥官的声音，孤狼走到了权许雷面前，她并没有开口说话，只是静静地等待着指挥官的命令。而和孤狼搭档的艾千雪，也自然而然地跟了上来，两个女人编成的小组，混杂在阳刚之气最重的特种部队群体中，一个身背狙击步枪，披着吉利服，静静站在那里就犹如一块没有任何生命的石头；一个昂然而立，透着勃勃英姿与生命动感，除了手中的短95式突击步枪，在背后还背着一支大型军用十字狙击弩。这一动一静，形成了最鲜明的对比，也难怪这一路上，武警特勤中队的官兵，还有孙富强手下那些缉毒警察，总会不由自主地偷偷打量他们队伍中这一道亮丽而独特的风景。

“没有人敢在下雨的时候强行通过下面的山谷，运毒队一定会等到雨停的间隙穿越通道，我不管你们用什么方法，哪怕用牙齿去咬，帮助武警兄弟部队，打掉他们的重型武器，不许一颗炮弹打到我们的阵地上！”

孤狼和艾千雪一起立正敬礼，两个人结伴走到树荫下，转眼间就彻底消失在所有人的视野之中。

“白起！”

听到指挥官喊自己的名字，燕破岳和萧云杰一起跑过来：“到！”

“你从三班再抽调一个火力小组，组成五人小队。”

权许雷指着山沟的入口处，声音中透出一丝杀气：“围剿战打响，白起你带五人作战小组，从背后对毒贩展开攻击，是封锁退路摆出全歼姿态，还是放开一条口子，瓦解毒贩护卫队斗志，由你自行决定！”

权许雷这样的命令，放权不可谓不大，燕破岳沉声道：“是！”

“宁队长，”权许雷的目光落到了宁远的身上，“你带领的特勤中队，携带了大量重型火力，最适合打防御战。我把紫阳山正面战场交给你，由你带领特勤中队，居高临下发起进攻，将重型武器火力发挥出来，将毒贩的斗志彻底打掉，让他们变成一群乌合之众！还有，把你的火焰喷射器小组留下，我要用。”

宁远的眼睛里闪过一丝异色。守在主战场上，歼灭的毒贩数量肯定最多，眼前这位特种部队指挥官，在联合行动中明明占据绝对主动权，却将功劳最大的一部分毫不迟疑地交了过来，就算是在军队中，这种信任与豁达都分外罕见。

宁远没有多说什么，只是像燕破岳一样，对着权许雷立正敬礼，沉声回应：“是！”

“一班，二班，四班，分散潜伏在紫阳山对面的无名高地上，依托原始丛林隐藏潜伏，等到毒贩进入伏击圈，由你们展开首轮攻击！”

权许雷又道：“这一次，我们面对的毒贩，数量很可能突破百人大关，而且可能会出现由退伍特种兵成建制组成的雇佣兵小队。一旦战斗打响，毒贩试图从你们防区逃生，不要过多暴露火力，放任他们进入丛林，再运用你们最擅长的丛林战，像狼群一样四处出击，每次进攻都要从他们身上撕扯下来一块肉，让他们不停地流血，直到他们衰弱下来，想拼命都无法对你们造成致命重创，再对他们发起最后总攻。记住，我要的不仅仅是胜利，而是你们所有人，都活着一起跟我回家！”

权许雷说到最后两个字时加重了声音，三名班长都能从权许雷的叮嘱中听到浓浓的期望和担忧。三个人深深吸了一口气，同时立正，沉声回应：“是！”

“三班、火焰喷射器小组，跟着我一起行动，守在山谷最前端。”说到这里，权许雷目光落到了背着火焰喷射器的两名特勤中队士兵身上，沉声道，“虽然几个小时后就会下雨，但是战场周围三面环林，火焰喷射器这种武器，能不用就尽量不要用。同时通知消防武警，随时做好丛林灭火准备！”

一直站在权许雷身边的孙富强，听着权许雷这一连串的命令，感受着这些职业军人身上升腾而起的杀气，他真正感受到了大战将即的压抑。看到权许雷已经布置任务完毕，却一直没有提到自己，孙富强有些急了：“那我们呢？”

权许雷在缉毒大队队员们身上一扫，看着这些队员身上装备的64式手枪和几支无论是火力强度还是射程都有待提高的79式冲锋枪，权许雷放温和了声音：“缉毒大队的同志们，作为后备力量机动待命，一旦战斗打响，孙队长你可以带领缉毒大队，自行判断局势，随时可以对局部战场实施支援。”

孙富强不由得哑然苦笑，人家的意思摆明就看不上他们的战斗能力，要他们躲在一边看着，当跑龙套的就行。和毒贩之间进行智力对抗，如毒贩可能在哪里藏毒，可能用什么方法过关，那些门门道道，他的手下都知道得一清二楚，鲜少有毒贩能在他们眼皮子底下蒙混过关。也就是因为有这样的职业敏锐，他们才会被上级推荐，加入了这场联合缉毒行动，但是……说到在战场上和毒贩雇佣军正面死磕，甚至是打丛林特种对抗战，他的缉毒大队还真是不够看的。

理解是理解，明白是明白，但是这种新人进洞房媒人丢过墙的感觉，还真不咋样。

孙富强看着围在自己身边的几个得力干将，索性甩开了膀子，学着权许雷的样子，来了个分兵多处："老王，你在毒贩那边打过草（当过卧底），对毒贩运毒的路数最熟，你去特勤中队那边协助宁队长，一定要帮助宁队长他们做好事先隐蔽工作；老李，你从小在山里长大，参加省里举办的公安人员二十千米越野跑，还拿到过亚军，说到枪法和杀人技术，你肯定和'始皇'那批人没法比，但是总能追上他们吧，你带几个腿脚好的去对面山里，睁大眼睛看仔细，只要能从'始皇'身上学到几招，对咱们缉毒大队的同志来说，就是功德无量！"

……

整个缉毒大队被孙富强化整为零，分派到各个战场，孙富强自己则带着十几名缉毒警，外加四支冲锋枪，走向了燕破岳指挥的那个特战小组。在他看来，燕破岳虽然绰号白起，是一名绝对优秀的特种兵，但是以区区五个人强行封锁退路，在力量上依然有所不足。还有一点，孙富强看得出来，权许雷是一个作风严谨到近乎刻板的指挥官，他绝不会故意布置一个防御力不足的缺陷，所以孙富强又真的很好奇，一支只有五人的特种部队，他们又凭什么去阻挡也许是上百名毒贩情急拼命地猛扑？！

燕破岳他们已经在路边挖了十几个土坑，并开始在里面填装遥控起爆式定向地雷。

这些定向爆破地雷远离山谷，所以毒贩并不会发现，它们以五枚为一组，拼成了一个“A”字形。三组十五枚炸弹遥相呼应，形成了一个交叉覆盖火力扇面。如果毒贩在遭遇攻击后，选择回头逃跑，这十五枚内嵌大量钢珠的定向爆破地雷，将会对毒贩造成一波极为恐怖的杀伤效果。

看到孙富强带队走过来，刚刚布置好反步兵地雷的燕破岳，回过头对着孙富强灿烂一笑，做出一个“稍等”的手势，又带着他的特战小组走进了左侧的原始丛林。足足过了一个多小时，就在孙富强他们已经等得不耐烦的时候，燕破岳才拎着一只蛇皮袋姗姗而来。

蛇皮袋子里装了近半袋子东西，还在里面不断蠕动，看到这一幕，孙富强身边的那些缉毒警齐齐小心地咽了一口口水。长期处于缉毒第一线，他们的眼力绝对惊人，他们一眼就可以断定，那只袋子里至少放了几十条刚刚从山里逮到的毒蛇！

至于萧云杰手里拿着的那几根长着金黄色野花的山藤枝，缉毒警们也大都认得，这种植物叫“蛇灭门”，在云贵一带山民们为了防止毒蛇窜进家里，就会在自家庭院四周种植这种植物，这样毒蛇就不敢靠近“雷池”半步。

这两样东西加在一起，孙富强他们已经大概明白了燕破岳的战术。

到了开战的时候，先用十五枚反步兵地雷一轰，再把抓进袋子里的几十条毒蛇往地上一倒，受到“蛇灭门”气味影响，毒蛇只会拼命往山谷里窜，而那些试图冲过来的毒贩，就会和蛇群对撞到一起……毒贩们从地上爬起，不顾身边倒在血泊中的同伴呻吟，鼓起他们的余勇，正准备发起第二次冲锋，脚下突然传来一阵软绵绵、凉飕飕的感觉，再低头一看，在路上爬满了长长短短、粗粗细细五颜六色的毒蛇，而其中一些毒蛇已经缠上了他们的大腿，正对着他们露出了嘴里那几颗带着美丽弧线的毒牙。这些毒贩的心中，会产生何等澎湃激昂的冲动，如果他们无法控制这种冲动，冲口而出的哀号，又会是何等天苍苍野茫茫，毒蛇晚上咬毒贩啊？！

一名缉毒警忍不住低声道：“大队长，他们弄的这一手，算不算违反《日内瓦公约》，在战场上使用生化武器？”

孙富强还在思索这个问题，就听到山里传来一个兴奋的低叫：“组队，我们找到了！”

一群人顺着声音传来的方向望过去，就看到调由燕破岳指挥的机枪手和副射手一脸兴奋地跑出来，在他们手中还拎着两只袋子，袋子里装着两只比足球要大上三四圈的东西。

机枪手跑到燕破岳身边，喜滋滋地道：“我还以为要完不成任务了，结果，嘿，一下就找到俩！全是最毒的‘大黄蜂’，个头贼大，这玩意儿别说是蜇人，几十只一拥而上就算是上千斤重的大水牛，都能被活活蜇死！”

燕破岳接过袋子掂了掂，满意地点头：“不错，少说也有五六百只，使用好了，这可就是五六百架小战斗机，嗡嗡嗡嗡地一拥而上，就算蜇不死那些球货，也能蜇得他们嗷嗷乱叫，明明尝尽愁滋味，却只能欲语还休，却道头顶好多大黄蜂！”

看着燕破岳拎在手中的那两只袋子，隐隐还能听到里面大黄蜂乱飞乱撞传来的“嗡嗡”声，就连孙富强都忍不住倒抽了一口凉气。

马蜂已经够可怕了，机枪手冒死弄回来的大黄蜂，更是其中的绝对霸主。大黄蜂个头就比普通的马蜂要大上好几圈，而且毒性惊人，普通人被它们蜇上四五下，如果得不到及时治疗，就可能陷入晕迷，蜇上六七下，毒性就足以致命。最可怕的是，大黄蜂群体意识极强，一旦受到惊扰，整群大黄蜂就会一拥而上，对目标发起不死不休式的轮番轰击。在中国每年都有游客或者工作人员不慎惊扰蜂窝，被大黄蜂蜇死的案例存在。

在云南地界，生活在城市的居民，一旦发现自家窗户或者阳台附近有黄蜂结窝，他们都不会自行解决，而是会打电话，请穿着厚重防蜂服的消防人员来进行专业处理，由此可见这种黄蜂的可怕。

刚才那位提出“生化武器”概念的年轻缉毒警忍不住开口了：“这些黄蜂毒性太重，而且很难被驱赶。用它们来对付毒贩当然是不错，但是如果在战场上不能把蜂窝远远抛出去，只要有一小部分飞回来，我们就会吃不了兜着走。”

这名年轻缉毒警的话，道出了所有同僚的担忧，但是几个特种兵对视一眼，却一起笑了出来。

萧云杰从口袋中取出一只小瓶子，然后双臂抬起，做健美先生展露胸肌表达力量状，他的双手将那只小瓶子托在中间：“花露香精，采自云南原始丛林野生鲜花，没有使用任何化肥农药，保证原汁原味，贴近大自然，无论是蜜蜂、马蜂、黄蜂还是大黄蜂，都会一见钟情，再见献身。‘始皇’牌花露香精，纯天然，无污染，一滴顶别的十滴！”

呃！

孙富强和一众禁毒大队成员还没有反应过来，作为萧云杰的铁杆死党加终身搭档燕破岳把手中的袋子一丢，从战术背心上取下一枚榴弹，竟然走到萧云杰身边，也加入了表演行列。

燕破岳表情严肃而认真，身体侧过，展现出他的宽厚肩膀，而手中那枚高爆榴弹，更被他像是捧起一个世界最珍贵的瑰宝般高高抬起，那个动作，让人不由自主地想到了正在托起整个世界光明的太阳神之子阿波罗：“35毫米口径榴弹，可直射，可曲射，好用不贵，是战场上杀人越货、坑蒙拐骗之最佳利器！”

呃！

看着站在那里，手捧榴弹，一脸像煞有介事的白起，孙富强不由得张大了嘴巴，他似乎听到自己的心里传来了什么脆裂的声响。

不顾禁毒大队长孙富强和一众手下看得目瞪口呆，脸上表情有如见鬼的姿态，萧云杰和燕破岳两个人变换姿势，一前一后做出昂首挺胸眺望远方状，仿佛在他们的面前，就是最灿烂的未来，就是改写人类命运的选择。而他们手中的花露香精和榴弹，则摆到了一个相同的位置。

萧云杰：“始皇牌花露香精！”

燕破岳：“35毫米特种榴弹！”

两个人突然一起收起姿势，萧云杰从口袋里取出一支一次性注射器，将瓶子里的花露香精吸了进去；燕破岳则拿出多功能军刀，将那枚被他吹得神乎其神的“特种”榴弹弹头部位一个密封用的螺丝钉拧了下来。当着所有人的面，两个人一起配合，将一大瓶花露香精全部注进了榴弹弹头里。

燕破岳将这枚九成九是他老人家亲手配制的“特种”弹头，填进自动榴弹发射器弹鼓，单膝跪地，自动榴弹发射器六十度角高高仰起，摆出跪姿发射状；萧云杰左手捏着已经空了的瓶子，右手握着那支一次性注射器，摆出手榴弹投掷状。

看着这两个人又摆出这种特殊造型，犹如处于噩梦当中无法清醒的孙富强一行人才明白，敢情这两位爷的表演还没有结束。

燕破岳和萧云杰以迅雷不及掩耳的语速，齐声念道：“花露香精，特种榴弹，曲线射击，高空爆破，天女散花，铺天盖地，鸟语花香，丧尽天良，请君入瓮，一网打尽！毒贩毒贩，哭爹喊娘，屁滚尿流，满头大包，尝尽滋味，欲语还休。黄泉路上，相视无语，请君牢记，如能投胎，请做好人，善有善报，恶有恶报，不是不报，始皇未到，始皇一到，一切都报！”

两个人的表演绝对滑稽，真是将一群缉毒警对特种兵的憧憬打成无数碎片，但是当他们听完两个人犹如说相声般的宣言，所有人脸上的笑容都消失了，他们看向燕破岳手中那枚百分之百由燕破岳亲手制作的特种榴弹，心中齐齐涌起一种怪异到极点的滋味。

在战斗开始后，一旦毒贩们发现遇到伏击选择原路撤退，他们面对的第一波攻击是十五枚反步兵地雷一起爆炸形成的覆盖钢珠；他们面对的第二波攻击，是游到他们脚下，会引发每一个人内心本能畏惧的毒蛇；他们面对第三波，是燕破岳打到他们头顶爆炸，并将花露香精挥洒开来，淋到每一个人身上的榴弹和随之而来的大黄蜂！

在场的缉毒警们都知道，大黄蜂很容易攻击正在吃着甜食，或者是身上喷洒了香水，尤其是喷洒了花露的人，而白起从云南本土采摘花瓣，再把它们制成浓缩香精，最后用榴弹爆破，洒到毒贩身上，就等于给所有毒贩身上套了一层针对大黄蜂的“嘲讽光环”。那些家园被毁，又在袋子里被关了不知道多少时间，已经愤怒到极点的大黄蜂，一出来就会自然而然对着距离它们最近，身体上又散发着花香的毒贩，展开不死不休式疯狂攻击。

在这种情况下，那些毒贩纵然有三头六臂，哪怕他们人人都是特种部队退伍的老兵，面对几百只大黄蜂劈头盖脸的攻击，再加上燕破岳他们的火力狙击，以及左右两翼的交叉覆盖，还能组成什么样的阵形、打出什么样的攻势？！

作为缉毒大队队长，孙富强看到的东西，又比他手下的队员更深一些。

那枚特制的榴弹，包含了属于白起的战争杀戮哲学，如果白起或他身边的李斯，用正常的语气和神态告诉他们这枚榴弹的原理，当然也没有什么不可以的。

但是当白起和李斯在战场上，真的把这种武器应用起来，并取得非凡效果时，白起带的特种兵肯定是没有什么太大波动，但是孙富强带的这批缉毒警，在近距离亲眼看到人类在几百甚至上千只大黄蜂的追蜇下疼得满地打滚，放声哀号，直到被马蜂活活蜇死，人类面对天敌时那种同仇敌忾的本能，会在缉毒队成员心中涌起。

纵然他们不会把“始皇”特战小队当成敌人，但是也会将这群特种兵列入杀人不眨眼的“怪物”范畴，从此敬而远之，就算是以后再有并肩作战的机会，却永远也不可能真正默契亲密起来。

白起和李斯那夸张的语气、搞笑的动作，其实就是在提前告诉缉毒警们，他们是特种兵，但也是一群有血有肉、有爱有恨的人。这样当战场上最残酷的战争开始，孙富强手下这些并没有经历过真正战争，还没有真正了解战争残酷含义的人，才会愿意理解这些并肩作战的战友。

难怪“始皇”特战小队的指挥官，敢于让白起只用五人小组，守在毒贩必然疯狂反扑的后路上。

难怪他叫白起!

第十四章 - **生死战（下）**

雨下，雨停。雨停，雨下……反反复复，孙富强已经不知道他们在紫阳山迎来了几次雨下，又迎来了几次雨停了，运毒队始终没有来。

又一次山雨停歇，孙富强从雨衣搭成的遮雨棚下钻出来，小心地活动着四肢。空气中散发着一股雨过天晴特有的潮湿与清新气息，让人轻轻一嗅就心旷神怡。

但是看着自己一身已经湿了几天，隐隐透出一股霉味的衣服，使劲拧着衣袖上的水，孙富强却怎么也心旷神怡不起来。

看着一名部下沿着左侧的原始丛林，在一名“始皇”特战小队士兵的陪同下，一脚高一脚低地跑过来，那名“始皇”特战小队的士兵，一路上处理着部下跑过来留下的痕迹，孙富强在心中发出一声低叹：“又来了。”

他们前前后后已经在野外生活了十天，能在原始丛林中一待就是三四个星期的“始皇”特战小队自然是把这当成小菜一碟，武警特勤中队也还好，但是孙富强带的缉毒大队，在下雨后每天都有人感冒发烧，每次天晴后，孙富强都必须安排人护送发烧感冒的部下离开。孙富强的缉毒大队，到现在还剩三十一人，如果毒贩再多耽搁几天，他的缉毒大队能坚守岗位的，只怕就要锐减到个位数了。

想到这里，孙富强忍不住又看了一眼身边的燕破岳，已经年过四十的孙富强，经常会说“嘴上没毛办事不牢”这样的话，在他看来，年轻的小伙子做事冲动有血性是好事，却往往缺乏耐心，做事毛毛躁躁的。但是这位叫白起的特种兵，却打破了孙富强的这个观点。

他只要往地上一趴，就沉默得犹如一块没有生命也没有思想的石头。昨天晚上一道闪电疾劈而下，一棵大树被拦腰劈断轰然倒塌，就砸落在白起不远的位置，可是白起却依然静静地趴在潜伏的位置一动不动，让孙富强真正明白了什么叫临泰山倒而不变色，什么叫作凝如山岳。

燕破岳的身体突然微微一凝，旋即又恢复了正常，他的右拳闪电般举起，又向下压，做出一个就地隐蔽动作，如果不是孙富强恰好盯着他，一定会忽略这细微的变化。孙富强迅速回头，果然他看到那名正沿着丛林向自己跑过来的部下，被陪同他一起过来的“始皇”特战小队士兵给按到了地上。

孙富强立刻卧倒，举起了身上的望远镜向远方眺望过去，果然，在望远镜里，他看到了一支由二十多匹滇马组成的马队。在这支马队的周围，跟着三十多名全副武装，身上还披着雨衣的护卫。

这批护卫一看就和孙富强他们原来打过交道的毒贩不同，很不同。

在中国境内，一般的毒贩护卫队，他们很少穿军装，使用的武器更是五花八门，看起来杂乱不堪，不是他们没有钱购买军装，也不是他们没有钱统一制式装备，而是要用这种方式告诉中国政府，他们只是一群毒贩，而不是一批接受了国家级作战任务，进入中国境内，实施特殊军事行动的特种部队！

这样做在外行人眼里看来似乎并没有什么意义，无论是毒贩护卫队，还是接受了反华组织甚至是国家雇佣渗透进入中国的特种部队，他们都会遭到中国军队的全力攻击。

但是毒贩护卫队，在中国境内的主要敌人是缉毒大队、边防军外加武警部队，而接受了国家级战略任务进入中国境内的雇佣兵，他们的敌人会包括中国最精锐特种部队！

而这一支毒贩护卫队，他们却穿着制式丛林迷彩，他们使用的武器，也不是在国际军火市场最容易买到的AK系列，而是1994年8月才被美国军队接纳并大范围制造使用，在短时间内就受到特种部队青睐的美式M4a1卡宾枪，最让人心生警惕的是，那三十多名护卫，其中有六人的突击步枪上，加装了M203型榴弹发射器附件，这代表一旦开战，他们至少有六门可以发射40毫米口径高爆弹、烟幕弹、照明弹、霰弹甚至是毒气弹，有效射程四百米的“面打击”火力！

如果阻击战开始，这六名卡宾枪上带着M203挂件的雇佣兵没有在一开始被击毙，他们甚至可以用榴弹直接打掉武警特勤中队架设的重机枪。

当马队即将走进山谷时，走在最前方的三名斥候兵，他们的组长突然做出一个停止前进就地警戒的战术手势。整个马队都停了下来，几名护卫飞快地掀开一匹滇马身上披的雨布，扛起了两门M202A1型四联装火箭筒。而那三名已经走入山谷三分之一的斥候兵，猛地举起手中的步枪，对着紫阳山方向就是一阵扫射。

“特勤中队被发现了？！”

面对这种情况，孙富强猛然一惊，如果不是64式手枪射程实在有限，他说不定已经跳起来对着毒贩开枪还击，可是旋即孙富强就发现，“始皇”特战小队的士兵们还是静静地趴在那里一动不动，就连驻扎在紫阳山的武警特勤中队，也没有人开枪还击，任由三名毒贩护卫打得山坡上尘土飞溅。

萧云杰低声提醒：“别动，这是火力侦察。”

孙富强瞪大了眼睛，直到这个时候他才注意到，这三名斥候使用的M4a1卡宾枪枪口，全部加装了SOPMODBLOCK战术组件中的KACQD消声器！三名斥候打得是够激烈，但是加装了消声器的卡宾枪，发出的声音在四面环山到处都是原始丛林的战场上，小得可以直接忽略不计！

三支自动步枪弹匣轮流打空，三名斥候轮流更换弹匣，就算是在火力侦察时，他们的射速都各不相同，无论在什么时候，都至少有两支卡宾枪的弹匣里填装着子弹，由此可见他们的配合之默契，战术之优秀。而那两门四联装火箭筒，由两名雇佣兵扛着，分别对准两个山头，面对火力倾泻，再加上这两门火箭筒几乎已经顶到脑门上的威胁，只要定力稍差，可能就会忍不住发起反击，将隐藏地点彻底暴露。

看到三名雇佣兵斥候捡起地上散落的弹壳，回头向马队打出一个安全可以通行的手势，在紫阳山山坡，隐藏在一块伪装布下的武警特勤中队队长宁远，慢慢嘘出一口长气。他松开握着望远镜的双手，他不会告诉任何人，在短短的几十秒钟时间里，他的手心都渗满了汗水。

停在山谷前的马队终于再次开始行动了。望着马队一点点走进伏击圈，宁远的心跳也在渐渐加快。他并不是缉毒战场上的初哥，他手下的特勤中队，不止一次配合缉毒警对毒贩进行伏击，但他和部下还是头次伏击如此装备精良、训练有素的雇佣兵。

在山谷彼端原始丛林中的权许雷深深皱起了眉头，他对着发现毒贩后就直接打开的步话机，沉声道："老孙，依你判断，这批毒贩带了多少毒品？"

孙富强以一名老缉毒警的眼光，仔细打量着正在山谷下慢慢经过的马队。滇马属于云南矮种马范畴，和大理马、乌蒙马以及腾冲马齐名。滇马身高只有一米多，从体形上来说和平时见的毛驴差不多，但是它们肌肉发达、吃苦耐劳、善于爬山，就算是负重超过八十千克，依然可以在山区里日行四十千米左右。

这支马队一共有十四匹滇马，从运载能力上来计算，背一吨以上毒品并不困难，但是扣去他们背火箭筒和弹药的两匹滇马，再扣去这批毒贩停留在边境线附近必须携带的食物、清水和保暖用品等物资，能够携带五百千克毒品，就已经是这支马队的极限。

而这个数字，和打入贩毒集团内线传送回来的情报相比，有不小的出入。

一个难以置信的念头猛然从孙富强的脑海中涌起，让他觉得喉咙发干……难道这支马队，只是他们大部队用来进行第二次“火力侦察”的前哨队？！

宁远的声音也出现在步话机中：“老孙，你是老缉毒警了，你觉得他们有多少概率是在投石问路？又有多少概率是提前抛掉所有累赘，一边故布疑阵，一边用这十四匹马轻装前进？”

宁远的担忧绝不是杞人忧天，毒贩为了躲避缉毒，可谓是狡计百出，如果他们真的玩了一手妙至毫巅的金蝉脱壳，成功越过山谷，联合缉毒部队却傻傻守在两侧，等待并不存在的后续大队人马，等到他们反应过来时，也许毒贩护卫队就已经和下线拆家会合，将重量以吨为单位的毒品分流，变成了以“千克”甚至是“克”为单位的分支，再通过大大小小的网络，向境内城市渗透……真到了那个时候，就算是云南全部缉毒警一起出去，也无法堵住这批毒品。

眼睁睁看着毒贩马队全部进入山谷，慢慢向前挪动，孙富强脑海中各个念头变转：主动进攻，很可能会打草惊蛇；按兵不动，也许会放虎归山。摆在孙富强面前的，就是这么一道左右为难的选择题，他无论怎么思索，都觉得这两者的胜负是在五五开之间，而他们根本输不起，也不能输！

“我们为什么要纠结于这个硬币游戏？”燕破岳开口了，他的声音通过步话机清晰地传进每一个指挥官的耳朵里，“如果他们只有这么一支马队，在山谷里将他们全歼，自然是上上大吉；如果他们这支马队只是一支前哨，就算是我们打草惊蛇，躲在后面的人逃过边境线，最起码我们也是先拔一筹，然后大家回归零点，再继续这场猫鼠游戏就是……小心火箭弹！”

燕破岳猛地发出一声狂吼，从他的位置可以清楚地看到，那两名扛着四联装火箭筒，时不时对着两侧山峰摆出射击姿态，次数多得已经让人麻木的雇佣兵，竟然真的扣动了发射扳机，八枚67毫米口径火箭弹轮番射向武警特勤中队潜伏的山坡。

火箭弹还在空中飞行，在山谷后方的丛林中就传来一连串排炮轰鸣的声响，紧接着迫击炮炮弹在空中飞行时带出的尖锐哨音就直刺耳膜，在瞬间就刺激得潜伏在原始丛林中的每一个人汗毛倒竖。

轰！轰！轰！轰！轰……

爆炸声几乎连成一线，一团团硝烟夹杂着烧红的弹片和潮湿的泥土，以亚声速向四周飞溅，在这一波波的爆炸冲击中，孙富强只觉得四周的空气都被抽光了，让他就算是张开嘴呼吸，肺叶里都吸不进多少空气，可是那震耳欲聋的轰鸣，却像雷神之锤般对着他的耳膜猛撞，几次爆炸后，就撞得他耳膜嗡嗡直响，眼前更是溅起了几百上千朵金色星星，让他一时间只觉得大脑一片空白，甚至失去了思考的力量。

面对这种人类制造的最纯粹杀戮武器进攻，孙富强唯一能做的，就是趴在地上用双臂拼命捂住脑袋。这并不是孙富强不够勇敢，而是他从来没有接受过这种训练，更没有过被炮击的经历，面对那一发发落下来一旦爆炸就会带得硝烟弥漫弹片四溅，整片大地都跟着一起颤动起来的炮弹，他做出的就是一个正常人面对危险最本能的反应动作。

就算是身为特种兵的燕破岳，面对这种炮击，也只能老老实实趴着，但是他却在心中不断暗中计算着，很快燕破岳的心中就得出了答案，在距离他们大约三千米的位置，正有八门82毫米口径迫击炮在用速射方式对他们进行不间断炮击。在短短半分钟时间内，燕破岳他们潜伏的这片丛林，就前前后后挨了六十发迫击炮炮弹轰击。

轰！

一声比其他爆炸明显要狂野嚣张何止十倍的轰响猛然在丛林中炸响，纵然有树木不断削减杀伤力，但是这枚炮弹依然在丛林中炸出超过五十米的有效杀伤范围。

回头望着这一发炮弹造成的绝不正常的覆盖面，燕破岳在心中发出一声低叹：“我的天哪！”

只有122口径以上重炮才能形成如此可怕的覆盖杀伤效果，但是先不说毒贩们有没有精力将122口径重炮搬进中国，只要不是空投，光这大片的原始丛林和山地，就足以让任何人摇头苦笑，那么形成这种炮击效果的原因就只剩下一个——对方使用的是中国制造的67式82迫击炮，而且至少有一门迫击炮，正在就近对他们发射放眼全世界都独一无二的“长炮榴弹”！

这种“长炮榴弹”，是在中国军工发展还不够优秀，部队又急需强大火力对步兵实施支援的前提下被设计制造的特殊产物。

它的弹身足足有一米多长，可以直接当爆破筒用，所以叫作长弹；它的弹头更夸张地拥有110毫米和150毫米口径两种可供选择，拆下来可以当地雷使，装到长弹上面威力加强后，就合称“长炮榴弹”。

这么一颗一米多长，由67式迫击炮发射，内部填装了足足二点四千克梯萘-42炸药的奇特炮弹，虽然有效射程才一千米，但是不可否认，它的杀伤力惊人，在不求自保但求杀敌，却又缺乏大口径重型武器的战场，绝对算得上“撒手锏”式的存在。

这种炮弹由于自身缺陷，很快就被历史所淘汰，到了今时今日，知道它的人已经不多，但是必须承认，只要应用得当，这种玩意儿炸起来真他妈的够狠！

燕破岳突然跳起来，甩掉身上几乎所有负重，不顾迫击炮炮弹还在头顶嗖嗖乱飞，对着敌军架迫击炮的位置猛扑过去。作为燕破岳的绝对死党加搭档，纵然知道在挨炮的时候这样猛跑，很可能会被一炮轰死，萧云杰还是不假思索地跳起来，跟在燕破岳的身后在丛林中飞奔。他一边跑一边放声狂喝："白起你丫的疯了，被炮击的时候也敢跳起来乱窜？！"

燕破岳的心脏一次次骤然收缩，又一次次猛然舒张，将带着大量新鲜氧气的鲜血，有力地泵到全身每一个细胞，而他这些细胞在有氧运动中，更是将他潜藏在身体内的爆炸性力量彻底激发出来，让他就像一头猎豹，在到处都是树木障碍的原始丛林中向前疾冲。燕破岳一边飞冲一边放声狂喝："这玩意儿一炸一大片，威力比122口径榴弹还大，如果放任他们继续轰下去，再来上十几炮，我们'始皇'特战小队的兄弟，就得全折在这里了！"

燕破岳话音未落，又有一发"长炮榴弹"飞到"始皇"特战小队潜伏的原始丛林中轰然炸响，已经冲出两百多米远的燕破岳，早已经远离这发炮弹的有效杀伤范围，但是当这发炮弹炸响时，燕破岳的双眼中猛扬起了两簇疯狂的火焰，通过作战时重新打开的步话机，他清楚地听到阵地上那些朝夕相处的战友中间，有人发出了压抑的惨叫，旁边还有士兵们的急促呐喊。

面对这种放弃了射程，将所有力量都集中到杀伤力上的炮弹的连番轰击，"始皇"特战小队的特种兵们，再训练有素、再实战经验丰富，也终于出现了伤亡。

"啪！"

燕破岳身边的一棵大树突然被子弹射穿，那枚子弹余势未消，又打中了燕破岳，发出"叮"的一声脆响，在空中翻了个跟头，跌落在燕破岳脚下。在遭遇袭击第一时间，就猛扑在地上的燕破岳，看看这枚狙击步枪专用弹头，再看看自己别在身上那枚被打得头部都有点凹陷的榴弹，就算是以燕破岳的胆大包天，也吓得倒抽了一口凉气。

紧跟在燕破岳身后的萧云杰立刻单膝跪地，一边射击一边放声吼道：“老白，十一点方向！”

有敌方狙击手埋伏在丛林中，再往前愣冲，那纯属是寿星公上吊嫌命太长了，燕破岳在这个时候，应该立刻和萧云杰一起，对那名潜伏在丛林深处的敌军狙击手进行火力覆盖轰击，但是燕破岳却取出一枚烟幕弹，将它投到了身边。

白色的烟雾很快就将燕破岳所在区域覆盖，燕破岳跳起来，半跪在地上，将自动榴弹发射器尾端死死顶在自己的肩部，双手举起自动榴弹发射器，形成物理学中最稳定的三角形支撑，他深深地吸了一口气，猛然扣动扳机。

在有狙击手环伺在侧的要命时刻，燕破岳竟然选择了向五百米外的敌军迫击炮阵地发起进攻！随着燕破岳一次次扣动扳机，弹鼓有节奏地转动，脱膛而出的35毫米口径高爆榴弹，在空中拉出一条条肉眼可见的曲线，对着几百米外正在准备将第三发“长炮榴弹”发射出去的敌军迫击炮阵地，劈头盖脸地猛砸下去。

如果你问国产87式自动榴弹发射器有什么缺点的话，它最大的缺点，就是为了让士兵能像燕破岳这样拿在手里抵肩射击，必须要让它拥有比同类产品更轻的重量、更小的后坐力，而达到这些要求，不可避免地牺牲了榴弹的飞行速度以及它的命中精确度！

更何况燕破岳只知道对方的大概位置，隔着几百米的原始丛林进行“盲轰”，所以在这个时候，他要做的就是在最短时间内，将弹鼓内十五发榴弹一口气全部轰击出去，然后根据榴弹的落点，不断调整他的射击角度。

“老白，你抽什么疯，你射出的榴弹能看到，能看到你懂不懂？那个狙击手能够通过榴弹的弹道预估出你的位置，他瞎猫碰上死耗子地乱打，多打几颗子弹也能打死你的！”

萧云杰的话音未落，躲在远处的狙击手就再次开枪了，一股火辣辣的疼痛从肩膀上传来，在燕破岳的肩膀上犁出了一道血槽，但是燕破岳却依然跪在地上，让自己的身体稳定得犹如钢浇铁铸，不停地将榴弹一发又一发地泄倒出去。

在这个时候，什么军事规避技术、什么特种兵战场生存法则，全被燕破岳抛到脑后，双方拼的就是狭路相逢勇者胜的气势，拼的就是在最短时间内，把更多火力倾倒在对方身上，打出更多的伤害，直至其中一方彻底全军覆没。

第十五章 - **炮战**

“你的对手在这儿呢，向我打，向我开枪啊！”

萧云杰在这一刻真的要疯了，他拼命射击，试图压制住远方那名潜伏在丛林深处的狙击手，最起码也要把对方的注意力转移到自己的身上，他第一次在心中无比后悔，为什么要听郭嵩然的劝告，放弃了自动榴弹发射器，拿起了突击步枪。如果他能坚持走“单兵重火力”路线，一路紧跟在燕破岳身后，自动榴弹发射器在手，那名狙击手又怎么敢忽视他的存在？！

燕破岳和孤狼并肩作战时，只觉得有一个王牌狙击手在身边真好，直到在战场上面对敌方狙击手，并被对方列为目标，他才真正明白了狙击手“步兵死神”这个绰号背后，用无数士兵鲜血与死亡堆砌起来的森冷含义。

他从来没有感受过死亡距离自己这么近，近得他仿佛都听到了死神在自己耳边的喃喃低语，感受到了死神镰刀慢慢在自己脖子上拖动带来的那股冰冷的锋利质感和发自内心的极度颤抖。

生物面对死亡的本能，在对燕破岳不停地哭叫呐喊着，要求燕破岳立刻卧倒，立刻将已经逼到眉睫的死亡危险甩开，但是……只要他卧倒不再射击，就只能眼睁睁看着敌人用四门迫击炮进行火力速射，压制得“始皇”特战小队的兄弟无法动弹，再用那门67式迫击炮，继续将爆炸威力超过122毫米口径重炮的“长炮榴弹”，一炮接着一炮轰到“始皇”特战小队兄弟们身边。

换作你是燕破岳，面对朝夕相处了三年多时间，虽然没有血缘关系，却在并肩作战中早已经建立了比血缘更亲密牵绊的兄弟，面对这场无异于飞蛾扑火式的战斗，你应该何去何从？是为了兄弟们拼死作战，还是为了自己的生命趴在地上，眼睁睁地看着兄弟们全军覆没，从此变成一个战场上的逃兵，一个彻头彻尾的懦夫？！

“老爷子曾经告诉过我，身为军人，天职就是面对死亡，如果没有做好这个准备，就不要走进军营，穿上军装，免得给老燕家丢人！”

燕破岳猛然放声狂吼：“老爹，你睁大眼睛看清楚了，儿子没有给老燕家丢脸！”

在五百米的原始丛林中，一门67式迫击炮，架在一个天然形成的土坑里，他们提前在土坑下面藏了几个沙袋，在作战时把这些沙袋挖出来围着土坑摆了一圈，就形成了一个拥有足够防御的迫击炮专用环形坑。

燕破岳射出的榴弹，就算是落到这个环形坑周围一两米的位置，爆炸形成的冲击波和弹片也无法对躲在坑底，用迫击炮向中国军人曲线射击的迫击炮小组造成有效伤害。

但是迫击炮小组组长的脸色变了，作为一个身经百战的老兵，他能够清楚地在这一发又一发，用相同节奏、相同频率打过来的榴弹中，感受到一股破釜沉舟的杀气，这股杀气，随着一发一发榴弹打过来，就犹如长江叠浪，在看似绝不可能的情况下，竟然越来越浓、越来越重，直至最后，这股杀气几乎已经凝如实质。这样的中国特种兵，和他印象中讲究“中庸之道”，动不动就忍一时风平浪静，退一步海阔天空的中国人相比，嚣张狂野了何止十倍？！

轰！

又有一发榴弹砸过来，落到环形坑外围不足一米的位置，爆炸掀起的泥浆劈头盖脸地溅过来，对着环形坑里的所有人下了一场泥雨。迫击炮小组的主射手狠狠一抹脸上的泥水，放声吼道：“是谁，连三脚架都不用，就能把榴弹打得这么准？！”

就连炮手都没有注意到，他的吼声中已经透出了一丝颤音，那名中国特种兵顶着狙击向他们不间断发射榴弹，虽然并没有对他们造成实际性伤害，可是他越来越浓重的杀气，却硬生生劈开双方之间厚达五百米的原始丛林，直直刺进了这些炮兵的心里，这名主射手……已经怕了！

“闪开！”

小组长一脚将炮手踢开，亲自站到了炮位上。

“中国士兵，你的行为让我想起了第二次世界大战时，拿着马刀冲向德军坦克的波兰骑兵，勇敢却愚蠢得要命！”

双手一摸到炮身，小组长的脸色就变了，他的表情就像绝世剑客握到了剑鞘，就像一名书画大师重新拿起了笔，那种专注到极限而产生的骄傲与自信，让这个其貌不扬的男人，身上突然多了一种难以言喻的魅力。

没错，在国际雇佣兵舞台上，他的身价并不是最高的。和那些单枪匹马就能出入敌境如入无人之境，参加团队行动，更能成为行动中坚力量的王牌雇佣兵相比，九成功夫都在火炮操作方面的小组长，受到武器和弹药制约，无法适应现代特种作战的高速机动性，身价自然受到极大影响。但是一旦到了需要打阵地战、攻坚战、防御战时，这位神炮手立刻就变成了性价比最高的雇佣兵！

不用说他能熟练使用全世界各个国家出产的不同型号、口径、吨位的火炮，只需要知道他明明是一名炮手，绰号却叫“导弹”，就已经足够说明他存在的意义与价值。

“去掉150高爆榴弹，换上110杀伤弹，设定延时爆炸引信。”

小组长一边亲自调校迫击炮射击角度，一边对身边的弹药手下达命令。弹药手立刻拿起一根新的“长炮”，又从弹药箱中取出一颗比刚才轰击“始皇”特战小队使用的150高爆榴弹明显要小上一圈的110口径杀伤弹头，并将它和“长炮”组装在一起。

这种110口径杀伤弹头和150口径重榴弹相比，它最大的特点是加厚了弹体，在爆炸时，会形成更多的碎弹片，对人员软目标实施大面积杀伤。最重要的是，它还有一个特殊功能，就是在内部加装了延时引信，可以发射到半空爆炸，这种设计的初衷，是用来防止敌军伞兵大规模空投，同时可以在丛林作战时，对躲在丛林中的敌军居高临下造成破片杀伤。

如果说150毫米口径重榴弹在丛林中的有效杀伤范围受到树木影响，勉强能覆盖到五十米直径，那么这颗口径要小上很多的杀伤雷，在空中爆炸弹片居高临下四处飞溅，它对人员杀伤范围就会直接达到一百米直径大关！

小组长“导弹”猛地一拉发火绳（“长炮榴弹”作为小马拉大车式的特殊炮弹，它的“长炮”炮身就有八十二厘米长，并不能像普通的炮弹一样放进炮膛迫击发射，而是要像重型火炮一样，拉动炮尾的发火绳释放撞针来发射），随着一声轰响，第三发安装了110毫米口径杀伤弹的“长炮榴弹”飞出炮管，在空中拉出一道绝对称不上优美的弧线，飞向了远方。

“导弹”眯起眼睛，遥望着那枚“长炮榴弹”，在心中瞬间判断出这枚炮弹凌空爆炸的位置，他脸上随之扬起了一个骄傲的微笑。从理论上来说，他只要把这发炮弹打到距离燕破岳五十米直径内的区域，就可以对燕破岳造成重创，但是以“导弹”的骄傲，他对自己的要求是——把炮弹直接打到那个中国特种兵的脑袋上！

依托地理环境，举枪对着狙击手拼命射击，试图压制住对方的萧云杰，听到远方天空传来的呼啸声，他下意识地霍然抬头眺望，就看到一枚一米多长、造型夸张得要命的炮弹，对着他们斜抛过来，看它的样子，赫然会直接砸到自己和燕破岳的头顶。

爆炸威力比起重榴弹炮都绝不逊色的炮弹，竟然对着他们打过来了，萧云杰放声狂叫："老白，快闪，大家伙砸下来了！"

燕破岳在烟雾中，无法看到那枚只要落到附近就能让他们兄弟俩一起完蛋的"重型榴弹"，但是他也听到了炮弹飞来的呼啸，更在第一时间计算出这枚炮弹着弹点，燕破岳必须承认，敌方的炮手，这一炮打得比他准，或者说要准得多。但是燕破岳却没有闪避，而是伸直了脖子，猛地发出一声声震全场的狂吼："老李，打掉它！"

打掉一枚……正在空中飞行的……炮弹？！

听着这个绝对疯狂的要求，就连萧云杰都有了零点零一秒的呆滞，旋即他就反应过来。

没错，在正常情况下，用自动步枪去打炮弹，无异于痴人说梦。但是这枚正在飞向他们的"长炮榴弹"，设计制造于一个特殊时代，它的设计者为了增加杀伤力，用迫击炮打出重型榴弹炮的威力，已经到了不择手段、无所不用其极的程度，这样一枚前头硕大、后面挂着一根鸡蛋粗细铁柄的玩意儿，怎么看都像是一把现代版的镏金八宝锤，它在获得了惊人杀伤力的同时，无可避免地牺牲了它的射程、稳定性和飞行速度。

萧云杰深深吸了一口气，霍然抬起手中的自动步枪，在抬枪的同时，他就将肺叶中的空气全部呼出，形成了狙击手在远距离狙杀目标时，为了让自己的双手获得最佳稳定度而会采用的"空肺射击"状态。

肺叶中的空气全部呼出去，在这种情况下，萧云杰可以清楚地感受到自己的心脏正在有力而规则地跳动，甚至可以感觉到血管中炽热的鲜血在汩汩流动。他扣在扳机上的手指，更微微发力，将扳机压下一半，进入了最敏感的半击发状态。

敌人的迫击炮阵地，距离他们大约五百米，声音在空气中的传播速度每秒钟是三百米，在萧云杰听到炮击声传来就已经用了一点五秒钟。而这枚“长炮榴弹”的飞行速度，每秒钟大约是一百二十米，这样在萧云杰听到炮声到炮弹砸落，中间会有大概两点五秒钟的时间差，如果再扣去这枚炮弹在空中爆炸，必须扣去的八十米有效杀伤范围代表的时间，和萧云杰刚才喊话试图让燕破岳撤退浪费的时间，萧云杰只有一次机会！

为了获得足够的稳定，他也只能射出一发子弹！

打中了，他和燕破岳死中求生；打不中，他们兄弟俩一起完蛋，明年的今天，就是他们的共同忌日！

“如果你拥有狙击手般的中远程射击能力，那么你首先要欺骗自己，让自己相信，你的弹匣中只剩下最后一发子弹。你要么用这最后一发子弹消灭敌人，取得胜利；要么暴露自己，成为对方枪口下的亡魂。”

就是在这个时候，孤狼在提及狙击时曾经说过的话，突然在萧云杰的耳边响起。

也许是一种错觉，也许是精神高度集中，让自己身体的每一个器官，甚至包括皮肤，都变得绝对敏感，对外界的信息接收能力达到了前所未有的程度，萧云杰心中涌起了一种玄而又玄的感觉，他仿佛看到那枚炮弹在空中飞行的速度，正在越来越慢，而它的面积，却在越来越大！

“远离射击，如果你瞄准的是一枚硬币，那么你射出的子弹误差，大概只有两寸；如果你瞄准的是一个枪靶，也许你射出的子弹会飞到两米之外！所以，在射击时，给自己寻找一个更细更小更难命中的目标，对自己严苛一点，严苛一点，再严苛一点，直至让你的身体习惯这种犹如心脏手术般的精细，并把它融为自己的习惯！然后你就会发现，你射出的每一发子弹……都长着眼睛！”

在心中以电闪雷鸣般的速度重复孤狼对狙击的见解与主张，以她的性格，绝不喜欢长篇大论地讲述什么，也只有面对最信任的伙伴，这位有资格冲击当代世界狙击手排名榜的超级王牌，才会将她最宝贵的经验和盘托出。

“我射的每一发子弹都长着眼睛！”

心里再次默念了一遍这句话，萧云杰手指用力，将已经压发到一半的扳机全部扣下，在清脆的枪声中，精神极度集中的萧云杰可以清楚地看到，一条半尺长的火焰从枪口喷射而出，在火药高速燃烧形成的气体推送下，一发5.8毫米口径步枪弹飞出枪膛，在空中旋转着，以三倍于声速拉出一道肉眼无法辨识却真实存在的弹道，迎面撞向那发“长炮榴弹”。

炮弹在空中凝滞了大约零点一秒钟，旋即以“长炮榴弹”高空爆炸的位置为圆点，一圈冲击波以环形波浪状，在树冠形成的绿色海洋中以每秒钟三百米的声速向外扩展，形成了一道覆盖方圆近百米的冲击波，压得这个范围内所有树冠上的树叶都狠狠一沉，再猛然弹起，附近的原始丛林中，随之被灼热的硝烟气息和“哗啦”“哗啦”的枝叶相击声所填满。数以万计的碎弹片，更对下方这片丛林进行了一次再无任何遗漏的覆盖式攻击。

就是在这一片充满硝烟与死亡气息，耳鼓更是被爆炸形成的声浪撞得嗡嗡作响，生命在瞬间变得如此渺小而脆弱的世界中，躲在远方的狙击手嘴角微微一勾，露出了一个充满冰冷杀意的微笑，他通过狙击镜可以清楚地看到爆炸形成的气浪，将燕破岳四周的烟雾彻底吹散，他终于有机会直接瞄准这个中国士兵了。

就在狙击手即将扣动扳机的时候，他通过狙击镜看到燕破岳胸前突然炸起几团血花一头栽倒在地上。面对这意外的一幕，狙击手不由得微微一怔，旋即他听到在丛林深处传来一声清脆的枪声，有人躲在前方，抢在他前面一枪打中了燕破岳，虽然不知道躲在暗处放冷枪的人究竟是谁，但是很显然，他们是一伙的。

“老白！”

眼睁睁看着燕破岳倒在血泊当中，萧云杰发出愤怒地狂吼，他掉转枪口，对着前方的丛林拼命射击。由于他的射击太过猛烈将自己彻底暴露，才打出半匣子弹，一发不知道从哪里射出来的子弹就打中了萧云杰的胸口。因为搭档战死，愤怒到极点的萧云杰在这一刻仿佛是忘记了痛苦，他非但没有一头栽倒，反而霍然站起，对着丛林更加猛烈地射击，旋即第二发子弹打中他的胸膛，又炸出第二团血花。

在这个过程中，那名隐藏在暗处的狙击手，一直小心地打量着萧云杰，仔细观察着萧云杰被子弹打中的胸口上那两个还在汩汩冒着鲜血的伤口，仔细聆听着丛林深处那一声声隐隐传来的枪响。

萧云杰在这一刻就像一头疯狂的野兽，他明明受到致命重创，却死撑着不肯倒下，在打空自动步枪弹匣里所有子弹后，他抛掉手中的自动步枪，又拔出了手枪，一边向前摇摇晃晃地踏步前进，一边将手枪子弹继续向前方射出。

这名狙击手和迫击炮小组组长“导弹”一起，可谓是身经百战，他们彼此配合、彼此掩护，狙击手为“点”，迫击炮小组长“导弹”为“面”，在战场上用“点”的突破，来防御“面”的升华，就凭这种优势组合，他们不知道联手战胜了多少强敌，一次次在战场上得胜而归，怀里揣着大把钞票，走进酒吧，享受美女与美酒滋润的美妙人生。

狙击手还是头一次见到像萧云杰这样，生命力坚韧到连挨四五发子弹，胸口已经被鲜血彻底染透，却依然坚持没有倒下的军人。当萧云杰抛下手中的自动步枪，换上有效射程不足百米的自卫手枪时，狙击手终于彻底轻松下来，抱着看戏的心态，去打量着这名中国军人最后的垂死挣扎。

就连手枪弹匣中最后一发子弹都已经射空，再也无力向敌人展开攻击，萧云杰双膝一软，重重跪倒在地上，他喘着气猛然发出一声充满不甘意味的狂号，然后一口气喘不过来，仰天摔倒，终于结束了他这灿烂而惨烈的自杀式冲锋。

看完了这一段犹如飞蛾扑火惨烈而张扬的自杀式攻击，就连狙击手这位身经百战，在战场上习惯了用最平静心态面对一切的老兵，心中都涌起了一股微微的火热和由衷的惋惜，这么英雄的士兵，真是可惜了。

刚想收回视线，通过瞄准镜，狙击手突然看到，在萧云杰倒下的那一片一尺多高的杂草丛中，一只手臂探出草丛，对着他的位置，比画出一个充满挑衅意味的中指。

看到这一幕，狙击手的心脏在瞬间就沉到了谷底，一个绝对难以置信却又由不得他怀疑的念头，猛然从大脑中浮现：“难道说，这两个中国特种兵，在……装死？！”

狙击手不再理会已经打光了自动步枪和自卫手枪弹匣内所有子弹，只能躺在地上向他比画出一根中指的萧云杰，他迅速掉转枪口，转向了燕破岳“尸体”位置，正好看到在一尺多高的杂草丛中，一团火焰喷溅，一枚35毫米口径榴弹飞出炮膛，在冲击波的推送下，正前方的杂草被狠狠撞开，让狙击手看到了躺倒在地面，把自动榴弹发射器架在腿上，用“躺姿”向他开火的燕破岳，以及燕破岳嘴唇嚅动，用唇语对他说出的一个英文单词：“Byebye！”

一名最优秀狙击手从发现目标到瞄准开枪，需要大概二点五秒钟，而燕破岳发射的榴弹，在空中飞行的距离只有两秒钟，零点五秒钟的差距，就代表了生与死的距离！

轰！

35毫米口径高爆榴弹，在狙击手面前不足二十厘米的位置轰然炸响，狙击手被炸得倒飞出一米多远，他的身体被炸得满是焦黑，不知道嵌入了多少弹片，鲜血不停地倾淌出来，他的嘴唇上下嚅动似乎想要说什么，可是他一张嘴，血沫子就从嘴里喷溅出来，旋即他的意识就被黑暗彻底覆盖。这名身经百战的狙击手，就算是死了，眼睛依然瞪得大大的，仰望着头顶的天空，似乎在控诉着什么，而他脸上的表情，除了愤怒和不甘，还隐藏着一股难以言喻的哭笑不得。

装死装得这么像，还能一起装死装得这么像的特种兵，他这一辈子还真是头次得睹，从这一点上来说，他死得不冤。他更想知道的是，既然没有第三方力量，那么在燕破岳和萧云杰“中弹”时，从密林深处传来的枪声，又是怎么回事!

如果没有那几记配合得恰到好处的枪声，就算这两个混账小子都是奥斯卡影帝得主，以一名资深狙击手的小心谨慎，又怎么会马失前蹄？！

这名资深狙击手做梦都不会想到，燕破岳除了是一名特种兵，还是一个魔术师。在燕破岳刚才拼死打出去的榴弹中，有一发根本不会爆炸，它是燕破岳精心制作的魔术道具弹。这枚道具弹里，隐藏着一套遥控起爆系统，直接关联了炮弹里九枚小钢管，每根小钢管里都填装了火药，只要燕破岳一按遥控按钮，就会有一根钢管里的炸药被引爆，发出和枪声有九成相似的声响。

就是凭这种模拟出来的枪声，再加上燕破岳和萧云杰两兄弟集胆大妄为、七情上脸、卑鄙无耻于大成的奥斯卡影帝级演技，和现在已经在整支“始皇”特战小队普及开来的“装死血包”，终于打造出一个让资深狙击手都要被活活阴死的大坑。

从专业装死整三年，业精于专方显卓越这个角度来看，这位资深狙击手死得不冤!

萧云杰捡起他刚刚丢在地上的自动步枪，更换上一个新弹匣，对着燕破岳诚心诚意地竖起一根大拇指：“老白，你牛，牛，真牛！”

燕破岳丝毫不理会萧云杰的赞扬，他跳起来不顾一切地撒腿就跑：“傻愣着干什么，等着挨炮啊，还不快跑！”

萧云杰立刻反应过来，跟在燕破岳身后玩儿命猛跑，没跑出多远，他们五百米外的丛林中，再次传来炮击声，知道对方拥有将“长炮榴弹”一枪凌空打爆的超级神枪手，“导弹”当然不会再浪费炮弹，他这一次打出来的是一枚常规82式迫击炮炮弹。

但是……

当燕破岳和萧云杰抬头，透过头顶的树叶缝隙，看清楚那枚炮弹的全貌后，两个人齐齐在心中发出一声狂叫：“我操，你丫的牛逼！”

这发炮弹它本身没有什么特殊，但是那位一开炮，就能隔着几百米原始丛林，仅凭听声辨位，就能将炮弹直接砸到燕破岳脑袋顶上的神炮手，却在炮弹尾部挂了一根几十米长的细钢丝。

挂一根细钢丝也没有什么，当年解放军在雅鲁藏布江上建桥时，就是炮兵将带着钢丝的迫击炮炮弹打到河对岸，再用钢丝将绳索拉到对岸，以此为桥梁，将十三根铁链拉起，建起了横跨雅鲁藏布江，终于将“墨脱”和外界联系在一起的铁索桥。

这枚82迫击炮炮弹挂的钢丝，它最大的问题就是，每隔四五米长，就绑着一枚个头不大，重量也不大，但是看着就让人心惊肉跳的小炸弹，这么一排炸弹，在炮弹的带领下，就犹如玩“老鹰抓小鸡”游戏的老母鸡和小鸡，在空中排出一条猛地看上去还他妈的有着几分赏心悦目美感的长龙，又像是春天到了，郊外或者广场上经常可见的长条风筝，对着燕破岳和萧云杰两个人位置飞扑下来。

第十六章 - **血色冲击**

就算是第一次见到这种独一无二的迫击炮炮弹，燕破岳和萧云杰用脚指头想也能想到，这玩意儿那拉风夸张的造型背后，绝不容小觑的恐怖杀伤力。面对死亡压迫，两兄弟已经被激发到极限的逃窜速度，在看似绝不可能的情况下，竟然再次激增。

四五十米长的“老鹰抓小鸡”组合飞落下来，自然而然挂在了树梢上，飞在最前面的迫击炮炮弹，在钢丝被树梢绞住后，把树枝带得狠狠一弹，旋即围着树梢“嗖嗖”打着转儿，将细而坚韧的钢丝，一圈圈深深嵌进几臂粗细的老树枝，在转到第七八圈时，无论是炮弹还是它带在身后的十枚小型炸弹，都一起轰然炸响。

这样一枚炸弹，可以说是“长炮榴弹”的子母霰弹版，排成一条长龙的火焰与硝烟同时炸起，几千枚填装在预破片中的1.22毫米直径钢珠，夹杂在被炸得四散飞溅的树枝树叶中，以亚声速飞行，带出一连串“嗖嗖嗖”的破空声，居高临下对一百五十米长、三十米宽区域，进行了一次无差别覆盖攻击。

几秒钟后，被钢珠打得千疮百孔的原始丛林中，掉下来几十条被钢珠打穿身体的毒蛇，它们在地面上痛苦地扭动着身体，中间还掺杂着一些试图逃跑却跑得不够快的小动物尸体，猛地看上去，这片被钢珠覆盖的区域，简直就成了一条生命绝壁。没有亲眼看到这一幕，你就无法想象，就凭那么小小的一口82毫米口径迫击炮，就凭“一发炮弹”，怎么就可能造成如此惊人的杀伤效果。

勉强在最后关头冲出炮弹有效杀伤范围的燕破岳，吐掉呛进嘴里的臭泥，满身狼狈地从地上爬起来，看到萧云杰还趴在地上，他下意识地伸手就要去拍萧云杰，可是在手掌就要落到萧云杰身上时，燕破岳的手臂却猛然顿住了。

燕破岳小心翼翼地抱住萧云杰，将他的身体翻转过来，只看了一眼，燕破岳就倒吸了一口凉气。他在萧云杰的身体下面，看到了一个被压碎的啤酒瓶，至少有四五块玻璃瓶碎片，已经刺穿萧云杰身上的战术背心和军装，刺入了他的腹部，鲜血正在不停地从伤口里流淌出来。更可怕的是，这些刺入萧云杰腹部的玻璃片已经碎裂，根本无法直接将它们拔出来。

看到燕破岳放下手中的自动榴弹发射器，想要去取身上携带的单兵急救包，萧云杰轻轻摇头：“别管我，去干掉他！”

燕破岳没有理会萧云杰的话，他将背包垫在萧云杰脑袋下面，让萧云杰可以躺得更舒服一些，自己则飞快地拆开单兵急救包。就在他拿出那支救命用的麻醉药，打算把它注射进萧云杰的身体时，萧云杰将一根木棍放进嘴里，拔出身上的格斗军刀，用军刀硬生生将其中一块碎玻璃从身体里挑出来。

“啪！”

萧云杰疼得将嘴里叼的木棍生生咬成两段，他全身的肌肉都在轻颤，汗水更是以肉眼可见的速度通过他皮肤上的毛孔渗出来，迅速凝聚成一颗颗豆粒大小的汗珠，转眼间萧云杰整个人就像从水里捞出来的，被汗水彻底浸透。

在这种情况下，萧云杰还能对着燕破岳挤出一个比哭还要难看十倍的笑脸：“出汗好啊，都不用对伤口进行消毒了。”

手里捏着麻醉药和注射器的燕破岳，看着痛得全身汗如雨下却在对着他笑的萧云杰，整个人都呆住了。

“我虽然没有你牛逼，但怎么说我也是一个特种兵，这点小伤还要不了我的命。”

萧云杰盯着燕破岳的眼睛，低声道：“你我都知道，对面的家伙，是一个玩迫击炮的专家，如果让他再继续轰下去，‘始皇’特战小队今天就要被集体除名了。你可是名将白起，你要拿得起、放得下，更要像白起一样……嗯……”

萧云杰手中的刀子再次一剜，又将第二块玻璃片从自己的伤口里剜出来，他狠狠喘了几口粗气，才用明显嘶哑起来的声音道：“你更要像白起一样心狠手辣！”

空中传来了迫击炮炮弹特有的尖锐哨音，这一次“长炮榴弹”没有再落到他们身边，而是从他们头顶飞过，落到了几百米外“始皇”特战小队被死死压制住的那片丛林。

轰！

“长炮榴弹”爆炸，带得整片大地都跟着狠狠一颤，看着远方腾起的硝烟，萧云杰嘶声狂叫：“去做你该做的事，燕破岳，你丫的不要太脆弱！”

萧云杰吼得太急太狠，鲜血猛地从他腹部伤口中喷涌而出，就是在这样的疯狂吼叫声中，他抓着手中的格斗军刀，探进自己的伤口狠狠一挑，将玻璃片连带他的鲜血与勾在上面的肉屑一起挑出来。他疼得全身都在发颤，他疼得牙齿咬得“咯咯”直响，他疼得汗如雨下，他疼得眼前的一切都变得缥缈起来，无论他如何努力，都无法再看清楚燕破岳的脸，可是在这个要命的时候，他却憋着一口气，又将刀子探进伤口，狠狠一挑。

萧云杰的眼珠子猛然暴起，他整个人的身体就像一张弓般绷紧，旋即又猛地放松，他终于生生疼晕过去，可是他的晕迷时间连一秒钟都没有，又硬生生挣扎着清醒过来，手腕一送一挑，将最后一块玻璃片硬生生从伤口中剜了出来。

“看到了没有，没有你燕破岳，我萧云杰依然能活蹦乱跳地活着。”萧云杰在这个时候，因为疼痛，双眼已经彻底失去了焦距，他已经无法看清楚面前的任何东西，在绝对的痛苦面前，就连他的耳朵都暂时失去了听觉，但是他依然死死睁大双眼，瞪着燕破岳站立的方向，他从地上抓起一把湿泥硬按到伤口上，用这种绝不卫生的方法，硬生生压制流血，嘶声狂叫，“你给我滚滚滚滚，去做你该做的事情，听到了没有，滚啊！”

面前再也没有了声响，燕破岳终于还是走了，萧云杰咬着牙，将麻醉药注射到身体后，他慢慢嘘出一口长气，在这个时候，就连他吐出的气，都因为太过疼痛而变得滚烫。萧云杰仰面朝天，喃喃低语着：“萧云杰，你他妈的真没用，三年前内部演习时，你没有跟上燕破岳的脚步中途退场，这次更好，大战刚刚开始，你就趴了窝，只能让自己的搭档一个人孤身作战，这对一个特种兵来说，是多么大的……耻辱啊！”

伸手抓起身边的一块碎酒瓶，看着这块沾着自己鲜血的绿色碎玻璃片，也许是触景生情，也许是麻醉药渐渐发生作用，让萧云杰紧绷到极限的精神得到缓解，让他的思绪突然飞扬起来，萧云杰张口说出了一段在战场上，纵然不能后无来者，也必当前无古人的话：“注意环保，人人有责。不要走到哪垃圾丢到哪，要做一个有道德、有素质的好公民嘛！”

说着说着，萧云杰用手臂挡在了自己额前，将眼前的一切都排斥在外，让自己再也看不到弹如雨下，只留下他最后一句话：“老燕，保重，你丫的一定要活下来啊。”

燕破岳没有再向前冲锋，他用最快的速度一路跑到了刚刚被“老鹰抓小鸡”炮弹炸出的长方形弹坑里。这枚炮弹的威力惊人，但同时也为燕破岳这样的炮击高手画出了一条直指对方的弹道，燕破岳在嘴里喃喃低语着：“风速，两巴掌；湿度，衣服都能滴出水了；距离，一百四十三块八毛八。”

随着令人目瞪口呆，只有燕破岳和萧云杰专用的“军事术语”，一个个从嘴里吐出，燕破岳手中的自动榴弹发射器稳稳抬起，当他停顿到一个角度时，整个人和武器之间形成了一个再不分彼此的最亲密整体。

遮挡在头顶的树冠被成片炸断，在燕破岳的面前展现出一片刚刚被雨水反复冲洗后分外清新的蓝天，在这片蓝天的四周，乌云密布，却又彼此泾渭分明，就这样彼此对峙着一起随风飘动，形成了这片世界中忽晴忽雨变幻莫测的最奇异雨季。

遥望着那片在乌云中生生挣出一片领域的蓝天，就是在精神微微恍惚间，燕破岳仿佛又回到了三年前那个他和萧云杰顶着西北风，终于用弹弓和钢珠，一百次打中一百多米外那个汽水罐的夜晚，他仿佛看到指导员赵志刚似笑而非笑的脸上，那双仿佛什么都没有留意，却又什么都看得清清楚楚的眼睛。

一发榴弹脱膛而出，它在空中划出一道优美的轨迹，一如三年前燕破岳用弹弓去一次次打一百多米外的汽水罐，无论是角度、力道，都在燕破岳完美掌控之内，没有半点偏差，也不允许有半点偏差。

听到几百米外丛林中传来的榴弹炮发射声，迫击炮小组组长“导弹”霍然抬头，他看到一发榴弹对着他们这个四米直径的环形坑直飞过来，在心中迅速判断出这一发榴弹的最终着弹点，再看看他们摆放在迫击炮周围还没有来得及射出去的几发“长炮榴弹”，“导弹”闭上了双眼，在心中发出了一声低叹：“对不起，朱丽娜，我回不去了……这些中国特种兵，比我预想的更强！”

轰!

整片大地狠狠一颤，一团硝烟夹杂着火焰，带着撕裂大地的威势直直冲上两百米的高空，天知道有多少发还没有来得及打出来的“长炮榴弹”被一起引爆，面对这场惊天动地的大爆炸，就连战场上的枪声和火箭炮爆炸声都被彻底压制掩盖。

弹药殉爆后的迫击炮环形坑，被硬生生炸出一个直径超过三十米的大坑，无数弹片夹杂着这些敢于进入中国领土向中国军队发起进攻的入侵者，他们的血，他们的肉，他们的骨，外加天知道有多少吨的泥土四处飞溅，对方四五百米范围的圆内，下了一场淅淅沥沥散发着浓重硝烟气味的土雨。一团就算是在几千米之外都能看得清清楚楚的小型蘑菇云随之冉冉升起。

在这场大爆炸之后，远方不断用速射法向“始皇”特战小队展开炮击的四门迫击炮停止了炮击，显然在那边指挥炮击的指挥官也是一个老兵，他清楚地知道，仅凭这四门迫击炮，再无法压制那片丛林中最精锐的中国特种兵。

从一开始就被敌人压制住，一直只能被动承受炮击的“始皇”特战小队，终于赢来了这场战斗的喘息之机，三班长摇摇被爆炸声震得有些发晕的脑袋，放声狂喝：“干得漂亮！”

第十七章 - **死敌（上）**

不用问也知道，一定是白起，他们三班的燕破岳，在最要命关头迎刃而上，端掉了敌人对他们威胁最大的那门迫击炮。当三班长终于可以纵观全局时，他脸上的笑容才刚刚扬起，就化为了绝对的悲伤。

三发在原始丛林中有效杀伤力超过六十米直径的“长炮榴弹”，对“始皇”特战小队造成了严重重创，在炮击终于停止后，到处都能听到痛苦的呻吟，呼喊医务兵的声音更是此起彼伏，还有几名朝夕相处的兄弟，他们全身焦黑地趴在地上，那一道道暗红色的斑块，分明就是从他们身上流出来的血，在瞬间又被冲击波中的高温烧灼后留下的痕迹。那些受伤的兄弟还能呻吟，还能死命咬着牙努力坚持，可是这些倒在地上的兄弟，他们却再也不可能睁开眼睛，再拿起武器和他们并肩作战，再和他们一起哭一起笑，面对各种挑战了。

阵亡六人、重伤十几人，至于轻伤，几乎人人都有。至于那十几名身受重伤的兄弟，究竟有多少人已经残废，注定要离开军营，三班长不知道，他真的不知道。

“班长，班长，你醒醒，你睁开眼睛，千万不要睡过去……”

惶急悲伤的声音在右侧响起，听着这个声音，三班长只觉得有一桶来自北冰洋的海水，劈头盖脸地浇到全身，冻得他全身发僵，一时之间就连思考的能力都几乎失去了。他机械性地转身，顺着声音传来的方向看过去，他看到了被炸掉右腿、全身是血躺在医务兵怀里的一班长，一股酸酸楚楚的滋味混合着眼泪，直接从三班长的眼睛里奔涌而出，他的嘴唇嚅动了好几下，才发出一声绝望的悲叫：“我操！”

对面的紫阳山上枪声还在继续传来，三班长狠狠一抹脸上的眼泪，第一个冲向战场：“留下救伤员的，其余还活着能动的，拿起你们手里的家伙，跟我一起上！如果今天让这些王八蛋逃走，我们就不要再回军营，都他妈的举枪自尽，用来向战死的兄弟赔罪吧！”

枪声响起，三班长的心脏却再次狠狠一颤，从枪声上来判断，扣去留下照顾搭档的队员，和他一起向敌人展开攻击的士兵，竟然只有十几个，他们“始皇”特战小队这支号称特种部队中的特种部队，这一次真的是被打残了。

两侧山峰上枪声不断，对着那支敢于深入山谷腹地，以自己为诱饵，吸引了中国军队几乎所有注意力的雇佣兵部队展开包抄攻击。从地理环境和常识上来说，这支雇佣兵在失去外围火炮支援后，就是陷入兵家绝地，除非发生奇迹，否则根本没有再逃出生天的可能。

可是事实并非如此，在战斗甫一开始，就有十几名雇佣兵立刻从马背上抽出了十八面隐藏在雨布下面的重型复合防弹盾。

十八面重型防弹盾一左一右排成两堵移动式金属防护墙，立刻就让这些深入山谷的雇佣兵，在谷底拥有了相当不俗的防御阵地。手持防弹盾的雇佣兵，放弃攻击双手持盾，而那六名卡宾枪上挂着M203榴弹发射组件的雇佣兵，还有那两名扛着四联装火箭筒的炮手，在防弹盾的保护下，不计弹药损耗，将火箭弹和榴弹对着紫阳山上的武警特勤中队阵地猛轰，用这种美军最擅长使用的“地狱火”战术，死死压制住武警特勤中队的反击。

他们就这样一边娴熟地使用火力替补向山峰上压制射击，一边以全队为单位，迅速向山谷外围移动。

武警特勤中队，他们当然训练有素，但他们毕竟是一支以城市反恐和边境缉毒而组建的部队，而不是野战军特种部队，他们缺乏和特种兵生死对抗积累下来的实战经验，他们更没有经历过被火箭筒加榴弹炮顶着脑袋猛轰的战火洗礼。面对山谷中那些雇佣兵突如其来的猛烈打击，武警特勤中队不可避免地陷入暂时混乱，就算是在宁远的呵斥下，勉强有一部分人恢复冷静，但是仅凭他们手中的81

式自动步枪，打到那些最起码有十几千克重的复合防弹盾盾面上，除了打得“叮当”直响、火星四溅之外，那支雇佣兵竟然没有留下一具尸体。

“重机枪，重机枪在干什么呢？！”

宁远瞪着一双充血的眼睛，霍然转头，他的视线落到重机枪阵地上，他看到了被炸成一片焦黑的土地，两挺重机枪被火箭弹爆炸形成的冲击波掀翻，机枪手和弹药手都倒在地上呻吟着，他们当中有人挣扎着试图站起来，可是只支撑起一半身体，又用最狼狈的动作重重摔倒在地面上。显然是火箭弹打到附近，虽然没有受到致命伤，却震伤了耳朵，连带让他们的小脑受到震荡，暂时失去了身体平衡能力，在这种情况下，更不能指望他们再操作重机枪，对着雇佣兵组成的“盾阵”展开攻击。

“火箭炮呢？！”

宁远再次掉头，当他把目光投到战场另外一端，找到了那门让“始皇”特战小队成员甚至是白起都要目瞪口呆的十二联装火箭发射器。这门由十二枚口径高达107毫米火箭弹组成的集束火箭炮，平时可以安装在汽车上作为“自行火炮”使用，如果是拆解开纯用人力来输运也没有关系，安装到三脚架上就变成了步兵支援武器。而它使用的1963-2型火箭弹，杀伤半径高达十二点五米，九秒钟时间内，就能将所有火箭弹全部倾泻出去，从威力上来说，比起那个为了追求杀伤力，已经彻底放弃射击距离的“长炮榴弹”，也不遑多让。

就是这门集束火箭炮，被一向追求武器制上论的美国军队评价为“低技术、低价格、低素质”人员才会使用的“三低”武器，但是它在越南战场上，却用血淋淋的现实，让骄狂不可一世的美国大兵，再一次读懂了“简单就是美”的真谛。

这样一门对武警特勤中队来说堪称“撒手锏”级的武器，安置到一个精心挖掘的战壕里，反正在等待毒贩的时候闲来无事，那些想要向“始皇”特战小队的特种兵证明，他们也擅长土木工程作业的特警，用半尺粗的原木，在战壕上方架起一层壁顶，再铺上一层一尺厚的泥土，硬是把他们挖出来的临时集束火箭炮阵地，变成了一个可以有效抵挡迫击炮正面轰击的简易炮台。

面对这样一个防御力不俗的炮台。在谷底的雇佣兵根本无法对其造成有效重伤，所以十二联装集束火箭炮还完好无损，但是包括班长在内，炮班五名成员却全部倒在了阵地上。

宁远对着步话机放声狂吼："老李，用火箭炮轰开他们的乌龟壳！"

能被宁远称为"老李"的人，是武警特勤中队的一名中尉军官，他得到命令，立刻带着两名士兵弯着腰飞跑向简易炮台，他跳进战壕就看到，在十二联装集束火箭炮旁边，包括班长在内炮班五名军人，全部倒在了地上，他们无一例外，都是被人打中了眉心部位，再也没有了生存的任何可能。

"有狙击手！"

这个念头刚刚从老李的脑海中响起，他就猛然听到自己眉心部位骨骼被子弹打穿发出的脆响，旋即子弹就打入人体最致命、死亡速度最快的运动反射神经中枢，在瞬间就让老李彻底陷入了永远的黑暗，一头扑倒在63式十二联装集束火箭发射器上面。

眼看着自家排长被子弹打中，两名跟着中尉一起跑过来的士兵都急了眼，他们其中一个跳进战壕，试图帮助中尉，另外一个则是放声吼叫："医务兵，医务兵，这里有人中枪了，快过来帮忙啊！"

放声吼叫医务兵的士兵话音刚落，就看到跳进战壕想要去帮助中尉的兄弟一头扑倒，在他的额心中间，赫然也多了一个同样的弹洞。

在不远处看到这一幕的宁远猛然醒悟过来，这一支雇佣兵，他们在走进山谷前，就已经针对中国部队的火力搭配做了针对性准备。

他们用四门迫击炮速射轰击，压制联合缉毒部队中战力最强、危险系数最高的“始皇”特战小队，再用“长炮榴弹”对“始皇”特战小队进行覆盖式打击，根本不给“始皇”特战小队正面交手的机会；他们用火箭筒和榴弹，轰击武警特勤中队装备的大口径重机枪，再用狙击手针对性定点清除，彻底压制特勤中队手中威力最大、火力最猛的十二联装火箭筒。

就算是身为敌人，宁远都必须承认，这批敌人的战术相当优秀，现在武警特勤中队还可以动用的武器，就是自动步枪和班用轻机枪，而这些步兵武器，根本无法打穿雇佣兵们排成两排的重型复合防弹盾。而武警特勤中队的士兵，就算是居高临下，也不可能将手榴弹抛出一百五十米外，把它们投掷到敌人阵地当中……敌方躲在幕后的指挥官，用针锋相对的方式，把他们给彻底算死了！

宁远还在迅速反思，就看到第二名士兵在终于喊到医务兵后，自己不顾一切地跳进战壕，宁远脱口叫道：“小心！”

“啪！”

第二名士兵的双脚还没有沾到地面，一枚从山谷底部飞来的子弹就打中了他眉心部位，子弹在斜斜打穿人体最脆弱致命的神经运动反射中枢后，依然余势未消，又打碎了士兵的头盖骨钻出来，炽热的鲜血喷了飞跑过来的医务兵一脸，医务兵下意识地伸手抓住了第二名士兵的尸体，被尸体下坠的力量狠狠一拽，重心不稳的医务兵不由自主地被带着一起跌进了战壕。

“趴下，别露头，就趴在战壕里，千万别露头！”

宁远放声狂吼，他的声音也清楚地传进了医务兵的耳朵里，可是宁远忘了，在并不大的战壕里，横七竖八地躺了七八具尸体，医务兵一掉进去，就滚到了尸体堆里，他被喷了一脸的鲜血，烫得全身难受，在这种情况下，一个第一次真正见识到战争，也是第一次真正直面死亡的医务兵，他又怎么可能再恢复冷静服从命令？！

眼睛里渗入滚烫的血珠，一时之间什么也看不到，四周全是黏黏腻腻的鲜血，全是软绵绵还温热着的尸体，在这种情况下，医务兵真的吓坏了，他一边像孩子似的放声哭泣，一边挣扎着试图从尸体堆中站起来。

他的双手在挥舞中抓住了什么，他立刻像是快要溺死的人抓住了最后一根救命稻草般，死死抓住那个物体，并以它为支撑点，勉强站了起来。

按照国际惯例，双方都会尽量避免向戴着红十字标志的医务兵开枪射击，不是因为大家都是道德高尚的人，而是在战场上拼命，谁都可能会中弹负伤，如果大家都无所不用其极，看到医务兵也开枪射杀，那么自己身负重伤时，又指望谁来救自己？！

但是敌我双方遵守这个规则有一个前提，那就是医务兵手中没有武器，不会在战场上造成威胁。而医务兵他什么也看不到，在一片慌乱中，抓紧了站起来，给他支撑点的物体，赫然就是那门十二联装集束火箭弹。而他的双手动作，看起来真的好像正在操作火箭炮，要通过上面的卡尺进行瞄准！

“啪！”

子弹打穿了医务兵的眉心，也打断了医务兵惶急的哭叫声，这个年轻的士兵，脸上带着鲜血和泪痕，和脚下的战友尸体倒在了一起，而从他身上流淌出来的鲜血，更和战友们的鲜血混在一起再也分不出彼此。

连续几次开枪狙杀，宁远通过望远镜终于看到，在那群雇佣兵支撑起的防弹盾牌后面，静静地站着一名手持SVD德拉贡夫狙击步枪的雇佣兵。这名雇佣兵头上戴着一顶软边奔尼帽，脸上还扎着一块布巾，将他的脸庞大部分都遮掩住，只露出一双狭长的眼睛。

那是一双什么样的眼睛啊，犹如鹰隼般锐利，透着肉食动物特有的冷静、自信和残忍，更毫不掩饰地张扬出一股让人心悸不择手段的寒光。就算是通过望远镜和这样一双眼睛彼此对视，宁远都感觉到仿佛有一柄无形之箭横空而至，直没入他的心脏，让他整个人的呼吸都为之一涩。

宁远简直不敢想象，这个在战场上如影子般擅长隐藏自己，身上透着一股被群体驱逐，所以再不会融入任何团队，枪枪致命绝不容情的狙击手，究竟手上沾了多少条人命，才能培养出这种对生命彻底淡然，甚至是冷漠到平静如水的表情。

而他又反过来用这种对生命的漠然，在战场上将狙击技术发挥到极限。

这名狙击手仿佛有心灵感应，他的目光透过双方之间，超过二百米距离，落到了宁远位置，他嘴角一抽，对着宁远露出了一个微笑。就算是他脸上蒙着一层布巾，可是宁远却依然“看到”了如阳光般灿烂的笑容，可是他越是笑得灿烂，越是笑得开怀，越是让人冷到了骨子里。

狙击手突然闪电般抬枪、瞄准、射击，他这一系列动作，就像在跳舞，透着一种难以言喻的韵律，更流畅得令人头皮发麻，宁远敢用自己的脑袋打赌，这名狙击手一定接受过第二次世界大战期间，英国狙击手学校极力推崇的“速射法”。

一枚黄晶晶的子弹壳从枪膛中飞跳而出，宁远霍然转头，就看到又有两名特警跳进战壕里，不知道他们是想要救谁，还是想要用十二联装集束火箭筒，向山谷中那批入侵之敌展开进攻。　　　但是他们还没有来得及做什么，其中一名特警就被子弹打中头部扑倒在集束火箭发射器上，用他炽热的鲜血染红了面前的武器。

宁远的心脏狠狠抽搐着，他终于想明白了一切。那个一边冷漠残忍，而又一边有效逐一击毙特警的狙击手，他不但是在压制战场上对他们来说威胁最大的武器，他更在用武警特勤中队的集束火箭炮为诱饵，将一个个特警吸引到战壕里，再将他们逐一射杀。

谁都知道，只要向敌人发射出十二枚火箭弹，就能直接将敌方一举全歼，那些眼看着战友倒在身边的士兵，复仇心切之下，他们一个个跳进战壕，可就是在他们站到集束火箭炮前，通过上面的卡尺去试图瞄准时，就已经把自己直接送到了那名狙击手的枪口下。

宁远听说过狙击手最经典也是最残忍的围尸打援战术，而对方使用的狙击战术，有着异曲同工之妙，都在利用人类心理弱点，让受过最严格训练的士兵变得盲目冲动起来，再有效收割生命。

啪！

第二名特警也一头栽倒在战壕里。

整整十一具特警的尸体，在那门十二联装集束火箭炮前，堆满了整个战壕。原来在战场上，装备了强大的武器，并不一定就能取得预期效果，有时候甚至会让己方因此付出更惨烈代价。

战壕里传出来一阵浓烈得几乎无法化开的血腥气味，在宁远的嘴里更尝到了一股腥甜，直到这个时候，他才真正明白了在战场上，为什么重机枪手的阵亡率能高达百分之九十！

眼看着那一支深入谷底的雇佣兵队伍就要冲出生天，宁远在这个时候，剩下的想法就是……“始皇”特战小队究竟在干什么，为什么丛林中枪声响得这么激烈，却几乎没有子弹打向那些雇佣兵？！

第十八章 - **死敌（中）**

炮击刚刚停止，还没有从失去战友的悲痛中恢复，拍掉身上的尘土，也没有来得及重新集结到一起组成作战阵形。就在“始皇”特战小队最脆弱间隙，一支人员数量不详的小股精锐部队突然从背后出现，对他们发起了猛攻。

“始皇”特战小队虽然是被迫应战，但他们毕竟是一支训练有素而且实战经验丰富的特种部队，他们立刻放弃集结，以两人小组为单位，和敌人在丛林中展开运动突击战。

甫一交手，双方就立刻在心中对敌人做出一个相同的评价：天敌！

同样的精锐，同样的身经百战，同样的配合默契，双方都是以两人为一组，在原始丛林中展开了小组之间的运动对抗战。

特种兵们在原始丛林中一边高速移动，一边彼此对射，激烈的枪声在原始丛林中此起彼伏。双方都是精锐，都身经百战，都装备精良，他们和身边的搭档配合默契。更重要的是，他们都清楚地知道，在到处都是大树为掩体的原始丛林中，如何才能让自己最大化地生存下来。

“大家注意，他们是精锐，和我们一样的超级精锐！”

权许雷正带人向原始丛林中飞奔，仅凭枪声他就判断出战场陷入胶着状态，“始皇”特战小队终于在战场上遇到了一支可以和他们正面对决丝毫不落下风的超级劲旅，权许雷一边跑一边对着步话机放声狂喝：“我们不是在擂台上比武竞技，不是争夺天下第一名号，而是在保家卫国！千万不要着急，更不要激进冒险，和搭档配合起来，稳扎稳打。坚持二十分钟，援军就会赶到！”

作为一名指挥官，权许雷清楚地知道，自己带领的是一批什么样的骄兵悍将，他略略一顿，又补充了一句：“确定他们无法逃跑的时候，我允许你们全力进攻，让他们睁大眼睛看清楚，什么叫作大地最强生物！”

听到权许雷的命令，战场上的“始皇”特战小队成员眼睛里都涌起了一股战意。

一支身经百战的最强部队，他们是贪婪的，他们需要一次次胜利，无数次夸奖鼓励与赞美滋润培养，直至在他们这个团队中形成“老子天下第一”的绝对骄傲。

兵骄，才能面对任何强敌，死战不退；将悍，才能带领部下，在陷入绝对逆境时，打出破釜沉舟以力破局的最灿烂攻击。

而“始皇”特战小队，他们就是骄兵悍将的代名词！

已经跟着队伍快要冲出山谷的狙击手，眼眸深处露出一丝嘲讽，从喉咙中发出一声低语：“坐井观天。”

在原始丛林中，指挥部队向“始皇”特战小队发起犀利进攻的队长，看看攻势突然一缓，防守更加严密，仿佛无懈可击的中国特种部队，这名看起来四十多岁，脸上还带着一道刀痕的男人笑了：“先生们，这批平时只知道躲在丛林中，打打毒贩、玩过家家游戏的小朋友，表现似乎比我们想象的要好上一点点，他们已经拥有成为试验目标的资格，演出可以开始了。”

听到队长的命令，在丛林中和“始皇”特战小队交战的士兵们都笑了。他们伸手将头盔上安装的目镜拉下来，罩到了自己的左眼上。而他们的队长，左臂上安装了一个带着微型键盘和显示器的计算机终端设备，随着显示器被打开，首先出现的是一幅这片原始丛林的作战地图，代表着己方士兵方位的小红点，在显示器上来回移动。在每一个小红点的旁边，还追随着几串数字。这些数字，显示了每一名士兵的心率、血压等数据，让队长可以清楚地了解到每一名士兵的身体状态。

双方继续在丛林交火，一个个代表着敌方士兵的蓝点，随之相继出现在队长面前的显示屏上。队长发现地图上，己方两名士兵即将遭遇“始皇”特战小队四名士兵的合击，他抬起手腕，在手腕部位装载的小型键盘上一点，显示器上的画面，立刻从纵览全局切换到局部战场上。

每一名士兵带的战术头盔上都安装着摄像头，队长可以清楚地通过这些摄像头，以第一人称角度观看局部战场细节，他在同时连续做出指令：“第三、九小组，立刻左右迂回，赶往24，37区域，支援第二小组；第七小组，赶往56，78区域架设通用机枪，对敌人实施火力压制；第一小组，在15，39位置，投放反步兵地雷，阻隔敌军支援。”

随着队长一个个命令发布，原本在战场上各自为战，如没头苍蝇般杂乱无章的己方特种兵，在混战中服从命令各司其职，在队长的调配下，迅速形成一个整体。

每一个在战场上的中国特种兵都清楚地感受到，刚才还和他们打得势均力敌的敌人，突然间攻势狂猛精确了数倍。更可怕的是，他们明明和面前的敌人数量大致相等，大家陷入混战状态各自为战，可是打着打着，另外一支甚至是几支两人小组的敌军特种兵，就会在最不可思议的时间，从最不可思议的位置向他们发起进攻，形成局部战术优势。

不到一分钟时间，参战的“始皇”特战小队成员，就一起感觉到压力如山崩般扑面而来，自己仿佛陷入了十倍于己的敌军包围当中。无论他们如何左冲右突，都会遇到敌人围追堵截，到处都是射向自己的子弹，到处都是敌人的身影，而他们面前的主要敌人，更仿佛拥有了未卜先知的能力，无论他们做出什么样的战术动作，对方都能在瞬间做出最精确判断，而且无一失误。

只有最优秀的战地指挥官，才能在人数相等的情况下，通过翻手为云，覆手为雨的指挥技巧，在战场上形成局部战力优势，再以点的突破形成面的升华。可是这批敌人，在和“始皇”特战小队交手时，在短短一分钟时间，竟然处处开花，不断形成局部优势，不断集结几倍的力量，对“始皇”特战小队成员展开围攻。

权许雷终于带着几名士兵冲进原始丛林中的战场上，当他以一名指挥官的眼光眺望全局时，他的心脏一沉再沉。就算是已经对局势做了充足预计，权许雷仍然被眼前的一切给惊呆了。

展现在他面前的，早已经不是一场势均力敌的对抗，而是一场胜负已分的单方面屠杀。

四班长的胸膛已经被四发子弹打穿，炸出几团血花，可是属于最强特种兵的骄傲，支撑着他瞪大了双眼不肯倒下，看到旋风般冲过来的权许雷，四班长挣扎着留下了他在这个世界上的最后几句话：“为什么会这样？为什么会这样？我们明明不比他们弱，我们输在了哪里？！”

权许雷不知道如何回答这个问题，他不知道，他真的不知道，所以他只能看着四班长带着浓浓的不甘不服，仰天摔倒在地上。就算是死了，四班长都没有闭上双眼，仿佛还想要睁大眼睛看清楚，为什么那批从综合实力上来说和他们旗鼓相当的敌人，突然间就变得如此凶悍，在瞬间就让他们无力对抗。

“九点钟方向，快挡住他们！”

“小心，他们从四点钟方向打过来了！”

“注意脚下，这帮孙子在战场上布了反步兵跳雷！”

“树上有人……呃……”

“火箭弹，卧倒！”

在“始皇”特战小队的内部通信频道上，各种怒吼声此起彼伏，听着这样的声音，面对这突如其来的败局，就算是权许雷都感受到一种大厦将倾、独力难支的绝望扑面而来。要知道，他们之所以够强，就是因为他们骄傲而自信，如果他们在战场上被同等数量的敌人以坚攻坚，在他们最擅长的领域将他们击败，一支没有了自信与骄傲的部队，就算他们能够活下去，他们还是“始皇”，还有资格号称特种部队中的特种部队吗？！

步话机里传来了三班长焦急的低吼：“队长，怎么办？！”

权许雷猛然握紧了双手，就在这个时候，燕破岳低沉的声音突然在他们所有人的耳边响起：“动手！”

无论战况如何紧急都没有参战的孤狼，扣动了扳机，一发表面涂了伪装色的弹壳从枪膛中飞出，正在指挥全局的敌方特种部队队长只觉得手臂一疼，孤狼射出的第一发子弹，就打穿了他左臂上安装的那个微机终端系统。

队长猛然卧倒，看着屏幕正中央被子弹打碎，又被自己鲜血浸透，再也不可能使用的终端处理系统，队长发出一声愤怒地诅咒：“Fuck！那个狙击手躲在哪儿？他怎么现在才开枪？！”

已经形成绝对战术优势的外籍雇佣兵们，随着失去指挥，他们的攻势猛然一挫。

可是谷底的狙击手却明显松了一口长气，从牙缝中挤出一个压抑的单词：“孤狼！”

也只有孤狼这种世界顶级狙击手才能这么冷静，这么残忍，这么沉着！躲在丛林暗处，无论战场局势如何紧张都一枪不发，冷静地看着雇佣兵向谷底直线突击，直至战场上最大变数出现，再猛然发起攻击，一举扭转乾坤！

“其实，我们是同类，一直都是。”

狙击手再次扭头看了一眼紫阳山上那门十二联装集束火箭炮的位置，在那里躺满了被他击毙的武警官兵：“只不过你这条狼，成了‘他’的朋友，而我这头虎却成了‘他’的敌人！”

全身伪装，趴在孤狼身边用望远镜观察着战场的艾千雪沉声道：“干得漂亮！”

孤狼脸色沉静如水，她迅速抬枪、瞄准，一架在空中悄无声息飞行的四翼飞行装置，被孤狼一枪凌空打碎。也就是因为艾千雪和孤狼在战场上，发现了这架只会出现在顶级特种部队中使用的空中监控设备，她们才会一直隐藏到现在，直到由艾千雪判定出战场关键点，孤狼才正式加入战场。

谷底的敌方狙击手，看着手臂上那一块因为失去空中信号源而没有了图像的显示屏，再看看被凌空打碎，正在纷纷扬扬四下飞落的残片，他的脸上露出一丝微笑。他笑得开怀而灿烂，他永远也不会告诉身边这些傻蛋，他早就知道要交手的中国特种部队当中，有一名有资格冲击当代世界狙击手排名榜的超级射手。

狙击手最大的敌人就是狙击手，如果他不能事先转移孤狼的注意力，让孤狼的狙击顺序产生变化，在谷底第一个阵亡的人就是他！

所以，他说服身边的人，在战场上投放了一架“幽灵”侦察器。在战斗开始之后，他做的第一件事情，就是让这台侦察器暴露在孤狼可能看到的位置。这样一台“幽灵”侦察器，与其说是用来探测战场，不如说是他在主动提醒孤狼不要轻易开枪暴露位置，要小心提防变数！

至于因为情报泄露，导致向“始皇”特战小队发起进攻的那支部队，会因为失去先机而额外付出代价，战场局势甚至可能会因此变得更加多变，这些又和他有什么关系？

他们虽然都是拿人钱财与人消灾的雇佣兵，但他是单干的野路子，人家是参加了某个国际顶级雇佣兵组织，装备好到离谱，时不时还能接到点测试新型武器任务，收入绝对不菲，一个个牛逼哄哄的爷。他们今天是战友，明天就可能是敌人，不沾亲不带故的，这样的货色多死几个，说不定他的身价还能再提高一点点，他又何乐而不为？！

狙击手突然劈手从身边的人手中抢过一面重型防弹盾，把它支在了自己面前。几乎在同时，孤狼的狙击步枪已经瞄向了他的方向。

孤狼没有再开枪。就在她准备掉转枪口寻找新的狙击目标时，通过重型复合防弹盾上面那层装有透明防弹材料的观窗，她清楚地看到，那名狙击手摘掉了脸上蒙的布巾，对着她露出一个灿烂的微笑。

就算是以孤狼临泰山倒而不变色的心理素质，当她看清楚那张脸时，都不由自主地微微一怔。

那是一张似曾相识的脸，而对方脸上那抹灿烂中透着冷漠的微笑，更是直接勾起了她已经被尘封很久的回忆。

“你是孤狼，我是笑面虎，一匹狼，一头虎，虽然称不上同类，但是组合在一起，也挺有趣的。”

“夜鹰突击队设置考核项目，我不想输，你也不想输，我们在自己的战场上拼死奋战，最终杀出生天，却被官老爷们不喜欢了，他们想着法儿要赶我们滚蛋，我不管你是怎么想的，反正我笑面虎不答应！”

“没错，我是不择手段了一些，你下手是狠了些，但是我们赢了。在战场上，仁义道德算个鸟！”

“让我们联起手来，给那些能力不行，只能靠抱团来彰显力量的家伙看一看，什么叫作真正的强者吧！”

当年，她走进军营一路过关斩将，成为一名优秀的狙击手，却因为她是一个女兵而处处遭人白眼，在参加夜鹰突击队考核时，大家用“民主”式选举，第一个被投票淘汰的人就是她。她什么也没有说，拎着狙击步枪走了出去，然后转手就在模拟对抗中把所有投了她一票的人逐一“击毙”。

当年，笑面虎参加夜鹰突击队考核，他用灿烂的笑容，口若悬河的演讲，赢得了所有人认可，却暗中用大家的信任煽动趁机坐收渔利，最终带着两个亲信，赢得了最后胜利。

他们都以为，夜鹰突击队既然是一支特种部队，就应该海纳百川，把他们展现出来的特质当成优点，他们甚至还梦想着，得到夜鹰突击队另眼相看。

可是他们错了。

如果不是遇到燕破岳，她可能也会被驱逐出夜鹰突击队，变成现在笑面虎的样子。他们两个人的性格不一样，但是他们拥有相同的偏激，对团队也缺乏真正的认同感，在这方面他们真的算是同类。

“啪！”

笑面虎举在面前的重型防弹盾观察口部位被一发子弹打中，观察口上的防弹玻璃猛然炸出一圈龟纹。看着防弹玻璃上留下的弹孔，笑面虎双眼瞳孔猛然收缩，他迅速下蹲，几乎在同时，第二发狙击步枪子弹飞来，打中了防弹玻璃上留下的那个弹孔，一名站在笑面虎身后的雇佣兵被子弹打中腰部，却咬着牙硬生生没有发出惨叫，在他身边立刻有人取出止血绷带，帮他包扎止血。在这个过程中，十几面盾牌组成的移动防御阵地竟然丝毫不乱。

敢主动自投罗网，进入山谷内部的这批雇佣兵，没有一个是弱者。在这个群体当中，至少有七八个人，他们的雇佣身价比笑面虎还要高。当然，这不排除作为一个黄皮肤的亚洲人，在国际雇佣兵舞台上，受到种族歧视，对笑面虎身价造成的影响。

“双枪破窗，这是苏联卫国战争时，为了对抗德国占据绝对优势主战坦克，由王牌狙击手装填穿甲弹使用的战术。只有连续装两发钢芯穿甲弹，打在观察窗同一位置，才能击毙驾驶员，在战场上迫停德军主战坦克。当年苏联军队女性传奇狙击手帕夫利琴科，就曾经在参战初期创造了这个奇迹。如果在战火沸腾的年代，假以时日，你真的会成为第二个帕夫利琴科！”

说到这里，躲在防弹盾后面的笑面虎脸上竟然流露出一丝惋惜：“只可惜，在你打掉侦察机时，没有立刻撤退，反而被我吸引，你已经失去了最后机会！”

孤狼突然猛扑到艾千雪身上，抱着她迅速向外翻滚。对孤狼的战术意识和警惕有相当了解的艾千雪，没有做出任何反抗，反而配合孤狼一起向外翻滚，就是在这个过程中，她用眼角的余光看到，在空中两枚一米多长的小型地对地火箭弹，在空中几乎齐头并进地拉出两条长长尾烟，以外科手术式高精度打击方式，对着她们隐藏的位置飞落下来。

在战场上对付狙击手最好的方法有两个：一个是同样派出狙击手去消灭狙击手；另一个就是用重型火力，对狙击手隐藏位置实施覆盖式轰炸！

理论是这样没错，但是敌人现在才擎出这枚导弹，明显就是留着用来对付孤狼！

信息自动化专业出身，对现代武器自动化系统有着相当深入了解的艾千雪，在面对死亡时，依然是心中电闪，找到了答案……是孤狼击碎的那架“幽灵”侦察机！对方一定在侦察机上安装了CCD红外感应装置，孤狼精心调配的子弹隐蔽性再强，也不可能让枪口不发出热能，当她向“幽灵”侦察机扣动扳机发射子弹时，侦察机上的CCD红外感应装置，就会在同时捕捉到信息，并将它传送到不远处的计算机上，并由计算机进行瞄准锁定发射。

也只有孤狼这样的王牌狙击手才能用狙击步枪，打中距离地面超过八百米飞行的侦察机！所以也只有孤狼会引发火箭弹攻击，这是一个针对孤狼而设计的致命陷阱！

看着那枚在空中以超声速飞行，对着她们直落下来的火箭弹，在这生命中最后几秒钟时间里，以霸道得无可抵抗姿态出现在艾千雪脑海中，如此意外，又是如此顺理成章，在瞬间就占据了她所有心神，再不剩一丝缝隙的身影，赫然就是那个混账小子燕破岳！

“兄弟，看清楚没有，那个女军官长得真不赖，前凸后翘屁股圆。”

第一次相逢相识，她对燕破岳和萧云杰的感觉绝对称不上愉快，自己终于忍无可忍，从小绵羊化身为女子霸王花，将两个混账小子全部揍倒，她几乎可以听到周围碎了一地的眼镜。

回想着这两个小子被下放到炊事班放羊时的糗样和敢宰了养的羊，请大家吃烤羊肉串，再顺便请所有人一起动手修葺羊圈的壮举；回想着燕破岳在雪崩时，面对铺天盖地扑下来的积雪，放弃了逃跑，犹如面对狂风骤雨吹响无畏号角的水手放声狂吼，最终救出两个女人，一路硬生生在雪山下面挖出一条生存之路的疯狂；回想着燕破岳在演习场上，坚持到最后依然死战不退，直至被自己喊出来时，瘦得已经不成人样，腰却依然挺得笔直，那一刻带给她的震撼与感动……

她一直没有告诉燕破岳，她之所以会抛弃一切进入了“始皇”特战小队，不是她渴望成为特种兵，而是她真的很好奇，想在一边亲眼看着燕破岳这个让她有了太多惊讶与惊艳的大男孩，究竟还能成长到什么程度，究竟还能走多远。

她也一直认为，自己只是好奇，可是直到生命走进了最后的倒计时，她才终于明白过来。一个女人，对一个男人产生了好奇，甚至是愿意为了这份好奇而抛弃一切，这本身就说明她心动了，她恋爱了，她无可救药地爱上了那个男人，爱上了他的一切！

只可惜，她大概没有机会将这份后知后觉，但是像老酒一样醇厚，一旦爆发开来，就让她感到心神皆醉的感情，向燕破岳倾诉了。

腹部传来一阵剧痛，在不停地翻滚途中，孤狼不知道为什么突然放开艾千雪，在她的腹部狠狠一蹬。孤狼的这一脚肯定是拼尽全力，竟然将艾千雪整个人蹬得紧贴着地面飞行了四五米远，直接跌向一个天然形成的岩洞。

时间，在这个时候仿佛凝滞了。

从艾千雪的角度，她可以清楚地看到，两枚火箭弹已经飞坠向地面，四周没有任何掩体，整个人还处于火箭弹核心火力覆盖范围的孤狼，对着她露出了一个笑容，两个人做搭档这么久，艾千雪还是第一次看到这位女性狙击手的笑脸。

彼此搭档了这么久，两个同样优秀而聪慧的女人，不需要语言，就在这最后的一次眼神交流中，彼此读懂了对方的内心。

孤狼也喜欢燕破岳，但不是男女之间的喜欢，而是哥们儿之间的那种意气相投。保护自己哥们儿喜欢的女人，她责无旁贷。

她内心里并不想当一头没有同伴、没有战友的孤狼，她想有一群朝夕相处、志同道合的战友和兄弟，她想和他们一起欢笑、一起成长，一起面对各种危险与挑战。她何其有幸，遇到了一个燕破岳；她何其有幸，找到了自己最想要的兄弟与战友。最重要的是，她在生命最后的时刻，终于证明了一件事情……她和笑面虎——不一样！

所以孤狼才能笑得如此坦荡，又是如此无怨无悔。

眼前一黑，艾千雪掉进了岩洞，她再也看不到孤狼了，几乎是在同时，两枚火箭弹轰然炸响，它们的着弹点，距离孤狼和艾千雪潜伏的位置，误差没有超过三十厘米！

轰！

轰！

火箭弹爆炸了，冲击波在岩洞上方以亚声速向四周飞溅，一部分冲击波钻进岩洞里来回乱撞，发出呜呜呜呜的可怕哨音，而大地的震动，更带着艾千雪的五脏六腑都跟着一起颤动起来，明明没有受到直接冲击，可是艾千雪的眼前却像是被人用拳头猛砸，炸出无数点金星，她的耳朵里更是嗡嗡嗡嗡嗡地响个不停，几乎就要活活把她震聋震傻。

虽然有岩洞的保护，但是艾千雪距离爆炸点实在太近，在这种要命的时候，艾千雪没有伸手去捂住耳朵，这样根本无法保护自己的耳膜，她放声地叫用力地响，拼尽全力对抗着这股让她几近晕厥的震荡，让自己的灵魂始终保持着最后的一点清明。

“我会活下去，我会活下去，我一定要活下去！”

艾千雪在爆炸的冲击波中放声狂喊，她自己都听不到自己喊出来的声音，但是她依然在放声地喊着：“我是艾千雪，独一无二，即不自卑也不骄傲的艾千雪！我怎么能死在这里，我怎么能允许自己用这么憋屈的方式，被爆炸冲击波活活震死在一个两米来深、一米多宽的小小岩洞里？！我还没有告诉燕破岳我喜欢他，我还没有和大家一起手挽手、心连心战胜这些敌人，我怎么能、怎么敢、怎么可以死在这里？！”

第十九章 - **死敌（下）**

望着那两团升起的硝烟，燕破岳的心脏就像被人用刀子狠狠砍中般，猛地传来一阵锥心刺骨的疼痛，这种突如其来的感觉，是这样强烈，让他整个人都颤抖起来。

孤狼死了？！

孤狼死了？！

那个据说有资格冲击当代世界狙击手排名榜前十位的孤狼，那个比石头还要冷静，趴在地上可以二十几个小时一动不动，就算是在狙击手对决中，都能以一当十的孤狼，就这么死了？！

假的吧？！

无论他多么不愿意承认，那种没有血缘关系却比血缘更亲密的牵绊，在瞬间突然断裂的感觉，让燕破岳心中狠狠一扯又随之一断，就是在这一刻，他感受到了自己已经永远失去了生命中某件最重要、最在意的东西。

虽然大家常说，铁打的营盘流水的兵；虽然人人都知道，养兵千日用兵一时；虽然他们都明白，军人的天职就是面对死亡……可是，当自己最亲密的战友在保家卫国的战场上马革裹尸死得其所，这股铺天盖地袭来的痛苦，依然这么难以忍受，难受得让燕破岳几乎无法呼吸，难受得让他只想放声哭号。

可是在这个时候，仿佛被一个无形的水龙头给关住了，他喉结上下涌动，鼻子里传来一阵阵酸酸涩涩的味道，眼泪却一滴也流不出来。

他是一个特种兵，一个在日复一日、年复一年的非人训练中，已经被磨砺成一台杀人机器的特种兵。而特种兵在战场上一旦流泪，他们的视线就会受到影响，他们在擦泪时，有一只手更会离开武器，他们在弹雨如梭的战场上，无论是为了自己，还是身边一起并肩作战的那些还活着的战友，他们根本就没有哭的权利！

想哭，那就把眼泪留着，等着战斗结束了，让还活着的人去哭吧！

身后的爆炸声突然响成了一片，燕破岳霍然转头，凭着爆炸声传来的位置和密度，他在第一时间就明白了这几十声爆炸的来源……那批深入山谷腹地又一路向外冲的雇佣兵，他们用火箭弹之类的武器，引爆了燕破岳他们事先布置在山谷两侧的地雷，他们布置的最后一道防线，已经被敌人给撕开了！

爆炸的硝烟还在空中弥漫，孙富强摇着脑袋，勉强将耳朵里那嗡嗡嗡嗡的蜂鸣声驱赶掉一部分，当他看到几十枚地雷爆炸后留下的弹坑，孙富强在心中暗叫了一声“完蛋了”。

没有了地雷阵压制敌人攻势，仅凭他孙富强带的几个缉毒警，外加一支“始皇”特战小队三人编制的火力小组，怎么去压制这批几乎没有折损一人，配合默契得让人头皮发麻，看到希望后，攻势会越发疯狂的雇佣军猛扑？！

火力支援小组三名“始皇”特战小队特种兵，彼此对视了一眼，小组长从喉咙中挤出一声低语：“拼命吧！”

仅此一句话，三个字，孙富强就已经知道，身边这三名特种兵，也对完成狙击任务，没有了希望。

能够清楚地感受到对手的士气陷入低谷，笑面虎脸上的笑容，嘲讽意味更加浓重。这种在毒贩身后布置雷阵的方法，几乎就是中国侦察部队内部，手把手薪火相传的内部军事教材再现。

完美，标准，简洁，有效，却又刻板。对于从中国侦察兵部队出来的最优秀者笑面虎来说，破坏这样的雷区，真是太简单、太缺乏挑战性了。

眼前这批人，包括燕破岳，都是从夜鹰突击队中挑选最优秀精英精心组成，号称特种部队中的特种部队，现在看起来，也不过如此！

至少有三支榴弹发射器，在对着守在谷口的火力支援小组轮流进行轰击，高爆榴弹炸得地面上的湿泥四处飞溅，面对这种针对性打击，就算是再精锐的特种兵，也只能低头趴在掩体里，无法对敌人实施有效打击。

至于孙富强带领的缉毒警，他们虽然没有受到针对性打击，但是作为只接受了少量军事训练的警察，他们撑死也只是比普通人强上一点。他们不是士兵，更不是特种兵，在武警配合下，和拿着AK步枪疯狂扫射的毒贩对射，就已经是他们职业生涯中最惊心动魄的经历，要他们精确判断出自己在爆炸覆盖范围之外，顶着在身边嗖嗖乱窜的碎弹片，从战壕中露出脑袋，拿起手中的79式冲锋枪或者64式手枪，对着一批武装到牙齿的雇佣兵发起攻击，这纯属强人所难!

一边用榴弹向前轰击，压制“始皇”特战小队三人火力支援小组，一边踏着被炸得还微微发烫的泥土一路冲击，就在笑面虎他们即将冲出山谷的时候，两只蛇皮袋突然从左侧的原始丛林中甩出，看到这一幕，两名全神贯注警戒的雇佣兵闪电般地抬枪。

笑面虎脱口吼道：“No！”

但是已经来不及了，或者说就算是听到了笑面虎的警告，那些和笑面虎并没有隶属关系的雇佣兵也并不是特别在意，他们绝不会允许这种里面填装了未明物体的袋子，在自己眼皮子底下一路抛过来，对他们造成威胁。

随着几声清脆的枪响，两只蛇皮袋同时被凌空打破。

袋子里并没有装什么高爆炸药或者毒气，但是当袋子被凌空打破，又坠落到地面上后，已经隐隐发现事情不对的雇佣兵们瞪大了眼睛望过去，就看到一只个头大得惊人的大黄蜂，挣扎着从袋子被打碎的位置爬出来，它奋力扇动翅膀飞上天空，发出一连串“嗡嗡嗡嗡”的声响。

“难道说……”

看着那两只里面填装了最起码也有足球大小的物体，分量却并不算太重的蛇皮袋，在场所有雇佣兵齐齐倒咽了一口口水，那两名开枪打破蛇皮袋的雇佣兵立刻反应过来，他们一起掉转枪口，毫不犹豫地用榴弹将地面上那两只蛇皮袋直接轰烂。

这两名雇佣兵的反应不能说不迅速，不能说不敏捷，但就是这区区几秒钟时间，就有一两百只大黄蜂飞出袋子，对着雇佣兵们猛扑过来。这些被关在蛇皮袋里好几天，在燕破岳的精心“饲养”下，全部活蹦乱跳，但是怒气值已经飚升到极限的大黄蜂，一钻出袋子，嗅到燕破岳这些天刻意在它们中间散发的浓重玫瑰花香，这些单纯而易怒的小生物，就对着雇佣兵们展开了最疯狂的猛攻。

面对这绝对意外却并不违反《日内瓦公约》的生化武器进攻，笑面虎的脸色也变了，就算他们是特种兵，体质远超常人，被六七只大黄蜂蜇到，也会陷入晕迷。如果被十只以上大黄蜂蜇到，管你是特种兵还是王牌特工，只要不是超人，那就百分之百会心脏停止跳动！

“让开！”

笑面虎从背后抽出一柄折叠军用单兵铲，冲到队伍最前方，瞪圆了眼睛，拼尽全力一铲狠狠铲到被雨水浸泡了几天所以特别松软的地面上，双臂用力一扬，用近乎拼命的方法，一铲硬生生挖出一个一尺多深、四十五度倾斜的土坑。

“Casque！”（军用头盔）

“Grenade！”（手榴弹）

笑面虎一边狂喝，一边连续挥动单兵铲，三记猛铲，就挖出三个同样一尺多深、四十五度倾斜，但是角度却略有不同的土坑。听到笑面虎的吼声，一群同样身经百战的雇佣兵立刻反应过来，他们迅速将三个军用头盔塞进笑面虎挖出的土坑里，又将三枚拔掉保险栓的手雷丢进头盔。

从笑面虎冲上前挖坑，到三顶头盔、三枚拔掉保险栓的手雷布置完成，全部过程只用了四五秒钟，那些大黄蜂还没有来得及冲到他们面前。

轰！

轰！

轰！

丢进头盔里的三枚手雷轰然炸响，冲击波在头盔的束缚下，形成了霰弹炮轰击的效果，对着前方炸出三片定向冲击波，这三片扇形覆盖面彼此相加，形成了一个一百三十五度角的覆盖面。

正在对着雇佣兵们猛扑过来，几乎已经要冲进人群的大黄蜂，面对这种最简单却有效的霰弹式炮击，在瞬间就被撞成了一片肉泥。

笑面虎还没有来得及嘘出一口心有余悸的长气，就看到几十条毒蛇，不知道受到什么外界力量影响，逃命似的游向了他们。

“这才像是燕破岳的手笔，我还以为当了几年‘始皇’特种兵，你连最拿手的这些下流伎俩都忘了呢！”

笑面虎从牙缝中挤出一连串低语，他在这一刻的表情，说不出来地狰狞，就连他身边的那些雇佣兵，看了心中都不由自主地涌起一阵凉意，笑面虎一扬手，对着蛇群抛出两枚军用震撼弹，其他实战经验丰富的雇佣兵见到这一幕，立刻同时竖起重型防弹盾，用肩膀死死顶住，而他们空出来的双手，就死死捂住了自己的耳朵。

这种军用震撼弹在瞬间扬起的刺眼光芒，等于八百万支蜡烛点燃后的烛光总和，它们爆炸后形成的噪声更高达一百七十分贝。对付毒蛇这种眼神原本就不怎么好，全凭气味来锁定目标的睁眼瞎，什么八百万支蜡烛的光芒纯属瞎子点灯——白费蜡，但是一百七十分贝的噪声在它们中间产生，却足以把燕破岳带人用了几个小时捕捉收集，每天还得好吃好喝伺候好的毒蛇全部生生震晕震死！

看着在地上扭曲得像麻花一样的一片毒蛇，所有雇佣兵看向笑面虎的目光中，已经透出发自内心的敬畏，他们必须承认，自己在面对这种意外进攻时，无法像笑面虎一样，在如此短的时间内，做出如此精彩又如此有效的防御反击。

四周投来的那些敬畏目光，让笑面虎的自尊心得到了极大满足，他喜欢被人尊敬和畏惧的感觉，他更喜欢自己无论走到哪里，都会成为所有人关注焦点的明星式对待，这些东西对他来说，就像一杯杯香醇而芬芳的老酒，只要轻轻啜上一口，就会让他心神皆醉，并愿意为继续获得这种滋味而不顾一切地去努力。

就是在这样的情绪支配下，笑面虎的战意、气势斗志还有他的潜能，都被激发到了极限，一个身经百战的老兵，在战场上彻底疯狂后带来的信念，让他有了一种在这个时候，只要燕破岳敢于出现在自己面前，他就能手起枪落将燕破岳毙于枪下的自信！

笑面虎望着燕破岳隐藏的位置，在心里放声狂吼着："来啊，来啊，来啊！燕破岳，你就是'始皇'特战小队中最牛逼、最拉风，一提起名字就能吓得小孩都不敢哭的名将白起。几年不见了，不要告诉我你还是这点水平，还只能使用这点鸡杂狗碎，不够，不够，不够，你要再努力一些，打出更精彩的攻击，玩儿出更多花样，让我享受到更多叛变的快感，获得更多尊重与畏惧吧！"

"哒哒哒……"

班用轻机枪扫射声响起，一直被M203榴弹发射器压制着根本无法抬头的火力支援小组，终于利用这个空隙架起班用轻机枪，对着已经要冲出山谷的雇佣兵拼命扫射，但是面对雇佣兵们架在面前的复合防弹盾，使用了小口径子弹的95班用轻机枪，根本无法打穿盾牌，更无法对躲在后面的雇佣兵造成实质杀伤。

一个弹匣还没有打完，小组长双眼瞳孔就骤然收缩，一门原来专门用来压制武警特勤中队的四联装火箭筒，掉转炮口对准了他们的位置。

"小心火箭弹！"

火力支援小组组长反应迅速，他一边向身边的人示警，一边抱着班用轻机枪猛地弯腰低头躲进战壕。一发67毫米口径火箭弹以两点之间直线最短的方式猛撞过来，随着爆炸声响起，被硝烟烧红的弹片混合着硝烟四处飞溅，被火箭弹炸起的泥土还在四散而落，榴弹就以每五秒钟一发的速度轮流打过来，炸得他们根本无法抬头。火力支援小组组长抱着从战斗打响，到现在也只打出十几发子弹的班用轻机枪，发出一声愤怒到极点，更憋屈到极点的狂吼：“操！”

在原始丛林中，自动榴弹发射器开火特有的沉闷轰鸣声传来，一发40毫米口径榴弹从密林中打出，以曲射炮击的方式，打向山谷中的雇佣兵。这发榴弹射击得相当精准，从它的落点上来看，会直接打入雇佣兵们用盾牌组成的阵形最中心，无论它最终形成的杀伤效果如何，失去盾牌保护的雇佣兵，都会在武警特勤中队的几十支自动步枪扫射下，付出最惨痛代价。

但是笑面虎的脸上却扬起了浓浓的不屑：“黔驴技穷！”

笑面虎真正警惕的，是燕破岳那犹如魔术师般，在战场上层出不穷的诡异手段，当燕破岳使用自动榴弹发射器向他们发起进攻时，在笑面虎的眼里，燕破岳也不过就是一名军事技术娴熟、体能不错的步兵支援武器操作手罢了！

“这些年，我无时无刻不在收集你的信息，分析你的优点与缺点，燕破岳，白起，我对你的了解，甚至比你自己更多！”

笑面虎霍然抬枪，他手起枪落，就将以曲线飞射向他们的榴弹凌空打爆。“87自动榴弹发射器有很多优点，但是为了形成这种优点，放弃了榴弹的飞行速度。在我的火力射程内，你根本不敢使用直线射击，曲线射击是会让你更安全，但同时也会让榴弹在空中滞留时间更长。”

笑面虎用狙击步枪打爆飞向他们的榴弹，这样一幕，当真是震惊全场，笑面虎在这个时候，脸上却再也没有了招牌式的灿烂微笑，在这一刻，他的听觉，他的视觉，他的嗅觉，甚至是他的感觉，都被激发到了极限。他背对紫阳山，双手握着SVD德拉贡夫狙击步枪凝望着燕破岳的潜伏位置，突然发出一声沉喝：“打掉他们的火箭炮！”

就算是在这个时候，笑面虎都没有忽略紫阳山上那门十二联装集束火箭炮。既然选择了叛出祖国，站到国家军队与人民的对立面，他就必须做好万全准备，绝不能让自己在战场上出现任何疏漏！

扛着四联装火箭筒的雇佣兵，连续用火箭弹进行轰击，成功将紫阳山上武警特勤中队架设的集束式火箭炮碉堡轰塌，虽然没有引发弹药殉爆，但是在短时间内，这门集束式火箭炮绝无投入战场使用的可能。

这一切，似乎与笑面虎再无任何关系，他只是死死盯着燕破岳的隐藏位置，当丛林中再次传来自动榴弹发射器开火的轰鸣，一发榴弹以曲射方式飞上天空，笑面虎再次闪电般地抬枪，用瞄准镜锁定了那枚榴弹，在榴弹即将飞到曲线射击的最高位置时，已经在心中计算出这枚榴弹的曲线轨迹，并预算出子弹与榴弹飞行时差的笑面虎，毫不犹豫地再次扣动扳机。

“我知道，我迟早有一天会和你在真正的战场上相遇。就是为了压制你手中的自动榴弹发射器，我选择成为一名狙击手。我每天都在训练自己，用狙击步枪打中在天空中飞行的榴弹弹头。所有人都认为我疯了，可是我却坚持下来，既然一名优秀的狙击手能用狙击步枪打断一百米外的火柴棍，能够连续打碎抛到空中的石块，我为什么不能用狙击步枪打中足有拳头大小、每秒钟才能飞一百多米的榴弹弹头？！”

“轰！”

第二发榴弹，被笑面虎凌空击爆。

如果说第一发还有可能是侥幸，那么现在所有人都知道，他们队伍中这名身价并不算太高的队员，是一名能够用狙击步枪有效打爆榴弹，从实力上来说，赫然已经有资格冲击世界狙击手排名榜的超级王牌。

“他们一定以为我是一个王牌，一个超级王牌。实际上他们错了。我和孤狼这种真正的王牌狙击手相比，还有一段相当漫长的路要走，如果在公平环境中对决，我一定会死在孤狼手里。就是因为这样，我才会处心积虑先把孤狼剪除。在狙击手的路上走得越远，我就越明白她的可怕！”

笑面虎没有告诉过别人，他几乎把所有训练时间都用到了打榴弹弹头上面，他无法像一个王牌狙击手那样，整整潜伏几天一动不动，他也无法像一个王牌狙击手一样，在成功狙击目标后，再顺利撤出战场，他更缺乏和狙击手之间的对决经验和技巧。

他其实根本不能称之为狙击手，说他是一个拿着狙击步枪，专门封杀87式自动榴弹发射器的专精射手，似乎更合适一些。

不说别的，哪怕是中国研发制造出新的自动榴弹发射器，改良了87式自动榴弹发射器，榴弹在空中飞行速度太慢的弱点，他花几年时间练的狙击技术，就会变成“屠龙技”般听起来华丽，看起来绚丽，但是拿到真实战场上却一文不值的玩意儿。

但是这又能怎么样呢？

就是此时，就是此地，他笑面虎用一支狙击步枪，以奇迹般的方式，打中了一发又一发燕破岳射出的榴弹，把燕破岳所有攻击都成功封杀，让燕破岳只能眼睁睁看着他们冲出生天，经历过这一切之后，他所有的付出与努力，真的是全值了！

他就是要证明，夜鹰突击队选择了燕破岳而放弃了他笑面虎是错的！

轰！

第三发榴弹被笑面虎凌空打爆。

在这个时候，已经成为绝对核心的笑面虎，被三名手持盾牌的雇佣兵团团围护，笑面虎站定，他们就停，笑面虎移动，他们就跟着一起移动。他们的任务，就是让笑面虎不受任何骚扰，全神贯注地用手中的狙击步枪，去攻击丛林中一发接着一发打出来的榴弹。

而在同时，原始丛林中，“始皇”特战小队的士兵们，依然采取了守势，他们不是没有感受到自己的攻势在变弱，在变缓，三班长也在竭力试图让他们振作起来，对这批敌人发起反击，但是中国古兵法中就曾经说过“一鼓作气，再而衰，三而竭”的道理，再精锐的部队，也逃不过这个定论。

“始皇”特战小队他们在伏击进入山谷的雇佣兵时是一鼓作气，就是在他们气势如虹的时刻，他们在看似绝不可能的情况下，竟然遭遇敌军炮击，而且在“长炮榴弹”的大面积轰击下伤亡惨重；在燕破岳终于打掉“长炮榴弹”之后，“始皇”特战小队发起第二次进攻，另外一批敌人突然出现，更在他们最骄傲、最足以自豪的领域，针锋相对地将他们击溃，而这种击溃，不但对“始皇”特战小队的战力造成重创，更对他们用无数次胜利终于培养出的绝对自信，造成了致命伤害。

第二十章 - **“始皇”特战小队，反击！（上）**

就算孤狼那惊艳绝伦的一枪直击核心，打碎了敌军队长携带的指挥系统，“始皇”特战小队的士气依然不可避免地坠入谷底，他们需要时间来恢复常态，可是在战场上，他们最缺的就是时间！

面对这种被敌人压着打的局面，透过树林的缝隙，可以看到对面武警特勤中队的重型火力基本全被压制，以身作饵把他们带进陷阱的那批雇佣兵，更顶着防弹盾，已经要冲出山谷，三班长瞪着充血的眼睛，嘶声叫道：“队长，怎么办？！”

权许雷狠狠一咬牙，对着身边那名背着74式火焰喷射器的特警喝道：“准备攻击！”

火焰喷射兵看着面前这片郁郁葱葱的原始丛林，还有隐藏在这片丛林中，或射击，或快速穿行，军事动作迅捷得让人就算是手持自动步枪，也会不由自主地在心中生起一种根本无法射中对方的无力感的敌方特种兵，略一犹豫，就迅速卧倒在潮湿松软的地面上，架起了火焰喷射器。

火焰喷射器里填装的是经过稠化处理的汽油，它们比起普通汽油，附着能力更强，燃烧时间更长，被火焰喷射器直接烧过的原始丛林，也许在今后几十年时间内都会寸草不生，如果从高处俯览，就会看到在满片的郁郁葱葱中，出现几道如伤疤般丑陋而且无法弥补的裂痕。在原始丛林中使用火焰喷射器，纵然是在雨季，也有可能会引发大型山火，变成一场全国瞩目的浩劫。

……

权许雷的心头电转，但是在他如刀凿斧刻般线条分明的脸上，却看不到半丝情绪波动，他猛地放声狂喝："发射！"

随着权许雷一声令下，火焰喷射兵扣动了发射扳机，一团在战场上足以让任何人都为之心胆俱颤的火团，以火焰喷射器喷口为原始，猛地向前翻滚着喷溅出五十米远。

和世界上其他国家生产的火焰喷射器相比，中国自行研发的74式火焰喷射器，它最大的特点就是没有采用现在世界流行的高压气罐技术，而是继续使用火药燃气助推。这种火药燃气助推技术，就是直接在火焰喷射器的钢瓶内，让汽油燃烧，再通过燃烧形成的高压，将汽油猛喷出去。

这种技术的优点就是，发射距离远远超过一般的火焰喷射器，而且威力更大更恐怖；但由于是直接在钢瓶里燃烧，所以它的缺点也非常鲜明，只要发射，就必须将钢瓶里的汽油全部喷射出去。士兵身上一共会背三个连在一起，单个容量为三、四升的钢瓶，所以它最多只能连续发射三次。

说了这么多扯犊子的内容，其实事情的重点就是，中国自行研发制造的这款74式火焰喷射器，从技术上来说是落后了点，但是从使用效果和威力上来说，绝对是世界顶级的。简言之，它就像"长炮榴弹"一样，以牺牲了便利性和多次重复使用性，换来了只要扣动扳机，就能让射程范围内所有区域变成人间地狱的最强大威力！

不信的话，你看看火焰喷射兵，在射出第一道火焰后，硬生生被高达六十五千克的后坐力，在地面上推得倒退出两米，就可以知道它的可怕！

面对这种只能用残忍来形容，真的很奇怪为什么没有被《日内瓦公约》列入禁忌的武器攻击，那些躲在丛林各个角落，运用他们的军事技术和实战经验，不断游走射击的特种兵，躲无可躲、避无可避，有三四名士兵被火焰同时卷中，他们从自己隐藏的位置冲出来，一边放声惨叫，一边在地上拼命打滚，试图将身上的火焰压灭。

但是他们身上沾的，可是附着能力极强的稠化汽油，无论他们怎么打滚，身上的火焰都无法扑灭。作为受过最严格训练的特种兵，他们当然清楚地知道，自己被这样恐怖的武器覆盖，已经没有任何生存的可能，他们最好的选择，就是立刻拔枪自杀，但是全身都在燃烧，面对这种超出人类生理承受极限的痛苦，他们已经彻底失去了判断能力，只是在生物本能驱使下，不停地打着滚，不停地惨叫着。

正在原始丛林中交战的双方，因为这突如其来的火焰攻击，听着那凄惨得没有半点人样的惨号，整个战场上在长达十秒钟时间，陷入了死一样的寂静。

“啪！啪！啪……”

几个在地上不停打滚、不停惨叫的火人，他们身上传来了子弹被烧爆发出的声响。职业军人在战场上最害怕的就是弹药殉爆，这不但代表他们死定了，更代表他们很可能会死无全尸，死得惨不可言。但是对这几名外籍雇佣兵来说，这一刻的弹药殉爆，却是他们最好的解脱。当他们全身是火地趴在地上再也不动后，又过了三四秒钟，他们身上背的手雷之类爆炸性武器也被逐一引燃，将他们的尸体炸得支离破碎。

步话机里传来了燕破岳焦急的低吼：“队长快撤！”

火焰喷射器的威力当然是惊人的，但就是因为它的威力太惊人，被命中的人死得太惨烈，所以在第二次世界大战战场上，出现了交战双方只要发现对方的火焰喷射兵，哪怕对方已经举手投降，都会格杀勿论的情况。那些身经百战的老兵，一旦发现敌人的火焰喷射兵出没，他们更会不约而同，将攻击一起倾泻向敌方火焰喷射兵。他们这些老兵不怕死，但是没有人想要死得那样惨。

到了最后，交战双方只要在战场上发现敌方火焰喷射兵，就会立刻调集火炮进行轰击。

所以在第二次世界大战战场上，死亡率最高的兵种和职业，按排名来摆位子，坐在头位的是火焰喷射兵，二甲是重机枪手，老三是伞兵！

在第二次世界大战期间，老兵们都是这么对待敌方火焰喷射兵，更何况他们今天面对的是身经百战的特种兵，在几千米之外，还有他们架设的四门迫击炮，可以对着他们任意炮击，而不必担心受到任何反击？！

权许雷当然知道，他已经被敌方炮兵锁定。

几千米外的敌方迫击炮阵地上，一群原本已经停止炮击正准备撤退的炮兵，正在指挥官的狂吼声中调校射击诸元，弹药手更重新打开了弹药箱，将里面码放得整整齐齐的炮弹，重新搬到了炮位边。

权许雷的耳边已经听到了死亡逼近的脚步声，他深深嗅着空气中那股让人闻之欲呕的浓重焦臭，感受着自己胸膛里那颗在痴痴跳动的心脏，再看了一眼倒在血泊当中的“始皇”特战小队士兵尸体，他猛地握紧了拳头，放声狂喝：“七点钟方向，预备……发射！”

五十米长的火龙再次喷涌而出，这种在第二次世界大战期间大放异彩，专门在攻坚战中用来对付碉堡之类坚固掩体的武器，它最大的特点就是犹如长江怒潮奔涌而至，在丛林中密布的合抱大树，到处可见的天然沟渠，都无法为士兵提供任何防护，只要是在火焰喷射范围，所有的一切都被火焰彻底覆盖。

凄厉的惨叫声传来，又有三名雇佣兵全身是火地从掩体后面跑出来，但是这一次雇佣兵们显然已经有了心理准备，就在这三个身影全身是火跑出来的同时，枪声在丛林中连续响起，三个火人一头栽倒在地上。

头顶的天空中传来了炮弹在空中高速飞行时划出的特殊哨音，几千米之外的敌人迫击炮阵地，终于将炮弹倾泻过来。

面对火焰喷射器这种“撒手锏”，敌军炮兵显然也疯了，他们在不到半分钟时间里，就用“人力速射法”硬生生向权许雷他们所在位置轰击了三十二发炮弹。

当第一轮迫击炮急速射结束，权许雷的身边突然传来了犹如高压锅喷出水蒸气的“滋滋”声响，权许雷霍然转头，看到一条半尺多长的火苗，正在从火焰喷射兵背的钢瓶底部喷溅而出。

虽然这名火焰喷射兵在面对炮击时做出最正确反应，但是他身上背的钢瓶体积实在太大，有一块弹片削破了钢瓶，并将钢瓶里的汽油给点燃了。

火焰喷射兵也发现了这一点，他扭头看着钢瓶底部那条红得发蓝、如氧焊般的火苗，脸色在瞬间就变得像纸一样白，他身为火焰喷射兵，当然明白钢瓶被弹片打中并燃烧会有什么结果。

钢瓶上被炮弹碎片划开的裂缝，在内部高压作用下猛然被撕扯开，火焰喷射兵就像身上安装了火箭推进器，被火焰形成的作用力推得在空中猛然飞出五六米远，直直撞到了对面一棵合抱大树上。

被炸得四处飞溅的稠化汽油，天女散花般洋洋洒洒地覆盖了方圆十几米范围。

燃烧着的稠化汽油扑面而来，烧得皮肤在瞬间就变得碳化，早已经做好心理准备的权许雷，毫不犹豫地拔出随身佩带的自卫手枪，在对着自己太阳穴扣动扳机的同时，权许雷用发颤的声音，猛地发出了一声痛苦而疯狂的嘶号：“‘始皇’特战小队，反击！”

“砰！”

清脆的枪声响起，太阳穴被子弹贯穿的权许雷扑倒在火焰当中。

……

空气在这个时候仿佛要凝滞了。

看着倒在火焰中队长的尸体，他们终于明白，为什么明明知道再不撤退，炮弹马上就要落下来，他们的队长还要找死般地留在那里，指挥火焰喷射兵发起了第二次进攻！

也是直到这个时候大家才知道，权许雷这个冷面冷脸，对他们从来没有好面孔，无论他们完成任务如何出色，都不肯对他们多说几句鼓励的话的队长，是在用他自己的方式关心着他们。

“始皇”特战小队已经被对方打残了，可是权许雷队长却依然没有放弃他们。

依然试图让“始皇”特战小队能够振作起来，哪怕只有万一的机会，他也希望甚至说是奢望，“始皇”特战小队能够破而后立，将丛林中这批战力绝不逊于他们的敌人击溃，将“始皇”特战小队的骄傲与自信继续薪火相传下去！

否则的话，就算他们的建制仍在，一支没有了骄傲与自信，脊梁被敌人在战场上打折了的“始皇”特战小队，他们还有什么资格称为特种部队中的特种部队，他们还有什么资格，在强者如林的特种战场上横刀立马，打出自己的名号，扬起他们的威风？！

“‘始皇’特战小队，反击！”

“‘始皇’特战小队，反击！”

“‘始皇’特战小队，反击！”

“‘始皇’特战小队，反击！”

……

权许雷向他们下达的最后一个命令，在他们每一个人的耳边反复回响。他们不由自主地都握紧了手中的枪，一股悲伤的、骄傲的、自豪的而又酸酸楚楚的滋味，涌上了他们每一个人的心头，让他们在这一刻既想放声痛哭，又想开怀大笑。

赵志刚指导员在医院的病床上长眠不醒，郭嵩然队长一蹶不振，最终离开了“始皇”。他们抱怨过上天的不公，他们用沉默而排斥的态度迎来了新的指导员和队长。他们总是喜欢用原来的指导员和队长来和现任的队长去做对比，他们总是有意无意地抵触权许雷的存在。

可是直到在战场上面对死亡这块“试金石”时，他们才知道，原来他们是幸运的，他们没有了赵志刚和郭嵩然，他们又迎来了一个新的，愿意真正关心他们、爱护他们，宁可用生命来唤醒他们的斗志，也不想他们被打折了脊梁，成为丧家之犬的新任队长！

只可惜，他们对这名“新任”队长的了解真的是太晚太晚了。

已经失去了指挥系统，但是在这场特种兵对决中，依然占据上风的敌军指挥官脸色变了，他低声道：“糟了！”

作为一个身经百战，带领部队转战全世界各个战场，并一次次获得胜利的指挥官，他敏锐地感受到，一股黎明黑暗般厚重而深沉的压抑气息，正在战场各个角落缓缓扬起，这些气息不断聚集，不断汇合，彼此刺激，彼此融合，渐渐形成了一股有若实质的杀气。

原因，不知道。

理由，鬼才晓得。

但是这名指挥官清楚地明白，面前这批明明已经被他打得体无完肤，所有自信与骄傲都片片破碎的中国特种部队，因为某种原因被彻底激怒、被彻底疯狂、被彻底无畏。他们已经是一群只有用鲜血和死亡才能安抚，只有将面前所有敌人都撕成无数碎片才会安静下来的最疯狂野兽！

“杀！杀！杀！杀！杀！”

三班长的狂吼通过步话机轰轰烈烈地震进了每一个人的耳朵：“我们这是在保家卫国的战场上，我们阵亡了就是烈士，打赢了活下去就是英雄！而他们是入侵者，是死了也无人埋的武装匪徒，就是给毒贩当打手的狗腿子。不管是当烈士还是做英雄，我们都稳赚不赔！”

三班长的怒吼直接引燃了每一个人内心深处已经积压到极限的情绪，几乎所有人都放声狂喝：“杀！杀！杀！杀！杀！”

就是在这样的放声狂吼中，“始皇”特战小队成员，不顾一切地开始向丛林中的敌人展开了反击，原始丛林中枪声再次激烈响起。

中国特种兵之特别有种
CHINA
SPECIAL FORCES